STEVEN ALTEN

meg
Die Angst aus der Tiefe

STEVE ALTEN

meg
DIE ANGST AUS DER TIEFE

Roman

Aus dem Amerikanischen
von Bernhard Kleinschmidt

Titel der Originalausgabe
MEG

Umwelthinweis:
Alle bedruckten Materialien dieses Taschenbuches
sind chlorfrei und umweltschonend.

Printed in Germany
Umschlagillustration: The Image Bank/The Cousteau Society
Umschlaggestaltung: Nele Schütz Design, München
Gesamtherstellung: GGP Media, Pößneck
ISBN 3-453-77046-3

INHALT

Für Dad

DANKSAGUNG

Nur in Amerika kann es passieren, daß man vollkommen pleite ist, seine Stelle verliert und ein paar Tage später reich wird. Um ein Ziel zu erreichen, muß man hart arbeiten und auch in schweren Zeiten an das glauben, was man tut – es bedarf aber auch der Hilfe anderer. Dies ist mein erstes Buch und ich bin den vielen Menschen, die dieses Projekt mit vollem Einsatz aus der Taufe gehoben haben, zutiefst dankbar.

Dank also zuallererst an mein ›Dream Team‹, unter der Führung von Ken Atchity, einem außergewöhnlichen Literaturmanager und Produzenten. Er hat mir als völlig Unbekanntem eine Chance gegeben und dafür werde ich immer in seiner Schuld stehen. Dank geht auch an Chi-Li Wong und die anderen Mitarbeiter von Atchity Editorial/Entertainment International für ihren Weitblick und ihr Engagement, mit dem sie mir geholfen haben, meinen Traum zu verwirklichen, an Ed Stackler und David Angsten für das ausgezeichnete Lektorat sowie an Warren Zide von Zide Entertainment – er hat unglaublich viel Mühe und Energie auf *Meg* verwendet und das Projekt auf eine ganz neue Ebene gehoben. Auch Joel McKuin und David Colden (Colden & McKuin) danke ich für ihren Einsatz und ihre Freundschaft, ebenso Jeff Robinov (ICM). Eine bessere Mannschaft kann ich mir gar nicht vorstellen, und ich will euch allen sagen: Dieses Projekt war echte Teamarbeit. Vielen Dank.

Dank schulde ich auch Walt Disney Pictures unter ihrem Präsidenten David Vogel sowie Allison Brecker und Jeff Bynum, aber auch Tom Wheeler für ihr Interesse an *Meg*. Ebenfalls Dank gebührt Shawn Coyne und allen von Bantam-Doubleday-Dell für ihren Einsatz. Es war eine Freude, mit ihnen zusammenarbeiten zu dürfen.

Meinen Eltern danke ich dafür, daß sie meine Familie in all den schweren Zeiten unterstützt haben, meiner Schwester Abby für ihre aufmunternden Worte in Momenten, in denen ich sie am nötigsten brauchte. Und schließlich danke ich meiner Frau Kim dafür, daß sie die langen Arbeitsstunden, die mühevollen Jahre und einen Ehemann ertragen hat, der nach so vielen schlaflosen Nächten am Schreibtisch gelegentlich ein wenig brummig gewesen sein mag.

DAS MEGALODON

Späte Kreidezeit, vor 70 Millionen Jahren
An der pazifischen Küste
der nordamerikanischen Landmasse

Als sich der frühe Morgennebel allmählich verflüchtigte, spürten sie, daß etwas sie beobachtete. Seit Sonnenaufgang graste das Rudel Shantungosaurier in den Dunstschleiern des Küstenstreifens. Mit ihren mehr als zwölf Metern vom Schnabel bis zur Schwanzspitze die größten unter den Hadrosauriern, schlangen die Reptilien gierig die reiche Ernte aus Algen und Seetang in sich hinein, die von der Flut an den Strand gespült worden war. Nervös wie ein Rudel Rehe hoben die Tiere immer wieder die Köpfe, um den Geräuschen des nahen Waldes zu lauschen. Suchend spähten sie hinüber zu den dunklen Bäumen und dem dichten Unterholz, bereit, beim ersten Anzeichen einer Gefahr zu flüchten.

Jenseits des Strandes, verborgen zwischen den hohen Bäumen und den dichten Sträuchern, folgten zwei rote Reptilienaugen dem Rudel. Sieben Meter hoch ragte der *Tyrannosaurus rex*, der größte und reißendste aller landlebenden Fleischfresser, über dem Waldboden auf. Geifer tropfte aus seinem Maul, während er bebend vor Adrenalin auf den Strand äugte. Soeben hatten sich die zwei größten der Pflanzenfresser ins seichte Wasser gewagt und senkten ihre Köpfe, um in den dicken Strängen Riementang zu wühlen.

Der Killer brach zwischen den Bäumen hervor; mit seinen acht Tonnen stampfte er durch den Sand, ließ bei jedem Schritt den Boden erbeben. Das Rudel Hadrosaurier erhob sich auf die Hinterbeine und flüchtete in beide Richtungen des Strandes. Die beiden Reptilien in der Brandung drehten den Kopf und sahen den Fleischfresser mit weit aufgerissenem Maul und gebleckten Zähnen auf sich zukommen. Sein markerschütterndes Gebrüll erhob sich über das Tosen der Brandung. Instinktiv schnellten die beiden Hadrosaurier herum und stürzten sich ins tiefere Wasser, um zu entkommen. Die langen Hälse in wilder Flucht vorgestreckt, begannen sie zu schwimmen, heftig mit den Beinen rudernd, um nicht unterzugehen.

Der Tyrannosaurus stürzte hinter ihnen her und donnerte durch die Brandung ins tiefe Wasser. Doch als er sich seiner Beute näherte, versanken seine Füße im schlammigen Meeresboden. Während sich die leichteren Hadrosaurier Auftrieb verschafften, kam der muskelbepackte Räuber nicht zum Schwimmen und blieb hoffnungslos im Schlamm stecken.

Die Hadrosaurier schwammen nun in neun Meter tiefem Wasser. Dem einen Räuber waren sie entkommen, doch erwartete sie hier ein anderer.

Langsam erhob sich die knapp zwei Meter lange Rückenflosse aus dem Meer und glitt lautlos an ihnen vorüber. Schon die von der bloßen Masse des Tieres verursachte Strömung zog die Hadrosaurier ins tiefere Wasser. Die neue Lage ließ die Pflanzenfresser in Panik geraten. Sie beschlossen, es mit dem Tyrannosaurus aufzunehmen, denn im tiefen Wasser lauerte der sichere Tod. Gehetzt wandten sie sich um und ruderten so lange, bis sie wieder den vertrauten Schlamm unter den Füßen spürten.

Der Tyrannosaurus ließ ein gellendes Brüllen ertönen. Bis zur Brust im Wasser, kämpfte der Räuber dagegen an, tiefer in den weichen Meeresboden zu sinken. In beide Richtungen flüchtend, schwammen die Pflanzenfresser kaum 15 Meter an dem tobenden Jäger vorbei. Der Tyrannosaurus warf sich in ihre Richtung, ließ seine furchterregenden Kiefer zuschnappen und heulte seiner fliehenden Beute zornerfüllt hinterher. Die Hadrosaurier platschten durch die flacheren Wellen und taumelten auf den Strand, wo sie auf dem warmen Sand zusammenbrachen. Zu erschöpft, um weiterzulaufen, blickten sie auf ihr vermeintliches Schicksal zurück.

Nun sah man nur noch den gewaltigen Kopf des Tyrannosaurus über dem Wasser. Tobend vor Wut schlug er wild mit dem Schwanz, um eines seiner Hinterbeine zu befreien. Mit einem Mal aber hielt er inne und starrte aufs Meer hinaus. Über dem dunklen Wasser durchschnitt die gewaltige Rückenflosse den grauen Nebel. Sie kam näher.

Der Tyrannosaurus hob den Kopf und verharrte vollkommen reglos. Zu spät hatte er erkannt, daß er in das Revier eines überlegenen Räubers eingedrungen war. Zum ersten und letzten Mal im Leben spürte er den eisigen Hauch des Todes.

War der Tyrannosaurus rex das furchterregendste Wesen, das je den Erdboden berührt hatte, so war *Carcharodon megalodon* gewiß der Herr und Meister der Meere. Die roten Augen des Sauriers folgten der grauen Rückenflosse, während er den Sog der Strömung spürte, der von der unsichtbar kreisenden Masse ausging. Nun verschwand die Flosse im trüben Wasser. Leise knurrend starrte der Tyrannosaurus in den Dunst. Wieder erhob sich die gewaltige Rückenflosse, raste nun direkt auf ihn zu. Brüllend und bebend ließ der Räuber seine Kiefer in vergeblicher Auflehnung auf- und zuschnappen.

Vom Strand aus sahen die beiden erschöpften Hadrosaurier, wie der Tyrannosaurus mit einem mächtigen Tosen rücklings in den Ozean gerissen wurde. Ganz kurz verschwand sein gewaltiger Kopf in den Wellen, um in Todesangst aufheulend wieder zu erscheinen, während sein Brustkorb von den Kiefern des Gegners zermalmt wurde. Eine Blutfontäne schoß aus seinem Maul.

Der mächtige Tyrannosaurus verschwand in einem blutroten Strudel. Langsam beruhigte sich das Meer. Die Hadrosaurier schleppten sich auf die Bäume zu. Plötzlich wandten sie sich wieder um und duckten sich angesichts der berstenden Wasseroberfläche instinktiv. Den Saurier in seinem gigantischen Maul, erhob sich ein 18 Meter langer Hai aus den Wellen. Fast dreimal so groß wie seine Beute, schien das Ungeheuer mit bebendem Haupt und einem von Muskeln schwellenden Rumpf darum zu ringen, über dem Wasser zu bleiben. Während es den Saurier mit seinen 23 Zentimeter langen, gezackten Zähnen fest gepackt hielt, warf das Megalodon seinen Kopf mit einem unglaublichen Ausbruch roher Gewalt von einer Seite zur anderen. Hellroter Schaum und dunkles Blut spritzten in alle Richtungen. Dann krachten der 20 Tonnen schwere Riesenhai und seine verstümmelte Beute wieder ins Meer; hoch aufspritzend schlug das Wasser über ihnen zusammen.

Kein Aasfresser näherte sich dem Megalodon, während es seine Beute im tropisch warmen Meer verschlang. Da war kein Gefährte, mit dem es sie teilen, keine Jungen, die es füttern mußte. Das Meg war ein absoluter Einzelgänger, von Natur aus auf sein Revier beschränkt. Es paarte sich, wenn es dazu kommen mußte, und es verschlang seine Jungen, wenn es die Gelegenheit dazu hatte, denn die einzige Gefahr für seine Herrschaft entsprang seiner eigenen Art. Da es anpassungsfähig war, überlebte es die Naturkatastrophen und Klimaveränderungen, die dem Zeitalter der Dinosaurier und unzähligen prähistorischen Säugetierarten ein Ende setzten. Und obgleich ihre Zahl mit der Zeit abnahm, mochten einige Exemplare dieser Spezies überlebt haben, isoliert von der Welt des Menschen, noch immer in der Dunkelheit des tiefen Ozeans jagend.

DER PROFESSOR

8. NOVEMBER 1997, 19.42 UHR
IM ANDERSON-AUDITORIUM DES SCRIPPS-INSTITUTS
LA JOLLA, KALIFORNIEN

»Stellen Sie sich mal einen wirklich großen weißen Hai vor: 15 bis 18 Meter lang, mit einem Gewicht von annähernd 20000 Kilogramm. Gelingt Ihnen das?« Professor Jonas Taylor ließ den Blick über seine gut 600 Zuhörer schweifen, während er eine rhetorische Pause einlegte. »Manchmal fällt mir die Vorstellung selbst nicht leicht, aber so ein Ungeheuer hat tatsächlich existiert. Wahrscheinlich war schon sein Kopf so groß wie ein Geländewagen. Seine Kiefer hätten vier erwachsene Männer packen und im ganzen verschlingen können. Und dann die Zähne: messerscharf, 18 bis 23 Zentimeter lang, mit den gezackten Rändern eines Steakmessers.«

Der 42jährige Paläontologe wußte, daß er seine Zuhörer in der Hand hatte. Es war schon einige Jahre her, daß er ans Institut zurückgekehrt war. Er hatte allerdings nicht erwartet, vor einem fast bis auf den letzten Platz gefüllten Hörsaal zu sprechen. Jonas wußte, daß seine Thesen umstritten waren und daß ebenso viele Gegner im Publikum saßen wie Anhänger. Er lockerte seinen Kragen ein Stück weit und versuchte, sich zu entspannen.

»Das nächste Dia, bitte. Ah, auf dieser Grafik wird ein 1,80 Meter großer Taucher einem fünf Meter langen weißen Hai und unserem 18 Meter langen *Carcharodon megalodon* gegenübergestellt. Das dürfte Ihnen ziemlich anschaulich vermitteln, warum diese Art in der Wissenschaft als König aller Räuber bezeichnet wird.«

Jonas griff nach dem Wasserglas und nahm einen Schluck. »Versteinerte Megalodon-Zähne aus verschiedenen Gegenden der Erde beweisen, daß diese Art die Meere 100 Millionen Jahre lang beherrscht hat. Überaus interessant ist dabei, daß das Megalodon die folgenschweren Ereignisse überlebt hat, bei denen vor ungefähr 65 Millionen Jahren die Dinosaurier und die meisten prähistorischen Fischarten ausstarben. Wir besitzen sogar Megalodon-Zähne, die darauf hinweisen, daß dieser Raubfisch erst vor 100000 Jahren aus den Meeren verschwunden ist. Aus geologischer Perspektive ist das nicht mehr als ein Herzschlag.«

Ein 26jähriger Student hob die Hand. »Professor Taylor, wenn das Megalodon vor 100000 Jahren noch gelebt hat, warum ist es dann überhaupt ausgestorben?«

Jonas lächelte. »Das ist eines der großen Geheimnisse der Paläontologie. Manche Forscher glauben, daß die Hauptnahrung des Megalodons ursprünglich aus großen, langsam schwimmenden Fischen bestanden hat und daß es sich nicht an die heutigen Arten anpassen konnte, die kleiner und wendiger sind. Eine andere These geht davon aus, daß die sinkenden Meerestemperaturen zum Verschwinden der Art beigetragen haben.«

In der ersten Reihe hob ein älterer Mann die Hand. Jonas erkannte ihn als einen ehemaligen Kollegen am Institut. Ein früherer Gegner.

»Professor Taylor, ich glaube, wir würden gern Ihre eigene These über das Verschwinden von *Carcharodon megalodon* hören.«

Beifälliges Murmeln war zu hören. Jonas lockerte seinen Kragen ein weiteres Stück. Er war nur selten formell gekleidet, und der 18 Jahre alte Schurwollanzug hatte schon bessere Tage gesehen. »Wer mich kennt oder meine Arbeit verfolgt, weiß, daß meine Auffassung von der der meisten Paläontologen abweicht. Viele meiner Kollegen verbringen eine Menge Zeit damit, darüber nachzudenken, warum eine bestimmte Art nicht mehr existiert. Ich hingegen stelle mir gerne vor, warum eine vermutlich ausgestorbene Art noch immer existieren könnte.«

Der ältere Professor erhob sich. »Wollen Sie damit etwa sagen, Sie glauben, daß *Carcharodon megalodon* immer noch die Ozeane unsicher macht?«

Jonas wartete, bis wieder Ruhe eintrat. »Nein, Herr Kollege, ich weise lediglich darauf hin, daß wir Wissenschaftler zu einem ziemlich negativen Ansatz neigen, wenn wir uns mit bestimmten ausgestorbenen Tierarten beschäftigen. Zum Beispiel ist es noch gar nicht lange her, daß man in unseren Kreisen geschlossen der Meinung war, daß die *Coelacanthidae*, eine Familie von Quastenflossern, die ihre Hochphase vor 300 Millionen Jahren hatte, seit 70 Millionen Jahren ausgestorben sei. Im Jahre 1938 aber zog ein Fischer vor Südafrika einen lebenden Quastenflosser aus dem Meer. Und heute können Forscher diese ›lebenden Fossilien‹ regelmäßig in ihrem Habitat beobachten.«

Unter dem Raunen des Publikums stand der ältere Professor abermals auf. »Herr Kollege, die Entdeckung der *Coelacanthidae* ist uns allen wohlbekannt, aber es gibt doch einen erheblichen Unterschied zwischen einem anderthalb Meter langen Bewohner des Meeresgrundes und einem 18 Meter langen Raubfisch!«

Jonas sah auf seine Uhr und bemerkte, daß er allmählich in Zeitnot geriet. »Da stimme ich Ihnen durchaus zu, Herr Kollege. Ich wollte lediglich darauf hinweisen, daß ich mich lieber mit dem möglichen Überleben einer Art befasse als mit der Suche nach Gründen, warum sie ausgestorben ist.«

»Und ich frage Sie noch einmal nach Ihrer Meinung bezüglich des Megalodons.« Erneutes Raunen.

Jonas wischte sich den Schweiß von der Stirn; Maggie würde ihn umbringen. »Na schön. Zuerst einmal stimme ich absolut nicht mit der These überein, das Megalodon sei nicht in der Lage gewesen, schnellere Beutetiere zu jagen. Wir haben festgestellt, daß die sichelförmige Schwanzflosse des weißen Hais, also des modernen Vetters unseres Megalodons, die wirkungsvollste Gestalt aufweist, um einen Körper durchs Wasser zu treiben. Außerdem wissen wir, daß das Megalodon vor 100 000 Jahren noch gelebt hat. Damals wie heute hätte sich dieser Räuber von einem reichen Bestand an langsamer schwimmenden Walen ernähren können. Ich bin jedoch auch der Ansicht, daß die abnehmende Wassertemperatur den Tieren geschadet hat. Das nächste Dia, bitte. Tut mir leid, aber das müssen Sie noch über sich ergehen lassen.«

Auf der Leinwand erschienen verschiedene Erdkarten. »Wie auf diesen Karten zu sehen ist, sind die Kontinente unseres Planeten auf Grund von sieben größeren tektonischen Platten ständig in Bewegung. Diese Karte zeigt« – Jonas deutete auf die mittlere Darstellung – »wie die Erde vor ungefähr 40 Millionen Jahren, also im späten Eozän, ausgesehen hat. Wie Sie bemerken, hat sich die Landmasse, die wir heute Antarktis nennen, um diese Zeit von Südamerika gelöst und ist über den Südpol getrieben. Als die Kontinente auf die Pole zuwanderten, wurde der Strom polwärts gerichteter tropischer Warmluft unterbrochen. Im Grunde wurde das die Wärme speichernde Wasser durch Wärme abgebendes Land ersetzt. Als sich die Abkühlung fortsetzte, sammelten sich auf dem Land Schnee und Eis, was die globale Temperatur wie auch den Meeresspiegel weiter absinken ließ. Wie Sie wahrscheinlich wissen, ist die Meerestemperatur in Zusammenhang mit dem geographischen Vorkommen von Meerestieren der wichtigste Faktor. Während die Wassertemperatur also fiel, reicherten sich die wärmeren tropischen Strömungen mit Salz an und verlagerten sich in die Tiefe. Mit anderen Worten wurde die Wassertemperatur an der Oberfläche kühler, während die salzreichen tropischen Strömungen wesentlich tiefer verliefen. Aus den Fundorten von Megalodon-Fossilien können wir schließen, daß diese Art das warme Meer der Tropen bewohnte. Das liegt wohl daran, daß ihre Beute sich an die sinkende Temperatur anpaßte, indem sie ihren Lebensraum ebenfalls in die tieferen tropischen Strömungen verlagerte. Außerdem hat *Carcharodon megalodon* bekanntlich die Klimaveränderung überlebt, die vor 65 Millionen Jahren zum Aussterben der Dinosaurier führte. Vor ungefähr zwei Millionen Jahren schließlich fand auf unserem Planeten die jüngste Eiszeit statt. Wie Sie auf dieser Karte sehen können, wurden die tiefen tropischen Strömungen, die ein Refugium für viele Meeresbewohner darstellten, plötzlich unterbrochen. Als Folge mußten viele prähistorische Fischarten, darunter auch *Carcharodon megalodon*, sterben, weil sie nicht in der Lage waren, sich dem extremen Absinken der Meerestemperatur anzupassen.«

Von seinem Platz aus rief der Professor: »Dann glauben Sie also tatsächlich, Kollege Taylor, daß das Megalodon in Folge von Klimaveränderungen ausgestorben ist.« Ein selbstzufriedenes Lächeln umspielte die Lippen des älteren Wissenschaftlers.

»Nicht ganz. Bitte denken Sie daran, daß ich lieber darüber nachdenke, auf welche Weise eine Art immer noch existieren könnte. Vor ungefähr 15 Jahren nahm ich an einem Forschungsprojekt teil, das sich erstmals mit den Tiefseegräben beschäftigte. Diese Gräben bilden die sogenannte hadale Zone, ein Gebiet des Pazifischen Ozeans, über das die Wissenschaft so gut wie nichts weiß. Wir entdeckten, daß diese Gräben an den Rändern zweier ozeanischer Platten auftreten, und zwar da, wo die Kruste der einen wieder in die Erde zurückschmilzt. Man nennt diesen Vorgang Subduktion. In den Gräben stoßen hydrothermale Quellen stark mineralhaltiges Wasser aus, dessen Temperatur gelegentlich mehr als 370 Grad Celsius erreicht. An einigen der tiefsten Stellen des Pazifischen Ozeans kann eine tropische Strömung also genau am Meeresboden verlaufen. Und zu unserem Erstaunen haben wir entdeckt, daß diese Thermalquellen das Vorhandensein unbekannter Lebensformen ermöglichen, die man sich zuvor nicht hatte vorstellen können.«

Eine etwa 40jährige Frau erhob sich und fragte aufgeregt: »Haben Sie auch ein Megalodon entdeckt?«

Lächelnd wartete Jonas, bis der allgemeine Heiterkeitsausbruch abebbte. »Nein, Ma'am. Aber lassen Sie mich Ihnen etwas Interessantes zeigen. Man hat es im Jahre 1873 entdeckt.« Jonas holte hinter dem Pult einen Glaskasten hervor, ungefähr doppelt so groß wie ein Schuhkarton. »Dies ist der versteinerte Zahn eines *Carcharodon megalodon*. Taucher und Muschelsammler haben Tausende solcher Fossilien gefunden. Manche sind fast 50 Millionen Jahre alt. Dieses Exemplar ist etwas Besonderes, weil es im Grunde nicht sehr alt ist. Es wurde von dem ersten echten Forschungsschiff entdeckt, der britischen ›HMS Challenger‹. Sehen Sie diese Manganpartikel?« Jonas deutete auf die schwarzen Ablagerungen auf dem Zahn. »Eine neuere Analyse dieser Manganschicht weist darauf hin, daß der Besitzer des Zahns im späten Pleistozän oder im frühen Holozän gelebt hat. Mit anderen Worten ist dieser Zahn lediglich 10000 Jahre alt, und man hat ihn vom tiefsten Punkt der Erde emporgeholt, der ›Challenger-Tiefe‹ des Marianengrabens.«

Das Publikum tobte.

»Herr Professor! Professor Taylor!« Alle Blicke richteten sich auf eine Frau mit asiatischen Gesichtszügen, die hinten im Saal stand. Jonas schaute sie an, fasziniert von ihrem Aussehen. Irgendwie kam sie ihm bekannt vor.

»Bitte, bitte«, sagte Jonas und hob die Hände, um das Auditorium zur Ruhe zu bringen.

»Herr Professor, wollen Sie damit sagen, daß das Megalodon noch lebt?« Schweigen. Das war die Frage, auf deren Antwort die Zuhörer warteten.

»Theoretisch könnte man folgendes sagen: Wenn Exemplare der Spezies *Carcharodon megalodon* sich vor zwei Millionen Jahren in das Wasser des Marianengrabens begeben haben, das auf Grund hydrothermaler Aktivität eine tiefliegende tropische Schicht umfaßt, wäre es logischerweise möglich, daß einige Exemplare dieser Art überlebt haben könnten. Auf jeden Fall berechtigt die Existenz dieses 10000 Jahre alten Fossils zu derartigen Überlegungen.«

»Herr Professor!« Ein Mann, der seinen kleinen Sohn mitgebracht hatte, hob die Hand. »Wenn diese Ungetüme heute noch leben, warum haben wir sie dann noch nie gesehen?«

»Eine gute Frage.« Jonas machte eine Pause. Eine ungemein gutaussehende blonde Frau, braungebrannt, 30 Jahre alt und mit einer makellosen Figur ausgestattet, kam durch den Mittelgang auf ihn zu. Ihr klassisches goldfarbenes Abendkleid ließ ihre langen Beine hervorblitzen. Ihr Begleiter folgte ihr; er war Mitte 30 und trug zu seinem Pferdeschwanz einen Smoking. Die beiden setzten sich auf die zwei reservierten Plätze in der ersten Reihe, die leer geblieben waren.

Jonas riß sich zusammen und wartete, bis seine Frau und sein bester Freund sich niedergelassen hatten. »Entschuldigen Sie. Ihre Frage war, warum wir noch kein Megalodon gesehen haben, falls Exemplare dieser Spezies überhaupt noch existieren. Das könnte zum einen daran liegen, daß das hypothetische Megalodon die tropische Tiefseeschicht am Grund des Marianengrabens nicht verlassen könnte. Die Challenger-Tiefe geht bis auf elf Kilometer hinunter, und das Wasser über der warmen Schicht ist nahe dem Gefrierpunkt. Selbst wenn das Megalodon nach oben kommen wollte, würde es die Durchquerung dieser kalten Zone niemals überleben. Zum zweiten ist es für ein Megalodon – oder vielmehr für jeden Hai – nicht gerade einfach, einen Hinweis auf seine Existenz zu hinterlassen, besonders in der Tiefsee. Im Gegensatz zu Säugetieren steigen tote Haie nicht an die Wasseroberfläche auf, da ihr Körper schwerer als Meerwasser ist. Ihr Skelett wiederum besteht vollständig aus Knorpel. Anders als im Fall der Dinosaurier und vieler Arten von Knochenfischen bleiben also keine Megalodon-Knochen erhalten, nur ihre furchterregenden versteinerten Zähne.«

Jonas fing Maggies Blick auf, der sich in seinen Schädel zu brennen schien. »Noch etwas zum Marianengraben. Der Mensch ist erst zweimal auf den Grund dieses Grabens vorgedrungen. Beide Expeditionen wurden im Jahre 1960 durchgeführt, und zwar in Bathyskaphen. Das heißt, man ist einfach senkrecht hinunter- und dann wieder hinaufgefahren. In Wirklichkeit hat man noch nicht einmal damit begonnen, den Graben zu erforschen. Wir wissen im Grunde mehr über viele weit entfernte Galaxien als über ein 2500 Kilometer umfassendes Gebiet im Pazifik, das 11 000 Meter unter dem Meeresspiegel liegt.«

Jonas blickte zu Maggie hinüber und zuckte die Achseln. Sie stand auf und deutete auf ihre Armbanduhr.

»Bitte entschuldigen Sie, meine Damen und Herren. Der Vortrag hat ein wenig länger gedauert als erwartet...«

»Verzeihen Sie, Dr. Taylor, noch eine wichtige Frage.« Es war wieder die Asiatin. Sie schien verwirrt. »Bevor Sie dieses Megalodon erforscht haben, stand das Führen von Tauchbooten im Mittelpunkt Ihrer Karriere. Ich wüßte gern, warum Sie auf dem Höhepunkt Ihrer Laufbahn plötzlich damit aufgehört haben?«

Jonas war angesichts dieser direkten Frage verblüfft. »Ich hatte meine Gründe.« Auf der Suche nach einer weiteren erhobenen Hand ließ er den Blick über das Publikum schweifen.

»Einen Augenblick bitte, ich muß es wissen.« Sie hatte sich erhoben und trat in den Mittelgang. »Haben Sie etwa die Nerven verloren, Herr Professor? Es muß doch einen Grund gegeben haben. Wie lange haben Sie jetzt schon kein Tauchboot mehr betreten? Sieben Jahre?«

»Wie heißen Sie, Miss?«

»Tanaka. Terry Tanaka. Sie kennen wahrscheinlich meinen Vater, Masao Tanaka vom gleichnamigen ozeanographischen Institut.«

»Ja, natürlich. Übrigens haben auch wir beide uns vor mehreren Jahren bei einem Vortrag kennengelernt.«

»Richtig.«

»Nun, Miss Tanaka, ich kann jetzt nicht auf irgendwelche Einzelheiten eingehen. Lassen Sie mich daher einfach sagen, daß es für mich an der Zeit war, mich als Pilot von Tiefseebooten zu verabschieden, um mich intensiver mit prähistorischen Tierarten wie dem Megalodon zu beschäftigen.« Jonas schob sein Manuskript zusammen. »Wenn es also keine weiteren Fragen gibt ...«

»Dr. Taylor!« In der dritten Reihe erhob sich ein Mann mit Halbglatze und einer winzigen Nickelbrille. Unter den buschigen, diabolisch wirkenden Augenbrauen war das Gesicht zu einem starren Grinsen verzogen. »Bitte erlauben Sie mir eine letzte Frage. Sie haben erwähnt, daß 1960 zwei bemannte Expeditionen in den Marianengraben durchgeführt wurden. Aber wurde die Challenger-Tiefe nicht auch in jüngerer Zeit erforscht?«

Jonas starrte den Mann an. »Wie bitte?«

»Sie sind doch mehrfach selbst hinuntergefahren.«

Jonas schwieg. Ein Raunen ging durchs Publikum.

Der Mann hob seine buschigen Brauen und rückte seine Brille zurecht.

»Und zwar 1989, Herr Professor, während Sie für die Marine gearbeitet haben?«

»Ich ... bin nicht ganz sicher, ob ich Sie richtig verstehe.« Jonas warf einen Blick auf seine Frau.

»Sie sind doch Professor Jonas Taylor, oder nicht?« Der Mann grinste zufrieden, als das Publikum in leises Gelächter ausbrach.

»Es tut mir leid, aber ich muß jetzt wirklich schließen. Ich habe noch einen Termin. Ich danke Ihnen allen für Ihre Aufmerksamkeit.«

In dem murmelnden Publikum erhob sich vereinzelter Applaus, als Jonas Taylor vom Podium trat. Sofort wurde er von wißbegierigen Studenten, Forschern mit eigenen Thesen und früheren Kollegen, die ihn unbedingt begrüßen wollten, bevor er verschwand, bestürmt. Jonas schüttelte so viele Hände wie möglich, während er sich wegen des überstürzten Aufbruchs entschuldigte.

Der Mann mit Smoking und Pferdeschwanz schob sich durch die Menge. »Hey, Jonas, das Auto steht schon draußen. Maggie meint, daß wir jetzt endlich los müssen.«

Jonas nickte, signierte noch ein Buch für eine ihn bewundernd anblickende Studentin und eilte zum Ausgang am anderen Ende des Saals, wo ihn seine Frau Maggie schon ungeduldig erwartete.

Als er die Tür erreichte, sah er plötzlich, wie Terry Tanaka ihn aus dem Gedränge heraus fixierte. Ihre Augen loderten, während ihr Mund die Worte »Wir müssen miteinander sprechen« formte. Jonas hob entschuldigend seine Armbanduhr in die Höhe und zuckte die Achseln. An diesem Abend hatte er bereits genug verbale Attacken über sich ergehen lassen.

Und wie bestellt rief seine Frau von der Saaltür aus: »Jonas, nun komm doch endlich!«

DER »GOLDEN EAGLE«

Jonas saß den beiden gegenüber, als sie in Bud Harris' Limousine auf die Coronado-Halbinsel hinüberfuhren. Bud murmelte ins Autotelefon und spielte wie ein Schulmädchen mit seinem Pferdeschwanz. Maggie schien sich auf dem breiten Ledersitz sehr wohl zu fühlen. Sie hatte ihre schlanken Beine übereinandergeschlagen und balancierte mit den Fingerspitzen ein Glas Champagner. Sie hat sich schon an sein Geld gewöhnt, dachte Jonas. Er stellte sich vor, wie sie im Bikini auf Buds Jacht in der Sonne lag.

»Früher hattest du Angst vor der Sonne.«

»Wovon redest du eigentlich?«

»Von deiner Bräune.«

Sie blickte ihn an. »Vor der Kamera sieht das gut aus.«

»Ein Melanom wahrscheinlich weniger.«

»Jetzt fang bloß nicht wieder damit an, Jonas, ich bin nicht in der Stimmung. Heute ist der wichtigste Abend meiner ganzen Karriere, und ich mußte dich regelrecht aus dem Hörsaal zerren. Seit einem geschlagenen Monat weißt du schon von diesem Dinner und hast trotzdem diesen uralten Anzug angezogen.«

»Maggie, das war mein erster Vortrag seit mehr alszwei Jahren, und du stolzierst einfach durch den Saal und ...«

»Hey, Leute, macht mal halblang.« Bud legte den Hörer auf und hob beschwichtigend die Hände. »Jetzt beruhigen wir uns alle mal. Maggie, für Jonas war heute auch ein wichtiger Tag. Vielleicht hätten wir einfach draußen warten sollen.«

Jonas schwieg.

Maggie war noch nicht fertig. »Jahrelang hab' ich auf so eine Gelegenheit gewartet, hab' mir den Arsch aufgerissen, während du deine Karriere das Klo runtergespült hast. Jetzt bin ich an der Reihe, und wenn du nicht dabei sein willst, ist mir das auch egal. Du kannst im Wagen warten, Bud wird mich schon begleiten. Das machst du doch, Bud?«

»Laß mich bloß aus dem Spiel«, brummte Bud.

Maggie zog eine Grimasse und sah aus dem Fenster. In die gespannte Atmosphäre hinein sagte Bud schließlich: »Henderson glaubt, du bist ein echter Siegertyp. Wenn du gewinnst, kann das wirklich der Wendepunkt deiner Karriere sein.«

Maggie wandte sich ihm zu, wobei sie sorgsam vermied, ihren Mann anzuschauen. »Ich werde gewinnen«, sagte sie trotzig. »Das weiß ich einfach. Gieß mir noch was ein.«

Bud grinste, füllte Maggies Glas auf und hielt dann Jonas die Flasche hin. Der schüttelte den Kopf, lehnte sich zurück und starrte abwesend auf seine Frau.

Jonas Taylor hatte Maggie vor fast neun Jahren in Massachusetts kennengelernt, als er am ozeanographischen Institut in Woods Hole zum Tiefseepiloten ausgebildet wurde. Maggie studierte zu diesem Zeitpunkt an der Boston University im vierten Jahr Journalismus. Die schlanke Blondine hatte sich zuvor intensiv um eine Karriere als Model bemüht, war aber nicht groß genug gewesen. Nun hatte sie vor, es zur Fernsehjournalistin zu bringen.

Maggie hatte eine Veröffentlichung über Jonas Taylor und seine Abenteuer im Tauchboot ›Alvin‹ gelesen und wollte in der Universitätszeitung über ihn berichten. Sie wußte, daß er schon eine gewisse Bekanntheit erlangt hatte und fand ihn und seinen athletischen Körperbau durchaus attraktiv.

Jonas Taylor war erstaunt gewesen, daß jemand wie Maggie Interesse fürs Tiefseetauchen zeigte. Seine Arbeit hatte ihm wenig Zeit für gesellschaftliche Aktivitäten gelassen, und als die gutaussehende Blondine sich für ihn zu interessieren schien, ergriff er die Gelegenheit beim Schopf. Bald waren sie zusammen, und Jonas nahm Maggie während der Semesterferien mit dem Team der ›Alvin‹-Expedition zu den Galápagosinseln mit. Er erlaubte ihr sogar, ihn bei einer Tauchfahrt in den Galápagos-Graben zu begleiten.

Der Einfluß, den Jonas unter seinen Kollegen genoß, beeindruckte Maggie. Außerdem liebte sie die Spannung und das Abenteuer, die mit der Meeresforschung einhergingen. Zehn Monate später heirateten die beiden und zogen nach Kalifornien, wo Jonas eine von der Marine finanzierte Stelle angenommen hatte. Maggie liebte Kalifornien. Kaum angekommen, entwickelte sie eine wahre Sucht nach Prominenten und brannte darauf, selbst Karriere in den Medien zu machen. Sie wußte, daß sie mit Hilfe ihres Mannes den Sprung schaffen konnte.

Dann kam die Katastrophe. Bei einer streng geheimen Marineexpedition in den Marianengraben hatte Jonas ein neues Tiefseefahrzeug geführt. Als er zum dritten Mal in den Abgrund vorstieß, war er in Panik geraten und hatte das U-Boot zu rasch an die Oberfläche zurückgesteuert, als daß er eine korrekte Dekompression hätte garantieren können. Zwei Mitglieder des Teams waren gestorben, und man hatte Jonas für den Vorfall verantwortlich gemacht. Der offizielle Bericht hatte von »tiefenbedingter Verwirrung« gesprochen, und das Ganze hatte Jonas' guten Ruf vernichtet. Es war seine letzte Expedition in einem Tauchboot gewesen.

Maggie erkannte rasch, daß ihr Aufstieg zu Ruhm und Erfolg ernsthaft gefährdet war. Da Jonas nicht mehr in der Lage war, sich der Belastung des Tiefseetauchens auszusetzen, sattelte er auf Paläontologie um, schrieb Bücher und erforschte prähistorische Meerestiere. Sein Einkommen ging rapide zurück, was nicht ohne Auswirkungen auf den Lebensstil blieb, an den Maggie sich gewöhnt hatte. Sie begann, freiberuflich für ein paar lokale Zeitschriften zu arbeiten, was sie jedoch nicht wesentlich weiterbrachte. Ihr Traum, berühmt zu werden, schien zerplatzt, und ihr Leben war mit einem Mal unerträglich langweilig geworden.

Da hatte Jonas sie Bud Harris vorgestellt, seinem alten Mitbewohner aus der Studentenzeit. Harris war 35 und hatte gerade die in San Diego beheimatete Reederei seines Vaters geerbt. Er und Jonas hatten drei Jahre lang in einer Wohnung nahe der Penn State University gelebt und waren auch nach dem Studium in Kontakt geblieben.

Maggie arbeitete zu diesem Zeitpunkt als Freie für den *San Diego Register*. Sie war immer auf der Suche nach guten Storys, und sie und Jonas fanden, Buds Reederei würde einen interessanten Artikel für die Sonntagsbeilage abgeben. Also verbrachte Maggie einen Monat damit, Bud bei seiner Arbeit im Hafen zu beobachten. Sie unternahm Ausflüge zu seinen Hafenanlagen in Long Beach, San Francisco und Honolulu, interviewte ihn auf seiner Jacht, nahm an Aufsichtsratssitzungen teil, fuhr auf seinem Hovercraft mit und verbrachte sogar einen Nachmittag damit, die Grundbegriffe des Segelns zu erlernen.

Der so entstandene Bericht wurde zum Aufmacherartikel und verwandelte den rauhen, wilden Millionär in eine lokale Berühmtheit. Seine Charterfirma in San

Diego konnte sich vor Kunden kaum mehr retten. Bud, der es nicht vergaß, wenn jemand etwas für ihn getan hatte, verhalf Maggie zu einem Job als Fernsehreporterin bei einem Lokalsender. Fred Henderson, der Programmdirektor, war einer von Buds Segelkameraden. Maggie begann mit zweiminütigen Kurzberichten für die Zehn-Uhr-Nachrichten, manövrierte sich aber bald in die Redaktion und produzierte wöchentliche Features über Kalifornien und den Westen. Allmählich wurde auch sie zu einer lokalen Größe.

Bud stieg aus der Limousine und streckte Maggie die Hand entgegen. »Vielleicht sollte *ich* einen Preis bekommen. Was meinst du, Maggie? Als Produzent?«

»Kommt absolut nicht in die Tüte«, erwiderte Maggie und reichte dem Chauffeur ihr Glas. Der Alkohol hatte sie ein wenig beruhigt. Sie lächelte Bud an, als sie zu dritt die Treppe hinaufstiegen. »Wenn man anfängt, dir Preise zu verleihen, bleiben keine mehr für mich übrig.« Sie traten durch den Haupteingang des berühmten Hotel del Coronado, über dem ein goldfarbenes Spruchband die 15. Verleihung der Medienpreise von San Diego ankündigte.

Drei gewaltige Kristallüster hingen von der kuppelförmigen Holzdecke des Silver Strand Ballsaals. In einer Ecke spielte eine Band gedämpfte Musik, während die betuchten Gäste zwischen den mit weißen und goldfarbenen Tüchern gedeckten Tischen umhergingen, in den Appetizern stocherten und an ihren Drinks nippten. Bald sollte das Dinner aufgetragen werden.

Jonas hätte sich nie träumen lassen, in einem Anzug nicht fein genug gekleidet zu sein. Maggie hatte ihm einen Monat zuvor von der Veranstaltung erzählt, aber nie erwähnt, daß die Herren Smoking tragen würden.

In der Menge erkannte er ein paar Fernsehleute, nur lokale Stars aus den Regionalnachrichten. Harold Ray, der 54jährige Co-Moderator der Zehn-Uhr-Nachrichten von Channel 9, strahlte bis über beide Ohren, als er Maggie begrüßte. Er hatte dafür gesorgt, daß Maggie ihren Bericht über die negativen Auswirkungen der auf dem Schelf durchgeführten Ölbohrungen auf die Migration der Wale entlang der kalifornischen Küste hatte drehen können. Eben diese Sendung war neben zwei anderen in der Kategorie Umweltthemen im Rennen. Maggie galt als Favoritin.

»Ist nicht ganz auszuschließen, daß du den Vogel heute mit nach Hause nehmen kannst, Maggie.«

»Wie kommst du darauf?«

»Ich bin mit einer der Damen aus der Jury verheiratet«, erwiderte Harold lachend. Mit einem Blick auf Buds Pferdeschwanz fragte er dann: »Ist dieser junge Mann dein werter Gatte?«

»Leider nicht«, erwiderte Bud bedauernd und schüttelte Harolds Hand.

»Was nicht? Nicht jung oder nicht ihr Gatte?« Wieder wieherte Harold.

»Er ist mein … Produzent«, erklärte Maggie lächelnd. Sie warf einen Blick auf Jonas. »*Das* ist mein Mann.«

»Jonas Taylor. Freut mich, Sie kennenzulernen, Mr. Ray.«

»*Professor* Jonas Taylor?«

»Ja.«

»Haben wir nicht vor ein paar Jahren etwas über Sie gebracht? Irgendwas über Dinosaurierknochen in der Salton-See?«

»Kann schon sein. Eine ganze Menge Presseleute sind damals da rausgekommen. Es war ein ungewöhnlicher Fund …«

»Entschuldige, Jonas«, unterbrach ihn Maggie, »aber ich brauche jetzt unbedingt einen Drink. Du bist doch so nett?«

Bud hob einen Finger in die Luft. »Und einen Gin Tonic für mich, Kumpel.«

Jonas sah Harold Ray an.

»Für mich nichts mehr, Professor. Ich muß das Ganze präsentieren. Noch ein Drink, und ich werde da oben die Nachrichten verlesen.«

Jonas ging hinüber zur Bar. Die Luft in dem Ballsaal war feucht, sein Wolljackett viel zu warm und kratzig. Er bestellte ein Bier, ein Glas Champagner und einen Gin Tonic. Der Barkeeper zog eine Flasche Carta Blanca aus dem Eis. Jonas kühlte sich damit die Stirn und nahm einen großen Schluck. Er blickte sich zu Maggie um, die immer noch mit Bud und Harold scherzte.

»Möchten Sie noch ein Bier, Sir?« Die Drinks waren fertig. Jonas betrachtete seine Flasche und sah, daß er sie geleert hatte. »Ich nehme lieber ein Glas davon«, sagte er und zeigte auf den Gin.

»Für mich auch einen, bitte«, ertönte hinter ihm eine Stimme. »Mit Limone.«

Jonas drehte sich um. Es war der Mann mit der Halbglatze und den buschigen Augenbrauen, der mit demselben starren Grinsen über seine Nickelbrille schielte. »Lustig, daß ich Sie hier treffe, Dr. Taylor.«

Jonas betrachtete ihn argwöhnisch. »Sind Sie mir hierher gefolgt?«

»Meine Güte, nein«, erwiderte der Mann und schaufelte eine Handvoll Mandeln aus der Schale auf der Theke. Mit einer unbestimmten Geste wies er in den Saal. »Ich bin bei der Presse.«

Der Barkeeper reichte Jonas seinen Drink. »Und Sie bekommen einen Preis?« fragte Jonas skeptisch.

»Nein, nein. Ich bin bloß als Berichterstatter hier.« Er streckte Jonas seine Hand entgegen. »David Adashek vom *Science Journal.*«

Zögernd ergriff Jonas seine Hand.

»Ihr Vortrag war wirklich hochinteressant. Es ist wirklich faszinierend, dieses Mega... wie heißt das Ding doch noch?«

Jonas nahm einen Schluck Gin und sah den Reporter scharf an. »Was wollen Sie von mir, Mister?«

Adashek schluckte einen Mundvoll Mandeln hinunter und spülte kräftig nach. »Man hat mir zu verstehen gegeben, daß Sie vor sieben Jahren für die Marine ein paar Tauchfahrten im Marianengraben unternommen haben. Stimmt das?«

»Vielleicht, vielleicht auch nicht. Warum interessiert Sie das überhaupt?«

»Es geht das Gerücht, daß die Marine nach einem geeigneten Ort gesucht hat, um radioaktiven Abfall aus einem früheren Rüstungsprojekt zu beseitigen. Und das ist eine Story, an der mein Chefredakteur wahrscheinlich großes Interesse hätte.«

Jonas sah ihn entgeistert an. »Wer hat Ihnen das erzählt?«

»Naja, eigentlich hat mir niemand direkt erzählt, daß...«

»Wer war es?«

»Tut mir leid, Dr. Taylor. Ich gebe meine Quellen nicht preis. Angesichts der Geheimhaltung dieses Vorgangs werden Sie das sicher verstehen.« Adashek schob eine Mandel in den Mund und zerkaute sie geräuschvoll wie ein Stück Lakritze. »Eines ist allerdings komisch. Ich habe den Knaben vor ungefähr vier Jahren interviewt und konnte absolut nichts aus ihm herauskriegen. Letzte Woche hat er sich dann urplötzlich gemeldet und mir gesagt, ich solle mit Ihnen sprechen, wenn ich wissen will, was passiert ist... Hab' ich irgendwas Falsches gesagt, Doc?«

Jonas schüttelte langsam den Kopf und sah den Reporter an. »Ich habe nichts zu sagen. Und jetzt müssen Sie mich entschuldigen; gleich beginnt wohl das Dinner.« Er drehte sich um und ging zu seinem Tisch zurück.

Adashek biß sich auf die Unterlippe, während er Jonas mit zusammengekniffenen Augen hinterhersah.

»Noch einen Drink, Sir?« fragte der Barkeeper.

»Klar«, brummte Adashek und versenkte seine hohle Hand in den Mandeln.

Vom anderen Ende des Raumes aus folgten zwei dunkle asiatische Augen Jonas Taylor auf seinem Weg quer durch den Ballsaal und beobachteten, wie er sich neben die Blondine setzte.

Vier Stunden und sechs Drinks später starrte Jonas auf den Golden Eagle, der nun vor ihnen auf dem weißen Tischtuch hockte, eine Fernsehkamera in den Klauen. Maggies Walbericht hatte ein Feature über die Farallon-Inseln und einen von Greenpeace gesponserten Dokumentarfilm über den japanischen Walfang geschlagen. Ihre Dankesrede hatte zum großen Teil aus dem leidenschaftlichen Appell bestanden, die Wale zu retten. Schließlich war es ihre Betroffenheit über das Schicksal der Meeressäuger gewesen, die sie dazu gebracht hatte, den Film zu drehen. Jonas fragte sich, ob er wohl der einzige Mensch im Saal war, der kein Wort ihrer Ansprache glaubte.

Bud hatte Zigarren verteilt. Harold Ray hatte einen Toast ausgebracht. Fred Henderson war vorbeigekommen, um Maggie zu beglückwünschen und festzustellen, daß er aufpassen mußte, damit Maggie nicht von einem großen Sender aus Los Angeles abgeworben wurde. Maggie heuchelte Desinteresse. Jonas wußte, daß sie von dem betreffenden Gerücht gehört hatte – sie hatte es schließlich selbst in die Welt gesetzt.

Jetzt tanzten alle. Maggie hatte Bud bei der Hand genommen und ihn auf die Tanzfläche geführt, wohl wissend, daß Jonas nicht protestieren würde. Welchen Grund hätte er auch vorbringen können? Er tanzte nicht gern.

Jonas saß alleine am Tisch, zerkaute das Eis aus seinem Glas und versuchte, sich daran zu erinnern, wie viele Gläser Gin er in den vergangenen drei Stunden geleert hatte. Er war müde, hatte einen Anflug von Kopfschmerzen, und alles deutete darauf hin, daß noch eine lange Nacht vor ihm lag. Er stand auf und ging zur Bar.

Dort stand schon Harold Ray, um eine Flasche Wein und ein paar Gläser zu besorgen. »Na, wie war's in Baja California, Professor?«

Jonas fragte sich einen Moment, ob Ray betrunken war. »Wie bitte?«

»Die Kreuzfahrt.«

»Welche Kreuzfahrt?« Er reichte dem Barkeeper sein Glas und forderte ihn mit einem Nicken auf, es wieder zu füllen.

Ray lachte. »Ich hab' ihr ja gesagt, daß drei Tage kein anständiger Urlaub sind. An Ihnen sieht man das ganz deutlich, denn Sie haben das Ganze wohl schon vergessen.«

»Ach, Sie meinen… letzte Woche.« Jetzt fiel es ihm wie Schuppen von den Augen. Maggies Reise nach San Francisco. Ihre braune Haut. »Leider hat es mir nicht ganz so gut gefallen wie Maggie.«

»Zu viele Margaritas?«

Jonas schüttelte den Kopf. »Ich trinke nicht.« Der Barkeeper reichte ihm seinen Gin Tonic.

»Ich auch nicht«, sagte Ray und kehrte wiehernd zu seinem Tisch zurück.

Einen langen Augenblick starrte Jonas auf das Glas in seiner Hand, dann suchte er die Tanzfläche nach Maggie ab. Die Band spielte ›Crazy‹; bei gedämpftem Licht tanzten die Paare eng umschlungen. Er entdeckte Maggie und Bud, die wie zwei Betrunkene aneinander klebten. Buds Hände streichelten ihren Rücken, wanderten langsam nach unten. Jonas sah, wie Maggie sie abwesend auf ihren Hintern schob.

Jonas stellte krachend sein Glas ab und marschierte unbeholfen über die Tanzfläche. Selbstvergessen hielten die beiden sich noch immer in den Armen, die Augen träumerisch geschlossen.

Jonas klopfte Bud auf die Schulter. Die beiden hielten inne und öffneten erschreckt die Augen. Bud starrte seinen Freund an, während sein Blick zunehmend ahnungsvoller wurde. »Jonas?«

Jonas landete einen harten rechten Haken an Buds Unterkiefer. Ein paar Frauen kreischten auf, als Bud in ein anderes Paar taumelte und der Länge nach zu Boden fiel. Die Band unterbrach ihr Spiel.

»Laß deine Hände vom Hintern meiner Frau.«

Entgeistert sah Maggie Jonas an. »Bist du nicht mehr bei Trost?!«

Jonas rieb sich die Fingerknöchel. »Tu mir einen Gefallen, Maggie. Wenn du das nächste Mal eine Kreuzfahrt machst, komm nicht zurück.« Er drehte sich um und verließ die Tanzfläche. Von all dem Gin drehte sich der Saal, als er mit langen Schritten zum Ausgang ging.

Jonas trat ins Freie und riß sich die Krawatte vom Hals. Ein livrierter Page bat ihn um seinen Parkschein.

»Ich hab' kein Auto.«

»Soll ich Ihnen ein Taxi besorgen, Sir?«

»Er braucht keines. Er fährt mit mir.« Terry Tanaka trat hinter ihm aus der Tür.

»*Sie?* Himmel, ein Unglück kommt wirklich selten allein. Was ist los, Terry, wollen Sie mir noch ein bißchen auf die Nerven gehen?«

Sie lächelte. »Okay, das hab' ich verdient. Aber versuchen Sie bloß nicht, mir eins auf die Nase zu geben, sonst liegen Sie flach.«

Jonas hockte sich auf den Bordstein und fuhr sich mit der Hand durchs Haar. Sein Kopf hämmerte. »Was wollen Sie von mir?«

»Ich bin Ihnen hierher gefolgt. Glauben Sie, es tut mir leid, aber es war nicht meine Idee. Mein Vater hat darauf bestanden.«

Jonas warf einen Blick zurück zur Tür. »Das ist nicht gerade der passende Zeitpunkt ...«

Sie reichte ihm ein Foto. »Es geht um das hier.«

Er starrte auf das Bild, dann sah er Terry in die Augen.

»Wie zum Teufel ist denn *das* passiert?«

DIE ›UNIS‹

Jonas ließ sich von ihr nach Hause bringen und kühlte seine Knöchel im Fahrtwind. Sein Blick blieb auf die Straße geheftet, doch in Gedanken studierte er das Foto.

11000 Meter unter der Wasseroberfläche des westlichen Pazifik in den Schluchten des Marianengrabens aufgenommen, zeigte das Schwarzweißfoto eine kugelförmige ›UNIS‹: eine ferngesteuerte Sonde zur Beobachtung der Bedingungen auf dem Meeresboden. Jonas war einigermaßen vertraut mit den jüngsten Forschungen, die man mit Hilfe dieses bemerkenswerten Roboters durchgeführt hatte. Bei einem japanisch-amerikanischen Projekt zur Vorhersage von Erdbeben waren 25 solcher Titankugeln in einem 200 Kilometer langen Abschnitt des Marianengrabens versenkt worden, um die Beben am Grund des tiefsten Meeresgrabens der Welt zu messen.

»Das Unternehmen war ein Erfolg«, berichtete Terry ihm, als sie die Autobahn erreicht hatten. »Selbst mein Vater war zufrieden.« Masao Tanaka hatte die ›UNIS‹ in seinem ozeanographischen Institut in Monterey für das Forschungsprojekt entworfen. Schon zwei Wochen nach Versenken der Sonden empfing die ›Kiku‹, das Forschungsschiff des Instituts, ununterbrochen Informationen, und Wissenschaftler auf beiden Seiten des Pazifischen Ozeans studierten die Daten mit großem Interesse.

Dann hatte es Probleme gegeben. »Drei Wochen nach der Plazierung«, erklärte Terry, »hat man uns aus Japan mitgeteilt, daß einer der Roboter keine Daten mehr sendete. Eine Woche später fielen zwei weitere Sonden aus. Als wenige Tage danach auch eine andere nicht mehr reagierte, beschloß mein Vater, daß wir etwas unternehmen mußten.«

Terry sah Jonas an. »Er hat meinen Bruder im Tiefengleiter hinuntergeschickt.«

»D.J.?«

»Er ist unser erfahrenster Pilot.«

»Niemand hätte allein so tief hinunterfahren dürfen.«

»Das stimmt. Ich habe Dad gesagt, daß ich ihm in dem anderen Gleiter hätte folgen sollen.«

»Sie?«

Terry sah ihn herausfordernd an. »Paßt Ihnen was nicht? Damit das klar ist, ich bin zufällig eine verdammt gute Pilotin.«

»Das will ich ja gar nicht bestreiten, aber in 11 000 Metern Tiefe? Was ist die größte Tiefe, die Sie je allein erreicht haben?«

»Ich bin zweimal bis 5000 Meter gekommen, und zwar ohne Probleme.«

»Nicht schlecht«, gab Jonas zu.

»Nicht schlecht für eine Frau, meinen Sie.«

»Hey, hey, ich meine das ganz allgemein. Nur wenige Menschen haben solche Tiefen erreicht. Verdammt noch mal, Terry, machen Sie mal halblang.«

Sie lächelte. »Tut mir leid. Es ist manchmal schon frustrierend, wissen Sie. Dad hält sich strikt an die altmodischen japanischen Vorstellungen. Frauen sind zum Anschauen da, und nicht, um den Mund aufzumachen, so was in der Art.«

»Also weiter«, sagte Jonas. »Wie ist es D.J. im Marianengraben ergangen?«

»Gut. Er hat die ›UNIS‹ gefunden und alles gefilmt. Das Foto stammt aus seinem Video.«

Jonas sah das Bild noch einmal an. Es zeigte eine ›UNIS‹-Sonde, die am Grund der Tiefseeschlucht auf der Seite lag. Sie war offensichtlich aufgebrochen worden. Ihre drei Füße waren deformiert, ein verschraubter Arm war abgerissen, und die Titanhülle der Kugel selbst war übel zugerichtet.

Jonas sah genauer hin. »Wo ist das Sonargerät?«

»D. J. hat es 40 Meter strömungsabwärts gefunden. Er hat es hochgeholt, und jetzt ist es im Institut in Monterey. Deshalb bin ich auch hier. Mein Vater möchte Sie bitten, einen Blick darauf zu werfen.«

Jonas sah sie skeptisch an.

»Sie können morgen früh mit mir hochfliegen«, sagte sie. »Unsere Maschine startet um acht.«

Abwesend, wie er war, hätte Jonas beinahe seine Garageneinfahrt verpaßt. »Da drüben – links rein.«

Sie bog in die lange, mit Laub bedeckte Einfahrt ein und hielt vor einem hübschen, unter Bäumen verborgenen Haus im spanischen Kolonialstil.

Als Terry den Motor abstellte, sah ihr Jonas mit zusammengekniffenen Augen direkt ins Gesicht. »Ist das wirklich alles, was Ihr Vater von mir will?«

Terry schwieg einen Augenblick. »Soviel ich weiß, ja. Wir wissen nicht, was da drunten geschehen ist. Dad meint, Sie könnten uns vielleicht helfen, die möglichen Ursachen zu sondieren, und uns überhaupt Ihre Meinung als Fachmann sagen ...«

»Meine Meinung als Fachmann ist, daß ihr auf alle Fälle aus dem Marianengraben draußenbleiben solltet. Er ist viel zu gefährlich, um erforscht zu werden, besonders in einem Ein-Mann-U-Boot.«

Er stieg aus dem Wagen und sie folgte ihm.

»Hören Sie mal, *Professor* Taylor, vielleicht haben Sie nach so vielen Jahren auf dem Trockenen den Geschmack verloren, aber auf D.J. und mich trifft das überhaupt nicht zu. Was ist eigentlich mit Ihnen passiert? Ich war erst 17, als wir uns zum ersten Mal getroffen haben, aber soweit ich mich erinnere, waren Sie echt heiß auf Ihren Job.«

»Terry, der Marianengraben ist zu tief und schlicht und ergreifend zu gefährlich.«

»Zu gefährlich? Wovor fürchten Sie sich – vielleicht vor einem 18 Meter langen weißen Hai?« Sie senkte verächtlich die Mundwinkel. »Ich will Ihnen mal was sagen, Jonas. Die Daten, die wir in den ersten beiden Wochen empfangen haben, waren von unschätzbarem Wert. Wenn das Frühwarnsystem für Erdbeben funktioniert, wird es Tausende von Menschenleben retten. Haben Sie soviel zu tun, daß Sie nicht einen Tag Zeit haben, um zum Institut zu fliegen? Mein Vater bittet Sie um Ihre Hilfe. Sie brauchen bloß das Sonargerät untersuchen und das Video anschauen, das mein Bruder aufgenommen hat, und dann können Sie schon morgen abend wieder bei Ihrem geliebten Weib sein. Ich bin sicher, daß mein Vater Ihnen sogar persönlich seine neue Wal-Lagune zeigen wird.«

Jonas atmete tief ein. Er schätzte Masao Tanaka als Freund, und Freunde schien er in letzter Zeit nicht gerade im Überfluß zu besitzen. »Wann würden wir abfliegen?«

»Wir treffen uns morgen früh Punkt halb acht am Privatflugplatz.«

»Am Privat... nehmen wir etwa einen von diesen Grashüpfern?« Jonas mußte schlucken.

»Beruhigen Sie sich. Ich kenne den Piloten. Also, dann bis morgen.« Sie sah ihn noch einen Augenblick an, dann wandte sie sich um und ging zu ihrem Wagen zurück. Jonas blieb wie festgewurzelt stehen, bis sie abgefahren war.

Als Jonas die Tür hinter sich schloß und das Licht anknipste, fühlte er sich in seinem eigenen Haus urplötzlich wie ein Fremder. Es war totenstill. Ein Hauch von Maggies Parfüm hing noch in der Luft. Sie wird erst spät nach Hause kommen, dachte er.

Er ging in die Küche, holte eine Flasche Wodka aus dem Kühlschrank, überlegte es sich dann aber anders. Er schaltete die Kaffeemaschine an, legte einen frischen Filter ein, füllte ihn mit Kaffee, goß Wasser ins Reservoir. Dann drehte er den Hahn noch einmal auf, ließ Wasser in seinen Mund laufen und gurgelte. Er drehte den Wasserhahn zu, und einen langen Augenblick stand er am Spülbecken und starrte aus dem Küchenfenster in die Dunkelheit, während der Kaffee durchlief. Draußen war finstere Nacht. Er sah nichts als sein Spiegelbild im Fensterglas.

Als der Kaffee fertig war, nahm er einen Becher und die volle Kanne und ging in sein Arbeitszimmer.

Sein Heiligtum. Das einzige Zimmer im Haus, das wirklich ihm gehörte. Die Wände waren bedeckt mit Reliefkarten des Ozeans, zeigten die Ränder der Kontinentalplatten, die unter dem Meeresspiegel liegenden Bergketten und Ebenen, die Tiefseegräben. Mehrere versteinerte Megalodon-Zähne waren auf den Tischen verstreut. Manche standen aufrecht in Glaskästen, andere lagen wie Briefbeschwerer auf Papierstapeln. Das gerahmte Gemälde eines weißen Hais hing über dem Schreibtisch, daneben eine anatomische Darstellung von dessen inneren Organen.

Jonas stellte seinen Becher neben den Computer und setzte sich an die Tastatur. Das Kieferpaar eines knapp vier Meter langen weißen Hais gähnte ihm hoch über seinem Monitor entgegen. Er drückte ein paar Tasten, um ins Internet zu kommen, dann gab er den Code des Tanaka Oceanographic Institute ein.

Titan. Selbst Jonas konnte es kaum glauben.

Jonas stürzte den heißen Kaffee hinunter und wartete, bis das Menü vor ihm erschien. Dann gab er die Buchstabenkombination UNIS ein.

UNIS
Unmanned Nautical Informational Submersible

Unbemanntes nautisches Forschungstauchboot, korrekt, dachte Jonas. Doch dann las er weiter.

Von Masao Tanaka, dem Leiter des gleichnamigen ozeanographischen Instituts, im Jahre 1979 ursprünglich entwickelt, um freilebende Walpopulationen zu beobachten. 1997 in Zusammenarbeit mit JAMSTEC, dem japanischen Meeresforschungszentrum umgebaut, um seismische Störungen in Tiefseegräben aufzuzeichnen. Jede UNIS besteht aus einer 8 cm dicken Außenhülle aus Titan. Das Gerät steht auf drei ausziehbaren Beinen und wiegt 1300 kg. Es ist in der Lage, einem Druck von mehr als 2700 kg/cm^2 standzuhalten. UNIS übermittelt die aufgefangenen Daten mittels eines fiberoptischen Kabels an ein Forschungsschiff.

Instrumentierung der UNIS:

Elektromagnetische Felder Mineralische Ablagerungen
Salzgehalt
Seismische Störungen Topographie Wassertemperatur

Jonas studierte die technischen Einzelheiten der Sonde und war von der Einfachheit ihrer Konstruktion beeindruckt. Plazierte man eine Anzahl dieser Roboter entlang einer seismischen Verwerfung, konnten diese die verräterischen Anzeichen eines drohenden Erdbebens aufspüren.

Der Süden Japans, las Jonas, hat das Pech, am Berührungspunkt dreier tektonischer Platten zu liegen. In unbestimmten Abständen entlädt sich die durch deren Bewegung entstehende Spannung gewaltsam und verursacht alljährlich ein Zehntel der weltweit registrierten Erdbeben. Bei einem katastrophalen Beben waren 1923 über 140000 Menschen ums Leben gekommen.

1994 hatte Masao Tanaka verzweifelt nach Geldquellen Ausschau gehalten, um seinen Lebenstraum zu verwirklichen – eine gewaltige Lagune, die als Schutzgebiet für Wale dienen sollte. Das japanische Meeresforschungszentrum hatte sich bereit erklärt, das gesamte Projekt zu finanzieren, wenn das Tanaka-Institut im Gegenzug 25 ›UNIS‹-Sonden lieferte, um die seismische Aktivität in der Challenger-Tiefe zu überwachen. Drei Jahre später war das Kontrollsystem erfolgreich installiert worden. Doch nach einigen Wochen, in denen es dem 11000 Tiefenmeter entfernten Forschungsschiff bemerkenswerte Daten übermittelt hatte, war eine Störung aufgetreten. Jetzt brauchte Masao Tanaka die Hilfe von Jonas Taylor, um eine der beschädigten Sonden zu bergen und die Ursache ihres Versagens herauszufinden.

Jonas nahm einen Schluck Kaffee. »Die Challenger-Tiefe«, murmelte er vor sich hin. Die Experten bezeichneten sie als Vorzimmer der Hölle.

Für Jonas war sie die Hölle selbst.

Wenige Kilometer entfernt saß Terry Tanaka im Holiday Inn frisch geduscht und in ein Hotelhandtuch gewickelt auf der Bettkante. Sie hatte sich wirklich über diesen Taylor geärgert. Der Mann war eigensinnig und hatte zudem noch eindeutig chauvinistische Vorstellungen. Warum ihr Vater darauf bestanden hatte, daß das Team seine Mitarbeit benötigte, war ihr völlig schleierhaft. Terry beschloß, ihren privaten Aktenordner über Professor Jonas Taylor noch einmal durchzusehen.

Die grundlegenden Fakten kannte sie auswendig. Grundstudium an der Penn State University, danach Diplome von der University of California in San Diego und vom ozeanographischen Institut in Woods Hole. Früher hatte er einen Lehrstuhl am Scripps-Institut innegehabt; er war Autor von drei Büchern über Paläontologie. Außerdem war Jonas Taylor als einer der erfahrensten Tauchbootpiloten der Welt bekannt gewesen. Aber was war dann geschehen? Terry blätterte in ihrem Ordner. Dr. Taylor hatte in den achtziger Jahren 17 Tauchfahrten mit dem U-Boot ›Alvin‹ durchgeführt und mehrere Expeditionen in vier verschiedene Tiefseegräben geleitet. Dann hatte er all dies aus unbekannten Gründen vor sieben Jahren einfach aufgegeben.

»Das verstehe ich nicht«, sagte Terry laut. Sie ließ den Vortrag des vorangegangenen Abends Revue passieren und erinnerte sich an den Mann mit den buschigen Augenbrauen, der Jonas praktisch beschuldigt hatte, eine Expedition in den Marianengraben geführt zu haben. Aber nichts in der Akte wies auf eine Fahrt in die Challenger-Tiefe hin.

Terry legte den Ordner beiseite und schaltete ihren Laptop an. Sie gab ihr Kennwort ein, um über das Internet die Verbindung zum Computer ihres Instituts herzustellen.

Ihre nächste Eingabe war: Marianengraben.

Dateiname: Marianengraben

Lage:
Westlicher Pazifischer Ozean, im Osten der Philippinen, nahe der Insel Guam.

Fakten:
Mit einer Tiefe von bis zu 11034 m und einer Länge von 2500 km ist der Marianengraben die tiefste und die zweitlängste Meeresschlucht der Erde. Die tiefste Region des Grabens ist die Challenger-Tiefe, benannt nach der zweiten Challenger-Expedition, die sie 1951 entdeckte. Hinweis: Ein 1 kg schwerer Gegenstand, an der Wasseroberfläche über dem Graben ins Meer geworfen, würde mehr als eine Stunde brauchen, um den Grund zu erreichen.

Erforschung (bemannt):
Am 23. Januar 1960 erreichte der Bathyskaph ›Trieste‹ der US-Marine 10916 m und damit fast den Grund der Challenger-Tiefe. An Bord waren der Marineleutnant Donald Walsh und der Schweizer Ozeanologe Jacques Piccard. Im selben Jahr führte der französische Bathyskaph ›Archimède‹ eine ähnliche Tauchfahrt durch. In beiden Fällen wurden die Bathyskaphen senkrecht hinabgelassen und wieder zum Forschungsschiff emporgezogen.

Erforschung (unbemannt):
1993 ließen japanische Forscher das ferngesteuerte Tauchboot ›Kaiko‹ bis auf 10915 m absinken, wo ein Defekt eintrat. 1997 plazierte das Tanaka Oceanographic Institute 25 ferngesteuerte UNIS-Sonden im Marianengraben.

Terry überflog die gesamte Datei. Über Jonas Taylor war hier nichts zu finden. Sie gab ein: Tauchboote.

Tauchboote: Siehe ›Trieste‹ (1960)
›Sea Cliff‹ (1990)

Sea Cliff? Warum war der Name in den vorangegangenen Informationen nicht aufgetaucht? Sie versuchte, weiter vorzudringen.

Sea Cliff: kein Zugriff.
Ausschließlich autorisiertes Personal der US-Marine.

Mehrere Minuten lang versuchte Terry, sich Zugriff auf die Datei zu verschaffen, aber es war hoffnungslos. Sie spürte einen Kloß im Magen.

Sie stellte den Laptop beiseite und dachte wieder an den Vortrag. Zum ersten Mal hatte sie Jonas Taylor zehn Jahre zuvor bei einem Symposium getroffen, das vom Institut ihres Vaters veranstaltet worden war. Man hatte Jonas eingeladen, damit er über das Tauchboot ›Alvin‹ berichtete. Zu diesem Zeitpunkt war Terry siebzehn gewesen. Sie hatte das Symposium gemeinsam mit ihrem Vater organisiert, hatte die Anreise und die Hotelreservierungen für mehr als 70 Wissenschaftler aus der ganzen Welt koordiniert. Auch für Jonas hatte sie den Flug gebucht und ihn selbst vom Flughafen abgeholt. Sie erinnerte sich an ihre kindliche Schwärmerei für den Tiefseepiloten mit der athletischen Figur. Terry sah noch einmal sein Foto in ihrem Ordner an. Am vorangegangenen Abend war Professor Taylor ihr selbstbewußt, aber in gewisser Weise auch ein wenig hilflos erschienen. Angenehme, gebräunte Gesichtszüge, mit ein paar Sorgenfältchen um die Augen. Dunkelbraunes Haar, das an den Schläfen ergraute. 1,85 Meter groß, schätzte sie, ungefähr 90 Kilo schwer. Mit immer noch athletischer Figur.

Was war bloß mit ihm geschehen? Warum hatte ihr Vater darauf bestanden, ihn zu kontaktieren? Terrys Ansicht nach war die Mitarbeit von Jonas Taylor das letzte, was das ›UNIS‹-Projekt brauchte.

Jonas wachte in seinen Kleidern auf. Irgendwo in der Nachbarschaft bellte ein Hund. Er schielte auf die Uhr. Sechs Uhr morgens. Er lag auf der Couch in seiner Höhle, um ihn herum lagen Computerausdrucke verstreut. Mit pochendem Schädel setzte er sich auf und stieß dabei mit dem Fuß die leere Kaffeekanne um. Jonas rieb sich die blutunterlaufenen Augen und starrte auf den Computer. Der Bildschirmschoner flimmerte. Er tippte auf die Maus, und auf dem Bildschirm tauchte eine Darstellung der ›UNIS‹-Sonde auf. Wie eine Welle kam die Erinnerung zurück.

Der Hund verstummte. Das Haus schien ungewöhnlich still. Jonas stand auf, betrat den Flur, ging zum Schlafzimmer.

Maggie war nicht da. Das Ehebett war unberührt.

MONTEREY

Terry entdeckte ihn, als er vom Parkplatz kommend die Rollbahn überquerte.

»Guten Morgen, Professor«, sagte sie ein ganz klein wenig zu laut. Lächelnd fügte sie hinzu: »Wie geht es Ihrem Schädel?«

Jonas schwang seine Reisetasche auf die andere Schulter. »Sprechen Sie bitte etwas leiser.« Argwöhnisch beäugte er das Flugzeug. »Sie haben mir aber nicht gesagt, daß es so … so klein ist.«

»Ist es gar nicht. Jedenfalls nicht für eine Beechcraft.« Sie blickte wieder auf ihre Checkliste. Auf dem Rumpf der zweimotorigen Maschine war neben den Buchstaben ›T. O. I.‹ ein Logo mit einem Wal zu sehen.

Jonas stellte seine Tasche ab und sah sich um. »Wo ist der Pilot?«

Sie stemmte die Hände in die Hüften und grinste.

»*Sie*?«

»Hey, wir wollen doch nicht wieder mit dem alten Thema anfangen. Haben Sie ein Problem damit?«

»Nein, ich hab' bloß gedacht …«

Terry wandte sich wieder ihrer Liste zu. »Wenn Ihnen das hilft: Ich fliege schon seit sechs Jahren.«

Jonas nickte beklommen. Es half ihm nichts. Er fühlte nur, daß er langsam älter wurde.

»Alles in Ordnung?« fragte sie, als er an seinem Gurt herumnestelte. Jonas sah ein wenig bleich aus. Er hatte kein einziges Wort gesagt, seit er in die Maschine geklettert war. »Vielleicht wollen Sie lieber hinten sitzen, da ist genug Platz, um sich auszustrecken. Die

Spucktüten sind übrigens in der Seitentasche.« Sie grinste.

»Genießen Sie's nur.«

»Ich hätte mir nie vorgestellt, daß ein erfahrener Tiefseepilot wie Sie so nervös werden kann.«

»Wahrscheinlich bin ich einfach daran gewöhnt, selbst am Steuer zu sitzen. Fliegen Sie einfach los, ich bleibe vorne sitzen«, sagte er, während sein Blick unwillkürlich an den Skalen und Meßinstrumenten über dem Steuerknüppel hängenblieb. Das Cockpit war ziemlich eng, und der Sitz des Kopiloten schien direkt an der Scheibe zu kleben.

»Weiter zurück geht er nicht«, bemerkte Terry, als Jonas nach einem Hebel suchte, um den Sitz zu verstellen.

Jonas schluckte trocken. »Ich brauche ein Glas Wasser.«

Sie löste den Blick von seinen zitternden Händen. »Hinten in dem grünen Schränkchen.«

Jonas stand auf und quetschte sich hinter in die Kabine.

»Im Kühlschrank ist auch Bier!« rief sie über die Schulter.

Jonas öffnete seine Reisetasche, fand seinen Arzneibeutel und holte ein mit kleinen gelben Pillen gefülltes braunes Fläschchen heraus. Klaustrophobie. Sein Arzt hatte die Störung nach dem Unfall diagnostiziert; es war eine psychosomatische Reaktion auf die Belastung, der er ausgesetzt gewesen war. Ein Tiefseepilot mit Klaustrophobie war so nutzlos wie ein nicht schwindelfreier Turmspringer. Es funktionierte einfach nicht.

Jonas spülte zwei der Pillen mit Wasser aus einem Pappbecher hinunter. Er starrte auf seine zitternde Hand und zerknüllte den Becher in der Faust. Einen Moment lang schloß er die Augen, atmete tief ein. Als er die Augen wieder öffnete und den zerdrückten Becher in seiner Hand betrachtete, zitterte er nicht mehr.

»Alles in Ordnung?« fragte Terry durch die Tür des Cockpits. Jonas sah auf. »Natürlich. Mir geht's gut.«

Der Flug nach Monterey dauerte zweieinhalb Stunden. Jonas fügte sich in sein Schicksal und begann sogar, die Reise zu genießen. Als sie die Küste von Big Sur überflogen, entdeckte Terry ein Walpaar, das am Ufer entlang nach Süden schwamm. »Blauwale«, sagte sie.

»Kreuzfahrt nach Baja California.« Jonas starrte mit bitterem Blick in die Tiefe.

»Hören Sie, Jonas. Bei Ihrem Vortrag wollte ich eigentlich nicht so ruppig auftreten. Es ist bloß so, daß Dad darauf bestanden hat, daß ich Sie suche, und – ehrlich gesagt – habe ich selbst nicht eingesehen, warum Sie für uns Ihre kostbare Zeit vergeuden sollten. Ich meine, wir brauchen keinen zusätzlichen Tauchbootpiloten.«

»Gut, denn daran hätte ich auch gar kein Interesse.«

»Wir brauchen ja gar keinen.« Sie spürte, daß sie innerlich wieder zu kochen begann. »Vielleicht könnten Sie meinen Vater überreden, daß er mich D. J. mit dem zweiten Tiefengleiter begleiten läßt.«

»Abgelehnt.« Jonas sah aus seinem Fenster.

»Und warum?«

Er sah das Mädchen an. »Erstens habe ich Sie noch nie beim Führen eines Tauchboots beobachtet. Das ist schließlich was ganz anderes, als am Steuerknüppel eines Flugzeugs zu sitzen. Da unten herrscht ein gewaltiger Druck ...«

Das brachte das Faß zum Überlaufen. »Druck? Sie brauchen mehr Druck?« Terry riß den Steuerknüppel zurück und vollführte eine Reihe enger Loopings, um das kleine Flugzeug dann in einen furchterregenden Sturzflug abkippen zu lassen.

In einer Höhe von 450 Metern richtete die Maschine ihre Nase schließlich wieder geradeaus, während Jonas auf das Instrumentenbrett kotzte.

DER REPORTER

David Adashek rückte seine dicke Nickelbrille zurecht, bevor er an die gepolsterte Tür von Suite 810 klopfte. Keine Antwort. Er klopfte noch einmal, nun lauter.

Die Tür ging auf, und eine benommene Maggie Taylor wurde sichtbar. Sie trug nichts außer einem weißen Bademantel, der offenstand und ihre braune Haut hervorblitzen ließ.

»David! Himmel, wie spät ist es denn?«

»Bald Mittag. War wohl 'ne schlimme Nacht?«

Sie lächelte, noch im Halbschlaf. »Nicht so schlimm wie die meines Mannes, da bin ich sicher. Setz dich.« Sie deutete auf zwei weiße Sofas, die im Wohnbereich vor einem riesigen Fernsehschirm standen.

»Hübsche Suite. Wo ist Bud?«

Maggie streckte sich auf dem anderen Sofa aus. »Er ist vor ungefähr zwei Stunden gegangen. Du hast Jonas bei seinem Vortrag ganz schön zugesetzt, David.«

»Ist das Ganze denn wirklich nötig, Maggie? Er scheint ein wirklich anständiger Kerl zu sein ...«

»Dann kannst *du* ihn ja gerne heiraten. Für mich sind's bald zehn Jahre, und ich hab' es satt.«

»Warum läßt du dich nicht einfach scheiden, um es rasch hinter dich zu bringen?«

»So einfach ist das nicht. Ich stehe jetzt im Brennpunkt der Öffentlichkeit, und mein Agent meint, wir müssen sehr genau darauf achten, was die Leute denken. Jonas hat noch immer viele Freunde hier in der Stadt. Er soll als Verrückter dastehen. Die Leute müssen glauben, daß es sein Verhalten war, das die Scheidung ausgelöst hat. Der gestrige Abend war schon ein guter Anfang.«

»Und was kommt als nächstes?«

»Wo ist Jonas jetzt?«

Adashek zog seinen Notizblock heraus. »Er ist mit dieser Tanaka nach Hause gefahren ...«

»Jonas? Mit einer anderen Frau?« Maggie lachte hysterisch auf.

»Es war ganz harmlos; sie hat ihn bloß vom Hotel nach Hause gefahren. Heute morgen bin ich ihm zum Privatflugplatz gefolgt. Sie sind auf dem Weg nach Monterey, ich schätze es geht um die neue Wal-Lagune, die das Tanaka-Institut baut.«

»Okay, bleib dran und halt mich auf dem laufenden. Ende nächster Woche will ich die Sache mit der Marine an die Öffentlichkeit bringen und dabei besonders hervorheben, daß zwei Besatzungsmitglieder umgekommen sind. Sobald diese Story einschlägt, machst du mit mir ein ergänzendes Interview. Dann werde ich die Scheidung mit allem Drum und Dran einreichen.«

»Du bist der Boß. Aber wenn ich Jonas auf den Fersen bleiben soll, brauche ich noch Bares.«

Maggie zog einen dicken Briefumschlag aus der Tasche ihres Bademantels.

»Bud meint, du sollst die Belege aufheben.«

Klar, dachte Adashek, die setzt er bestimmt von der Steuer ab.

DIE LAGUNE

»Da ist sie.« Terry deutete auf den Küstensaum, als sie in Richtung der glitzernden Bucht von Monterey hinunterglitten.

Jonas nippte an seiner warmen Limonade. Von Terrys kleiner Kunstflugvorführung war ihm noch immer flau im Magen. Sein Kopf hämmerte, und er hatte sich bereits entschieden, gleich nach dem Treffen mit Masao wieder abzureisen. Was ihn betraf, so war Terry die letzte, die er Masao Tanaka für eine Tauchfahrt auf den Grund der Challenger-Tiefe empfehlen würde.

Rechts unter sich sah Jonas die noch leere künstliche Lagune, angelegt auf einem 25 Quadratkilometer großen Areal am Strand, gleich südlich von Moss Landing. Aus der Luft sah sie wie ein riesiges ovales Schwimmbecken aus. Die parallel zum Meer ausgerichtete Anlage war gut 1200 Meter lang und 400 Meter breit. In der Mitte 25 Meter tief, erreichten ihre Wände die Höhe eines zweistöckigen Hauses. An beiden Enden waren gewaltige Acrylfenster eingesetzt. Ein betonierter Kanal in der Mitte der zum Meer gelegenen Wand verband die Lagune mit den in die Tiefe abfallenden Fluten des Pazifiks.

Die Lagune enthielt noch kein Wasser. Bauarbeiter krochen ameisengleich über Gerüste. Verlief alles nach Plan, so würde das Tor zum Pazifik in weniger als einem Monat geöffnet werden, um die Lagune mit Meerwasser zu füllen und zum größten Aquarium der Welt zu machen.

»Wenn ich das nicht mit eigenen Augen gesehen hätte, hätte ich es einfach nicht geglaubt«, sagte Jonas im Landeanflug.

Terry lächelte stolz. Masao Tanaka betrachtete den Bau des Aquariums als sein Lebenswerk. Wie ein von Leben erfülltes Labor sollte die Lagune ihren zukünftigen Bewohnern – den größten Lebewesen, die die Erde je gesehen hatte – als natürlicher und doch geschützter Aufenthaltsort dienen. Jeden Winter zogen Zehntausende dieser Säugetiere durch das Gewässer vor der Küste Kaliforniens, um sich im Süden fortzupflanzen. Wenn das Aquarium vollendet war, würden sich seine Tore öffnen, um die gewaltigen *Cetacea* willkommen zu heißen: Grauwale, Buckelwale und vielleicht sogar die bedrohten Blauwale.

Masaos Traum sollte zur Wirklichkeit werden.

Eine Dreiviertelstunde später stand Jonas lächelnd vor dem Erbauer der Lagune.

»Jonas! Meine Güte, es ist so schön, dich wiederzusehen.« Masao, einen guten Kopf kleiner als Taylor, strahlte diesen geradezu an. »Laß dich anschauen. Ah, du siehst beschissen aus. Riechst auch so! Hm. Was ist los? Fliegst du nicht gern mit meiner Tochter?«

»Ehrlich gesagt, keineswegs.« Jonas warf der Frau einen bitterbösen Blick zu.

Masao sah seine Tochter an. »Terry?«

»Seine Schuld, Dad. Es ist nicht mein Problem, wenn er nicht mit dem Druck umgehen kann. Wir sehen uns dann im Vorführraum.« Sie verließ die Rollbahn und ging auf ein dreistöckiges Gebäude am Ende der Lagune zu.

»Verzeih mir, Taylor-san. Terry ist sehr eigensinnig, so eine Art Freigeist. Ist das der richtige Ausdruck? Es ist schwierig, eine Tochter ohne ein weibliches Vorbild aufzuziehen.«

»Vergessen wir's. Ich bin ja eigentlich gekommen, um mir deine Lagune anzuschauen – sie ist unglaublich.«

»Ich werde dir später alles zeigen. Komm, wir besorgen dir ein frisches Hemd, und dann stelle ich dich meinem leitenden Ingenieur vor, Alphonse DeMarco. Er arbeitet an dem Video, das D. J. im Graben aufgenommen hat. Ich bin gespannt zu erfahren, was du davon hältst.«

Jonas folgte Masao zum Vorführraum. Sie betraten das verdunkelte Zimmer, in dem das Video bereits lief. Jonas setzte sich neben Terry, während DeMarco Masao begrüßte.

Das Video zeigte einen Scheinwerferkegel, der durchs klare, dunkle Wasser drang. Das Wrack der ›UNIS‹ kam ins Blickfeld. Es lag auf der Seite am Grund einer Schlucht, eingekeilt von Felsen und bedeckt von Schlamm.

Alphonse DeMarco starrte auf den sonst zum Bearbeiten von Videos verwendeten Monitor. »D. J. hat das Ding neunzig Meter von seinem ursprünglichen Standort entfernt gefunden.«

Jonas erhob sich von seinem Stuhl und ging näher zum Monitor. »Was ist denn *Ihre* Meinung zu dem Vorfall?«

DeMarco starrte auf den Bildschirm, während der Scheinwerfer über die verschrammte Oberfläche der defekten Sonde glitt. »Die einfachste Erklärung läuft darauf hinaus, daß das Ding von einem Erdrutsch erfaßt wurde.«

»Von einem Erdrutsch?!«

»Ich bin sicher, daß so was da drunten ziemlich häufig vorkommt.«

Jonas ging zu dem Tisch, auf dem die geborgene Halbschale des Sonargeräts wie ein Bruchstück einer abstrakten Skulptur lag. Er berührte den geborstenen Rand der Metallscheibe. »Die Sonde besteht aus einer

Titankugel mit über zehn Zentimeter dicken Stahlstützen. Ich habe mir die Daten der Belastungstests vorgenommen …«

»Vielleicht hat die Hülle beim Aufprall einen Riß bekommen. Die Strömungen sind unglaublich stark.«

»Gibt es Hinweise dafür?«

»Die ›UNIS‹ hat knapp zwei Minuten, bevor wir den Kontakt verloren, einen Anstieg der Turbulenz gemeldet.«

Jonas schwieg einen Augenblick, dann wandte er sich wieder DeMarco zu. »Was ist mit den anderen?«

»Zwei der anderen verschwundenen Sonden haben ähnliche Turbulenzveränderungen aufgezeichnet, bevor der Kontakt unterbrochen wurde. Wenn das Ding hier tatsächlich von einem Erdrutsch erfaßt wurde, können wir wohl annehmen, daß mit ihnen dasselbe passiert ist.«

Jonas drehte sich um und ging auf den Monitor zu. »Ihr habt vier Sonden verloren«, sagte er. »Strapaziert es nicht doch die Grenzen der Wahrscheinlichkeit, wenn man vermutet, sie seien allesamt von Erdrutschen zerstört worden?«

DeMarco nahm seine Brille ab und rieb sich die Augen, als habe er diesen Einwand schon öfter gehört. Tatsächlich hatte er mit Masao mehr als eine Debatte über diesen Punkt geführt. »Wir wußten von Anfang an Bescheid über die seismische Aktivität in den Gräben. Zum Beispiel werden Kabel, die durch andere Schluchten führen, ständig von Erdrutschen zerstört. Das Ganze weist nur darauf hin, daß der Marianengraben noch weniger stabil ist, als wir vermutet hatten.«

»Es kommt häufig vor, daß sich die Tiefseeströmungen verändern, bevor ein Erdrutsch auftritt«, warf Terry ein.

»Jonas«, sagte Masao, »unser gesamtes Projekt hängt davon ab, ob wir herausfinden, was mit diesen Sonden geschehen ist, und ob wir die Situation unverzüglich bereinigen können. Ich bin zu dem Entschluß gelangt, daß wir diese ›UNIS‹ bergen müssen. Mein Sohn kann das nicht alleine leisten. Dazu brauchen wir nämlich zwei gemeinsam arbeitende Tauchboote: eines, um den Schutt wegzuräumen und die ›UNIS‹ zu stabilisieren, während das zweite Boot das Stahlseil anbringt ...«

»Dad!« Mit einem Mal erkannte Terry, warum ihr Vater darauf bestanden hatte, Jonas ausfindig zu machen.

»Halten Sie das Band an.« Jonas hatte etwas auf dem Monitor erblickt. »Ein Stück zurück«, wies er den Vorführer an.

»Ja, hier. Jetzt laufen lassen.«

Alle starrten auf das bewegte Bild auf dem Monitor. Der Scheinwerfer wanderte hinüber zur anderen Seite der kugelförmigen Sonde. Sie war teilweise von Steinen und Schlamm bedeckt, und der Kegel erfaßte nun den Schutt nahe ihrer Unterseite.

»Da!« sagte Jonas. Der Vorführer stoppte das Band. Jonas deutete auf ein winziges weißes Fragment, das unter der Sonde steckte. »Können Sie das vergrößern?«

Der Vorführer drückte ein paar Knöpfe, worauf ein quadratischer Rahmen auf dem Monitor erschien. Mit einem Hebel positionierte er den Rahmen um den Gegenstand, dann zog er ihn hoch, so daß er den gesamten Bildschirm ausfüllte.

Das Objekt war nun größer, dafür aber undeutlich und verschwommen zu sehen. Jonas starrte auf den Monitor. »Das ist ein Zahn«, stellte er fest.

DeMarco trat näher und studierte das Bild. »Sie sind wohl nicht ganz bei Trost, Taylor.«

»DeMarco«, befahl Masao mit gebieterischer Stimme, »erweise unserem Gast den nötigen Respekt!«

»Tut mir leid, Masao, aber was der Professor da sagt, ist einfach unmöglich. Siehst du das hier?« Er wies auf einen von einer Stahlstrebe herabhängenden Bolzen. »Das ist ein Bolzen, mit dem ein Träger befestigt war«, sagte er. »Er hat eine Länge von acht Zentimetern.« Er zeigte auf das verschwommene weiße Objekt darunter. »Das würde bedeuten, daß dieses... Ding – was auch immer es sein mag – mindestens 18 bis 20 Zentimeter lang ist.«

DeMarco sah Masao an. »Auf der ganzen Erde gibt es kein Lebewesen mit derart großen Zähnen.«

Jonas hielt ein Foto des vergrößerten Videoausschnitts in der Hand, während er und Terry Masao den Gang entlang folgten, der zu dem gewaltigen Aquarium führte. Terry hatte für den Professor ein T-Shirt aufgetrieben, wie es die Mitarbeiter des Instituts trugen.

»Wenn es tatsächlich ein Zahn ist, woher wissen wir dann, daß er nicht einfach bei dem Erdrutsch aufgetaucht ist?« fragte Terry.

»Das wissen wir nicht. Aber das Ding sieht weiß aus. Jeder versteinerte Megalodon-Zahn, der bislang gefunden wurde, ist entweder grau oder schwarz gewesen. Ein weißer Zahn würde darauf hinweisen, daß sein Eigentümer erst vor kurzem gestorben ist oder sogar noch leben könnte.«

»Auf jeden Fall scheinen Sie ziemlich aufgeregt zu sein«, meinte Terry, die sich bemühte, mit ihrem Vater Schritt zu halten.

Jonas blieb stehen. »Terry, ich muß diesen Zahn bergen. Er ist ungeheuer wichtig für mich.«

Sie sah zu ihm auf. »Auf gar keinen Fall. Wenn irgend jemand mit meinem Bruder hinunterfährt, bin ich das.

Warum ist das überhaupt so wichtig für Sie, Jonas?« Bevor dieser antworten konnte, rief Masao: »Hey, ich bin doch kein Babysitter. Komm gefälligst mit, wenn du meine Lagune sehen willst!«

Terry sah Jonas durchdringend an. »Unsere kleine Debatte ist noch nicht beendet, Jonas.«

Sie erreichten einen Durchgang in der hoch aufragenden Einfassung des Aquariums und betraten die gewaltige Lagune. Überwältigt von ihrer enormen Größe blieb Jonas stehen.

Masao Tanaka stand stolz vor den beiden, ein bescheidenes Lächeln im Gesicht. »Wir leisten gute Arbeit, was, mein Freund?«

Als Antwort konnte Jonas nur nicken.

Masao wandte Jonas und Terry den Rücken zu. »Diese Lagune ist mein Traum, seit ich sechs Jahre alt war. Das sind nun fast 60 Jahre Arbeit. Ich habe alles in meiner Macht Stehende getan, habe alle Kraft investiert, die ich aufbieten konnte.«

Als er sich wieder umdrehte, standen Tränen in seinen Augen. »Zu schade, daß sie niemals mit Leben erfüllt sein wird.«

MASAO

Jonas saß in einem Rattansessel und beobachtete, wie die Abendsonne am Horizont des Pazifischen Ozeans versank. Masao Tanaka hatte sein Haus in den Santa-Lucia-Bergen erbauen lassen, die sich aus dem Tal von Big Sur erhoben. Die kühle Brise des Ozeans und die phantastische Aussicht waren berauschend, und Jonas entspannte sich zum ersten Mal seit langer Zeit.

Die Tanakas hatten Jonas eingeladen, die Nacht bei ihnen zu verbringen. Terry stand in der Küche; ihr Vater hatte sie gebeten, einen Teller Riesengarnelen vorzubereiten. Masao trat aus dem Haus und hantierte am Gasgrill, dann ging er am Pool vorbei und setzte sich neben Jonas.

»Terry meint, das Essen wird bald fertig sein. Hoffentlich bist du ordentlich hungrig, Jonas. Meine Tochter kocht nämlich ganz ausgezeichnet«, sagte Masao lächelnd.

Jonas sah seinen Freund an. »Da bin ich mir sicher. Und jetzt erzähl mir von der Lagune, Masao. Warum hast du sie eigentlich gebaut? Und warum hast du gesagt, daß sie vielleicht nie mit Leben erfüllt sein wird?«

Masao schloß die Augen und atmetet tief durch. »Jonas, riechst du diese wunderbare Seeluft? Vermittelt einem ein tiefes Gefühl für die Natur, was?«

»Ja.«

»Du weißt, daß mein Vater ein Fischer war. Als wir noch in Japan lebten, nahm er mich fast jeden Morgen mit hinaus. Mußte er wohl. Meine Mutter starb, als ich gerade vier war, und außer meinem Vater war niemand da, der sich um mich kümmern konnte. Als ich sechs war, gingen wir nach Amerika und kamen bei Verwandten in San Francisco unter. Vier Monate später griff die japanische Luftwaffe Pearl Harbor an. Alle Japaner wurden in Lager verfrachtet. Mein Vater war ein sehr stolzer Mann, der nie mit der Tatsache fertig wurde, daß er gefangen war, ohne fischen zu können, ohne sein eigenes Leben führen zu können. Eines Morgens beschloß er einfach, zu sterben. So hat er mich alleingelassen, eingesperrt in einem fremden Land, mich, der ich kein Wort Englisch sprechen oder verstehen konnte.«

»Und du warst ganz allein?«

Masao lächelte. »Ja, Jonas, bis ich meinen ersten Wal sah. Vom Tor des Lagers aus konnte ich sie aus dem Wasser auftauchen sehen. Es waren Buckelwale, und sie haben mir Gesellschaft geleistet, haben all meine Gedanken durchdrungen. Sie waren meine einzigen Freunde.« Einen Moment lang schloß er die Augen, tief in Gedanken versunken.

»Weißt du, Jonas, die Amerikaner sind seltsame Menschen. Im einen Augenblick glaubst du, daß sie dich hassen, im nächsten, daß sie dich lieben. Nach eineinhalb Jahren wurde ich entlassen und von einer amerikanischen Familie adoptiert, von David und Kiku Gordon. Ich hatte großes Glück, denn sie haben mich geliebt, haben mir zur Seite gestanden, haben mich auf die Schule und die Universität geschickt. Aber wenn ich traurig war, so waren es meine Wale, die mir Halt gegeben haben.«

»Jetzt verstehe ich, warum dir dieses Projekt so viel bedeutet«, sagte Jonas.

»Es ist sehr wichtig, das Leben der Wale zu erforschen, denn in vieler Hinsicht sind sie dem Menschen überlegen. Aber wie grausam ist es, sie zu fangen und in kleine

Becken einzusperren, um sie alberne Kunststücke vorführen zu lassen, bevor man ihnen ihr Futter gibt. Diese Lagune wird es mir ermöglichen, die Wale in ihrer natürlichen Umgebung zu beobachten. Sie wird offen bleiben, so daß die Wale nach Belieben hineinschwimmen und sie wieder verlassen können. Keine kleinen Becken mehr. Da ich selbst eingesperrt war, könnte ich so etwas niemals tun. Niemals.« Wieder schloß Masao die Augen. »Weißt du, Jonas, wir Menschen könnten eine Menge von den Walen lernen.«

»Und warum wird deine Lagune nie vollendet werden?«

Masao schüttelte den Kopf. »Drei Jahre lang habe ich versucht, das Projekt zu finanzieren. Keine amerikanische Bank war bereit, meine Träume zu unterstützen. Schließlich bin ich auf das japanische Meeresforschungszentrum gestoßen. Die Leute da hatten kein Interesse am Bau von Lagunen, sie wollten bloß meine ›UNIS‹-Sonden kaufen, um Erdbeben zu erforschen. Sah wie ein guter Handel aus: Sie willigten ein, meine Lagune zu finanzieren, und mein Institut war dafür bereit, das ›UNIS‹-Projekt im Marianengraben durchzuführen. Doch als die ersten Sonden ausfielen, haben die Japaner die Gelder eingefroren.«

»Du wirst die Lagune vollenden, Masao. Wir werden herausfinden, was geschehen ist.«

»Und was *ist* deiner Ansicht nach geschehen?« Masaos Augen loderten auf, während er in Taylors Blick nach einer Antwort suchte.

»Ehrlich, Masao, ich weiß es nicht. Vielleicht hat De-Marco wirklich recht, und die Roboter waren zu nah am Abhang der Schlucht verankert. Aber ich kann mir einfach nicht vorstellen, daß ein Felsbrocken in der Lage ist, Titan derart zu zermalmen.«

»Jonas, wir beide sind doch Freunde.«

Jonas warf Masao einen fragenden Blick zu. »Natürlich…«

»Gut. Ich hab' dir meine Geschichte erzählt, und jetzt erzählst du deinem alten Freund Tanaka die Wahrheit. Was ist dir im Marianengraben widerfahren?«

»Wie kommst du darauf, daß ich im Marianengraben war?«

Auf Masaos Gesicht erschien ein wissendes Lächeln. »Wir kennen uns jetzt – na – zehn Jahre, oder? Du hast an meinem Institut mindestens ein halbes Dutzend Vorträge gehalten. Du wirst mich doch nicht unterschätzen? Auch ich habe Kontakte zur Marine, weißt du. Also ist mir durchaus bekannt, was nach Ansicht der Marine passiert ist. Jetzt aber will ich *deine* Version hören.«

Jonas schloß die Augen. »Na schön, Masao, aus irgendeinem Grund sieht es so aus, als ob die Sache sowieso nach außen dringt. Also: Wir waren zu dritt an Bord eines neuen Tiefsee-Tauchboots, der ›Sea Cliff‹. Ich war am Steuer, die anderen beiden Mitglieder der Crew waren bei der Marine angestellte Wissenschaftler. Unsere Aufgabe bestand darin, die Tiefseeströmungen im Graben zu messen, um abklären zu können, ob man aus Atomkraftwerken stammende Plutoniumstäbe sicher in der Challenger-Tiefe deponieren könnte.«

Jonas öffnete wieder die Augen. »Ich schätze, wir befanden uns etwa 1200 Meter über dem Grund. Es war mein dritter Einsatz in acht Tagen – eigentlich zuviel, aber ich war der einzige qualifizierte Pilot. Die anderen waren mit ihren Versuchen beschäftigt, und ich saß am Fenster und starrte in die schwarze Tiefe, als ich glaubte, etwas unter mir kreisen zu sehen.«

»Was hättest du in dieser Dunkelheit sehen können, Jonas?«

»Ich weiß nicht recht, aber es schien zu leuchten, war ganz weiß und sehr, sehr groß. Zuerst dachte ich, es könnte ein Wal sein, aber ich wußte, daß das nicht in Frage kam. Dann verschwand es einfach, und ich kam zu dem Schluß, ich hätte eine Halluzination gehabt.«

»Und was ist dann passiert?«

»Ich... ganz ehrlich, Masao, ich bin mir nicht sicher. Ich erinnere mich daran, daß ich einen riesenhaften Kopf sah, oder zumindest war ich der Meinung, einen zu sehen.«

»Einen Kopf?«

»Dreieckig, Masao. Furchterregend und ganz weiß. Man sagt, ich sei in Panik geraten, hätte sämtliche Gewichte des Tauchboots abgeworfen und es zur Oberfläche schießen lassen. Ohne an Dekompression auch nur zu denken... einfach vollkommen panisch.«

»Und der Kopf, Jonas, war das dieses Megalodon, über das du in deinen Vorträgen berichtest?«

»Ich schätze, das war in all den Jahren meine Hypothese.«

»Hat dieses Geschöpf dich verfolgt?«

»Nein, augenscheinlich nicht. Ich bin zusammen mit den anderen beiden bewußtlos geworden...«

»Die zwei Männer sind ums Leben gekommen.«

»Ja.«

»Was ist mit dir geschehen?«

Jonas rieb sich die Augen. »Ich war drei Wochen im Krankenhaus, und dann hab' ich eine monatelange Psychoanalyse durchgemacht. Keine sehr angenehme Zeit.«

»Glaubst du, daß dieses Geschöpf unsere Sonde zermalmt hat?«

Jonas schloß wieder die Augen. »Keine Ahnung. Ehrlich gesagt, ich habe inzwischen selbst begonnen, meine Erinnerungen an den Unfall anzuzweifeln. Wenn das, was ich gesehen habe, tatsächlich ein Megalodon war, warum ist es einfach verschwunden? Ich habe direkt darauf runtergeblickt, und dann ... krachbumm, weg war es.«

Masao lehnte sich zurück. Auch er schloß nun die Augen. »Jonas, ich glaube schon, daß du etwas gesehen hast, aber ein Ungeheuer war es wohl nicht. Weißt du, D. J. hat mir erzählt, daß sich überall am Grund des Grabens riesige Bestände von Röhrenwürmern angesiedelt haben. Tausende in einer Kolonie. D. J. sagt, daß diese Würmer in der Dunkelheit leuchten, und zwar weiß. Du bist doch nie bis zum Grund des Grabens gelangt, oder, Jonas?«

»Nein, Masao.«

»D. J. hat es geschafft. Der Junge ist begeistert; er sagt, es sei wie ein Weltraumflug. Jonas, ich glaube, du hast eine Wurmkolonie gesehen. Dann hat die Strömung sie aus deinem Blickfeld getrieben, und deshalb sah es so aus, als seien sie plötzlich verschwunden. Du warst müde, hast einfach in die Finsternis gestarrt. Die Marine hat dir zuviel abverlangt; drei Tauchfahrten in acht Tagen sind eine gefährliche Sache. Und jetzt hast du sieben Jahre deines Lebens damit verbracht, darüber zu spekulieren, wie diese Ungeheuer überlebt haben könnten.«

Jonas saß schweigend da.

Masao legte seine Hand auf Jonas' Schulter. »Mein Freund, ich brauche deine Hilfe. Und ich glaube, es könnte an der Zeit sein, daß du dich mit deinen Ängsten auseinandersetzt. Gemeinsam mit D. J. sollst du in den Marianengraben zurückkehren – aber diesmal wirst du bis zum Grund gelangen. Schau dir diese Kolonien riesiger Würmer mit eigenen Augen an. Du warst einmal ein hervorragender Pilot, und in meinem Herzen weiß ich, daß du es noch immer bist. Du kannst nicht dein ganzes Leben mit dieser Angst verbringen.«

In Jonas' Augen traten Tränen. »Gut ... gut, Masao, ich tu's. Ich werde zurückkehren.« Er verschluckte ein Lachen. »Junge, deine Tochter wird vielleicht wütend sein. Sie will das zweite Tauchboot führen, weißt du.«

Masao lächelte grimmig. »Ist mir durchaus bekannt. D. J. meint zwar, sie sei gut, aber sie ist sehr emotional. Und 11 000 Meter unter der Wasseroberfläche muß man doppelt vernünftig sein, was? Meine Tochter wird bei anderen Projekten ihre Chance bekommen, aber nicht in diesem Höllenschlund.«

»Ganz meine Meinung.«

»Gut. Und wenn das Ganze vorbei ist, mein Freund, dann wirst du mit mir in der Lagune arbeiten, okay?«

Jonas lachte. »Mal sehen.«

Masao wartete bis nach dem Abendessen, um seiner Tochter von seinem Plan zu erzählen. Jonas entschuldigte sich und verschwand aus der Küche ins Wohnzimmer, als die auf Japanisch geführte Auseinandersetzung hitziger wurde. Er hatte keine Ahnung, was die beiden sagten, aber es war unübersehbar, daß Terry Tanaka buchstäblich tobte.

DIE ›KIKU‹

Als sich Terry von ihrem Sitz am Gang der Düsenmaschine erhob, um zur Toilette zu gehen, schob Jonas seinen Laptop beiseite und legte den Kopf zurück.

Fünf Stunden zuvor war die Maschine der American Airlines in San Francisco gestartet. DeMarco und Terry hatten Jonas in die Bedienung eines an einen Flugsimulator erinnernden Laptop-Programms eingeführt, das den Piloten mit der Bedienung der ›AG-II‹ vertraut machen sollte. Die ›Abyss Glider-II‹ war jenes Tiefsee-Tauchboot, das D.J. zum Grund des Marianengrabens gebracht hatte. Jonas sollte ihm nun in einem zweiten Gleiter folgen, um die ›UNIS‹-Sonde zu bergen. Die Grundfunktionen des Gefährts kannte er bereits, da er mehrere Jahre zuvor das für geringe Tiefen konzipierte Vorgängermodell gesteuert hatte, die ›AG-I‹. Nun mußte er sich nur noch mit der veränderten Konstruktion vertraut machen, wofür mehr als genug Zeit vorhanden war. Der Flug quer über den Pazifik würde zwölf Stunden dauern, dazu kam ein Auftank-Stop in Honolulu.

Terrys Haltung gegenüber Jonas hatte sich abgekühlt. Sie war sichtlich verletzt, daß ihr Vater ihren Wunsch, D.J. zu begleiten, ignoriert hatte; außerdem glaubte sie, Jonas habe ihr sein Desinteresse an einem Vorstoß in den Marianengraben nur vorgespielt. So war sie zwar bereit, Jonas mit dem Simulator vertraut zu machen, aber das war auch alles.

Das Computerprogramm basierte auf zwei Joysticks, mit denen der simulierte Tiefengleiter gesteuert wurde, indem man Veränderungen an seinen Tiefen-

und Seitenrudern vornahm. Da der größte Teil der Reise hinab zum Meeresgrund in vollständiger Dunkelheit stattfand, mußte der Pilot eine Art Blindflug erlernen, bei dem das Gefährt ausschließlich mit Hilfe der Instrumente gesteuert wurde. Deshalb war die Übung am Simulator auch außergewöhnlich realistisch. Sie war sogar so lebensnah, daß Jonas eine Pause machen und die Augen schließen mußte, um sich zu entspannen.

Jonas dachte an sein Gespräch mit Masao Tanaka. Es war ihm nie in den Sinn gekommen, daß er womöglich Röhrenwürmer gesehen hatte. *Riftia.* Jonas hatte Kolonien kleinerer Arten im Umkreis jeder hydrothermalen Quelle haften sehen, die er erforscht hatte. Die Würmer waren leuchtend weiß und besaßen weder Münder noch Verdauungsorgane. Sie existierten dank großer Bakterienkolonien, die in ihrer Hülle lebten. Die Würmer nahmen Schwefelwasserstoff aus dem stark schwefligen Wasser des Grabens auf; die Bakterien in ihrem Innern benutzten diesen Stoff, um Nahrung für sich und ihren Wirt zu produzieren.

Bevor der Mensch in die Tiefseegräben vorgedrungen war, hatte man es nicht für möglich gehalten, daß auf dem tiefsten Meeresgrund Leben existierte. Das menschliche Wissen über das Leben beschränkte sich auf das, was zu verstehen war: Wo Licht ist, ist auch Nahrung; wo kein Licht ist, kann keine Nahrung vorhanden sein. Weil kein Licht in die tiefsten Abgründe der Meere vordringen konnte, war dort auch keine Photosynthese möglich, um dem Leben eine Basis zu bieten.

Den Gegenbeweis hatte Jonas selbst gesehen. Die Thermalquellen auf dem Meeresgrund schufen eine einzigartige Nahrungskette, indem sie kochend heißes, an chemischen und mineralischen Stoffen reiches Wasser ausstießen. Die hohe, für die meisten Lebewesen giftige Konzentration von Schwefelwasserstoff wurde zur Nahrung für eine Anzahl von Tiefseebakterien, die wiederum im Innern von Würmern und Weichtieren lebten. Auch die großen Wurmkolonien beruhten auf dieser Symbiose, während eine Anzahl neu entdeckter Fischarten die Würmer fraß. Den zugrundeliegenden Prozeß bezeichnete man in Anlehnung an den Begriff der Photosynthese als Chemosynthese: die Bakterien erhielten ihre Energie nicht von der Sonne, sondern von chemischen Stoffen. So blühte im Gegensatz zu einer lange gehegten Überzeugung das Leben auch am dunkelsten und scheinbar unwirtlichsten Ort der Erde.

D.J. hatte Masao berichtet, daß die Wurmkolonien teilweise eine bis zu 15 Meter breite Bodenfläche besiedelten. Es ist also durchaus möglich, dachte Jonas, daß ich eine solche Kolonie sah, einschlief und den dreieckigen Kopf nur träumte. Er fühlte sich elend. Zwei Menschen waren wegen seines Fehlverhaltens ums Leben gekommen. Die These vom Überleben des Megalodons, an die er all die Jahre geglaubt hatte, hatte seine Schuldgefühle in gewisser Weise beschwichtigt. Als er sich nun mit der Vorstellung vertraut machte, daß das Ganze womöglich nur ein Hirngespinst gewesen war, wurde ihm regelrecht übel.

Jonas wußte, daß Masao recht hatte; er mußte sich mit seinen Ängsten auseinandersetzen und noch einmal in den Graben fahren. Wenn er einen weißen Megalodon-Zahn finden konnte, waren die sieben mit der Ausarbeitung seiner Hypothese verbrachten Jahre nicht umsonst gewesen. Wenn nicht, auch gut. So oder so war es Zeit, einen Schlußstrich zu ziehen.

15 Reihen hinter Jonas und DeMarco klappte David Adashek sein Buch zu: *Ausgestorbene Tiere der Tiefsee*

von Dr. Jonas Taylor. Er nahm seine dicke Brille ab, lehnte sein Kissen ans Fenster und schlief ein.

Der Marinehubschrauber flog knapp über den Wellen. Der Pilot sah über seine Schulter, um Jonas und DeMarco zuzunicken. »Da ist sie, Leute.«

»Wird auch Zeit«, meinte DeMarco und drehte sich um, um Terry aufzuwecken. Sie war eingeschlafen, nachdem sie den Marinestützpunkt auf Guam verlassen hatten.

Jonas richtete seinen Blick auf den Horizont, eine undeutliche Linie, die das Grau des Ozeans vom Grau des Himmels trennte. Er konnte nichts erkennen. Vielleicht hätte ich auch schlafen sollen, dachte er und rieb sich die Augen. Müde genug war er. Ihre Reise dauerte schon über 15 Stunden.

Er zwang sich, noch einmal hinzuschauen, und nun sah er das Schiff: ein länglicher Punkt, der rasch größer wurde. In weniger als einer Minute hatten sie sich ihm so weit genähert, daß der Name auf dem Schiffsrumpf sichtbar wurde: ›Kiku‹.

Die ›Kiku‹ war eine außer Dienst gestellte Fregatte der Oliver-Hazard-Perry-Klasse, die früher mit Lenkflugkörpern bestückt gewesen war. Sie war ihrer Waffen entledigt und als Forschungsschiff umgebaut worden, bevor das Tanaka-Institut den 135 Meter langen Stahlkoloß drei Jahre zuvor von der US-Marine erworben und ihm den Namen von Masaos Ziehmutter gegeben hatte.

Für die Tiefseeforschung eignete sich die Fregatte ganz ausgezeichnet. Nach Entfernung der Abschußvorrichtung für die SAM-Raketen war am Bug viel Platz für die Arbeit der Crew entstanden. Am Heckwerk befand sich eine verstärkte Stahlwinsch, die in der Lage war, auch das schwerste Tauchboot zu halten. Auf der gewaltigen

Trommel dahinter waren über 11 000 Meter Stahlseil aufgerollt.

Am Bug waren zwei Aufhängungen angebracht, von denen eine die beiden Ein-Mann-Tauchboote beherbergte, in denen D. J. und Jonas in den Marianengraben fahren sollten, die andere den Hubschrauber des Schiffs. Auf im Deck eingelassenen Stahlschienen konnten die Maschinen aus ihren Aufhängungen gerollt werden.

Auf dem oberen Deck ragte das kleine Brückenhaus über den Bug. Von hier aus regelte der Steuermann den Schub der beiden von Gasturbinen angetriebenen Motoren der Baureihe GE LM 2500. Ein kurzer Gang verband das Brückenhaus mit der Kommandozentrale. Der früher abgeschirmte Raum war immer kühl und dunkel; die einzige Beleuchtung drang aus matten blauen Deckenlampen und den vielfarbigen Computermonitoren der an der Innenwand angebrachten Konsolen. Die Leitsysteme, die die Lenkflugkörper der Klassen SAM und Harpoon, die Anti-U-Boot-Torpedos und eine Anzahl weiterer Waffen und Abwehreinrichtungen gesteuert hatten, waren durch Computer ersetzt worden, die nun die ausgesetzten ›UNIS‹-Sonden überwachten. Sie zeichneten sämtliche Daten der Roboter auf, die entlang der 11 000 Meter unter dem Schiffsrumpf liegenden Challenger-Tiefe plaziert waren.

Die Kommandozentrale der ›Kiku‹ beherbergte auch die Instrumente des am Rumpf angebrachten Sonargeräts Raytheon SQS-56 und des von derselben Firma stammenden Radarsystems SPS-49, dessen Empfangsschalen sich auf zwei acht Meter über das Oberdeck ragenden Masten drehten. Sämtliche Geräte waren an ein computergesteuertes Integrationsprogramm angeschlossen, das die verarbeiteten Informationen auf einer Vielzahl von Monitoren darstellte.

Unter dem Kontrolldeck befanden sich die Kombüse und das Mannschaftsquartier. Man hatte die sargähnlichen, dreistöckigen Kojen herausgerissen, um einen bequemeren Wohnbereich für die 32köpfige Crew zu schaffen. Unter diesem Deck lag der Maschinenraum und damit die Motoren zum Antrieb der zwei Schraubenwellen. Mit einer Geschwindigkeit von bis zu 29 Knoten war die ›Kiku‹ ein sehr schnelles Schiff.

Als sich der Helikopter dem Achterdeck näherte, erkannte Jonas sofort die gewaltige Stahlwinsch am Heckwerk, mit der man die 25 ›UNIS‹-Sonden auf den Grund des Marianengrabens versenkt hatte. Terry drängte sich neben Jonas ans Fenster, um angestrengt hinauszuspähen. Ein junger Mann, vielleicht Anfang 20, stemmte sich gegen den Wind, um den Passagieren des Hubschraubers zuzuwinken. Er war mager, aber muskulös, und seine Haut war von Wind und Wetter gegerbt. Aufgeregt erwiderte Terry sein Winken. ›D. J.‹, verkündete sie strahlend.

Terry war kaum aus dem Hubschrauber gestiegen, als ihr Bruder ihr die Reisetaschen entriß. Terry umarmte ihn, dann sah sie Jonas an. Mit ihrem schwarzen Haar, ihren dunklen Augen und ihrem strahlenden Lachen sahen die beiden fast wie Zwillinge aus.

»D. J., das ist Professor Taylor«, sagte Terry. Ihr Bruder stellte die Taschen ab, um Jonas die Hand zu schütteln. »Schau, schau, Sie werden also mit mir in die Challenger-Tiefe fahren. Sind Sie sicher, daß Sie das schaffen?«

»Durchaus«, erwiderte Jonas. D. J.s kämpferische Natur war nicht zu übersehen.

Der junge Mann wandte sich wieder Terry zu. »Weiß der Professor schon, daß Dr. Heller an Bord ist?«

»Keine Ahnung. Jonas, hat Dad Ihnen gestern etwas davon erzählt?«

Jonas atmete gepreßt aus. »Frank Heller gehört zur Crew? Nein, das hat Ihr Vater mir bestimmt nicht mitgeteilt.«

»Ist das ein Problem für Sie, Dr. Taylor?« fragte D.J.

Jonas riß sich zusammen. »Als ich vor sieben Jahren für die Marine eine Reihe von Tauchfahrten durchführte, war Frank Heller der zuständige Arzt.«

»Sieht so aus, als wären Sie nicht in Kontakt geblieben«, meinte DeMarco.

»Um es gelinde auszudrücken, sind wir beiden nicht gerade die besten Freunde. Hätte Masao mir erzählt, daß Heller an dieser Mission teilnimmt, wäre ich wohl kaum hierher gekommen.«

»Deswegen hat Dad es Ihnen wohl auch nicht gesagt«, kommentierte D.J. glucksend.

»Wenn ich's gewußt hätte, hätte ich es Ihnen bestimmt nicht vorenthalten«, sagte Terry. »Außerdem ist es noch nicht zu spät, den Hubschrauber zurückzurufen.«

Jonas war kurz davor, die Geduld zu verlieren. »Jetzt bin ich da. Wenn Frank Probleme damit hat, wird er wohl oder übel damit umgehen müssen.«

D.J. sah seine Schwester an. »Wie ist er mit dem Simulator zurechtgekommen?«

»Nicht schlecht. Allerdings fehlt dem Programm die Steuerung für den Greifarm und die Rettungskapsel.«

»Planen Sie also mindestens eine Probefahrt ein, bevor wir uns runterbegeben, Doc«, sagte D.J. »Wir warten solange, bis Sie den richtigen Seemannsgang haben.«

Jonas ignorierte den Scherz. »Ich bin bereit, wenn Sie es sind. Zeigen Sie mir die Gleiter.«

Als sie auf die Aufhängungen zugingen, kam ihnen, begleitet von zwei zur Crew gehörenden Filipinos, ein großer, dunkelhäutiger Mann mit einer roten Strickmütze entgegen.

»Professor Taylor«, sagte D.J., »das ist Captain Barre.«

Der bärenstarke Léon Barre, um dessen Hals ein winziges Silberkreuz baumelte, stammte aus Französisch-Polynesien. Er packte Jonas' Hand, um sie einmal kräftig zu schütteln. »Willkommen an Bord der ›Kiku‹«, sagte er in tiefem Bariton.

»Freut mich, dabeizusein, Captain.«

Barre führte seine Hand an die Mütze, um Terry mit einem ehrerbietigen »Madame« zu begrüßen. DeMarco schlug dem Hünen auf die Schulter. »Hast wohl ein bißchen zugenommen, Léon?«

Die Miene des Kapitäns verdüsterte sich. »Diese Thailänderin mästet mich wie ein Schwein.«

Lachend erklärte DeMarco: »Die Frau unseres Captains kocht absolut phantastisch. Womit wir beim Thema wären, Léon. Wir sind halb verhungert.«

Der Kapitän knurrte einem der beiden Matrosen neben ihm einen Befehl zu, und der Filipino flitzte zur Kabinentür. »Wir essen in einer Stunde«, stellte Barre fest, wandte sich um und folgte seinen Männern.

Jonas setzte mit D.J., DeMarco und Terry seinen Weg über das breite Deck fort. Vor ihnen thronten die beiden Tiefengleiter auf ihren Gestellen.

D.J. drehte sich zu Jonas um. »Na, was sagen Sie?«

»Sie sind wunderschön«, erklärte Jonas.

»Wir haben seit Ihrer letzten Spazierfahrt ein paar Veränderungen vorgenommen«, bemerkte D.J.

»Ich hab' die ›AG-I‹ in seichtem Wasser geführt. Die ›AG-II‹ existierte damals erst auf dem Reißbrett.«

»Auf geht's, Taylor«, sagte DeMarco. »Machen wir eine kurze Führung.«

Terry und Jonas folgten DeMarco und D.J. zu den beiden Tauchbooten. Mit einer Länge von drei und einer

Breite von 1,20 Metern erinnerten sie unweigerlich an dicke Torpedos mit Flügeln. Es waren Ein-Mann-U-Boote, in die der Pilot liegend vom Heck aus hineinkroch, um sie mit Hilfe eines Steuerknüppels zu manövrieren. Die kegelförmige Schnauze der Tiefengleiter war durchsichtig und gewährte dem Piloten einen nahezu 360 Grad umfassenden Rundblick auf die Welt der Tiefsee.

»Lexan.« DeMarco deutete auf eine der Schnauzen. »Dieser Kunststoff ist so stark, daß man ihn statt kugelsicherem Glas für Präsidentenkarossen verwendet. Auch die gesamte Rettungskapsel besteht aus diesem Material. Vor einigen Jahren haben wir übrigens auch die ›AG-I‹ damit ausgestattet.«

Jonas inspizierte den Kunststoffkegel. »Ich wußte gar nicht, daß die Boote Rettungskapseln haben. Beim ursprünglichen Entwurf war davon nicht die Rede.«

»Sie haben ein gutes Gedächtnis«, sagte D.J. »Die ›AG-II‹ wurde speziell für den Marianengraben entworfen. Schließlich besteht dort am Grund immer ein gewisses Risiko, daß sich eine Tragfläche oder eine Heckflosse an irgendeinem Objekt verfängt. Sobald man sich also vom Heck aus ins Boot begibt, befindet man sich in einer Rettungskapsel aus Lexan. Gerät der Gleiter in Schwierigkeiten, muß man nur den Notfallhebel in einem rechter Hand angebrachten Metallkasten ziehen, und schon löst sich die Innenkammer von den schwereren Komponenten, aus denen Tragflächen und Heck bestehen. Es ist, als befände man sich in einer Blase, in der man direkt zur Oberfläche steigt.«

DeMarco runzelte die Stirn. »Falls es dir nichts ausmacht, übernehme ich die Führung, D.J. Ich hab' die Dinger schließlich entworfen.«

D.J. grinste den Ingenieur fröhlich an. »Tut mir leid.«

DeMarco warf sich wieder in Positur, ganz offenbar in seinem Element. »Wie Sie wissen, Taylor, stellt die Erforschung der Tiefsee besondere Anforderungen. Es geht darum, einen Schiffskörper zu entwerfen, der einerseits schwimmfähig ist, andererseits aber stark genug, um extremem Druck standzuhalten. Ein weiteres Problem ist der Zeitraum, den das Tauchboot bis zum Grund benötigt. Die ›Alvin‹, die französische ›Nautile‹ und die von den Russen hergestellten ›Mir I‹ und ›II‹ sind allesamt reichlich plumpe Dinger, die nicht mehr als 15 bis 30 Tiefenmeter pro Minute schaffen. Bei so einer Geschwindigkeit würden wir gut über fünf Stunden brauchen, um die Challenger-Tiefe auch nur zu erreichen.«

»Und«, fügte D. J. hinzu, »diese Boote kommen ohnehin nicht tiefer als 6000 Meter.«

»Wie steht es mit der japanischen ›Shinkai 6500‹?« fragte Jonas. »Ich dachte, die würde den Grund erreichen?«

»Nein. Die ›Shinkai‹ war für eine maximale Tiefe von 6400 Metern konzipiert«, korrigierte ihn DeMarco. »Sie meinen das jüngste unbemannte Tauchboot der Japaner, die ›Kaiko‹. Bevor D. J. letzte Woche seinen Ausflug mit der ›AG-II‹ unternommen hat, war die ›Kaiko‹ das einzige bemannte oder unbemannte Gefährt, das seit der Tauchfahrt der ›Trieste‹, also seit 1960, in die Challenger-Tiefe eingedrungen ist. Das Boot hat gerade mal eine halbe Stunde in einer Tiefe von 10915 Metern verbracht – also knapp einen Meter oberhalb des Rekords –, bis es zu mechanischen Problemen kam.«

»Und jetzt habe ich den Rekord inne«, sagte D. J. »Bald werde ich ihn allerdings mit Ihnen teilen müssen, Doc.«

»Eigentlich wäre ich dran gewesen«, murrte Terry.

»Wie dem auch sei«, fuhr DeMarco fort, ohne auf die Bemerkungen der Geschwister zu achten, »der Rumpf all dieser Tauchboote besteht aus einer Titanlegierung, wie sie in etwa auch unsere ›UNIS‹-Sonden haben. Die Hälfte des Energievorrats wird daher damit verbraucht, die schweren Dinger am Boden entlang zu steuern. Später wirft man Ballast ab, um zurück an die Oberfläche zu gelangen. Unsere Tiefengleiter aber werden aus verstärkter Keramik hergestellt, die einerseits schwimmt und andererseits Kräften von bis zu 12000 Kilo pro Quadratzentimeter standhalten kann. Mit 180 Metern pro Minute fliegt man geradezu zum Boden und schwebt dann zur Oberfläche zurück, ohne sich mit Ballast beschäftigen zu müssen. Spart der Batterie eine Tonne Saft.«

»D. J., wie wollen wir die beschädigte Sonde eigentlich nach oben bringen?« wollte Jonas wissen.

»Schauen Sie mal unter den Bauch des Boots«, wies D. J. ihn an. »Da ist ein ausfahrbarer mechanischer Arm mit einem Greifer angebracht. Der Arm hat eine begrenzte Reichweite von ungefähr zwei Metern direkt vor der Schnauze. Eigentlich ist er dazu gedacht, Proben einzusammeln. Wenn wir runterfahren, übernehmen Sie die Führung. Ich folge in meinem Boot, an dessen Greifer ein Stahlseil befestigt ist. An der Außenwand der ›UNIS‹ sind mehrere Ringbolzen angebracht. Sobald Sie das Geröll weggeräumt haben, bringe ich das Seil an, damit die Winsch der ›Kiku‹ die Sonde an Bord hieven kann.«

»Klingt gar nicht schlecht.«

»Es ist ein echter Fall für zwei«, erklärte D. J. »Bei meiner ersten Fahrt hab' ich zwar schon versucht, das Kabel anzubringen, aber die ›UNIS‹ war zu dick mit Geröll bedeckt. Ich konnte mit dem Greifarm ja nicht gleichzeitig das Kabel festhalten und die Steinbrocken wegräumen. Außerdem ist die Strömung da unten wirklich stark.«

»Vielleicht warst du auch zu nervös«, meinte Terry.

»Quatsch«, verwahrte sich ihr Bruder.

»Komm schon, D.J.«, stichelte Terry. »Du hast mir doch selbst erzählt, daß es da unten irgendwie unheimlich ist. Es geht ja nicht darum, was man sieht, oder um die ständige Dunkelheit. Es ist pure Klaustrophobie, weil du weißt, daß du elf Kilometer unter der Oberfläche steckst und auf jedem Quadratzentimeter ein Druck von über tausend Kilo lastet. Ein Fehler, ein Riß im Rumpf, und dein Hirn implodiert durch die Druckveränderung.« Sie warf einen Blick auf Jonas, um seine Reaktion zu beobachten.

»Terry, du bist doch bloß neidisch.« D.J. sah Jonas an, und die Erregung stand ihm ins Gesicht geschrieben. »Es war absolut phantastisch! Ein echter Hammer, Mann. Ich kann's gar nicht erwarten, bis ich wieder unten bin. Früher bin ich auf Bungee-Jumping und Fallschirmspringen abgefahren, aber das da unten ist tausendmal besser.«

Jonas warf DeMarco einen besorgten Blick zu. »Okay, D.J., du hältst dich also für einen Adrenalin-Junkie?«

D.J. beruhigte sich. »Nee, nee... ich meine, klar bin ich ein Adrenalin-Junkie, logo, aber das hier ist was anderes, Doc. Die Challenger-Tiefe... das ist, als wäre man der erste Mensch, der einen anderen Planeten erforscht. Diese riesigen Black Smokers überall, und dann die irrsten Fische, die du je gesehen hast. Aber was erzähle ich Ihnen? Sie sind ja schon einige Dutzend Mal in so einem Graben gewesen.«

Jonas zupfte an einer der roten Kunststoffflaggen mit dem Instituts-Logo, die am Rücken jedes U-Boots angebracht waren. Dann sah er dem jüngeren Piloten in die Augen. »Ich habe mehr als genug Tauchfahrten in Tiefseegräben durchgeführt, aber der Marianengraben ist mit nichts zu vergleichen. Ich rate Ihnen also dringend, Ihre Cowboy-Attitüde abzulegen.« Er blickte zu den Aufbauten der ›Kiku‹ zurück. »Ist Dr. Heller momentan an Bord?«

D. J. warf seiner Schwester einen kurzen Blick zu. »Ja. Ich glaube, er ist in der Kommandozentrale.«

Jonas wandte sich um und ging davon.

HELLER

»Ganz hinten rechts.« D. J. zeigte in den engen Gang und wuchtete sich Jonas' Reisetasche auf die Schulter. »Ich bring' das Ding in Ihre Kabine. Nummer 10. Gleich da unten.« Jonas nickte, und D. J. kletterte den engen Treppenschacht hinunter.

Jonas ging durch den Gang, bis er eine Tür mit der Aufschrift »Kommando« erreichte. Dahinter verbarg sich eine dunkle, mit Computern, Videomonitoren und Funk- und Sonarkonsolen vollgestopfte Kabine. Ein hagerer Mann mit kurzgeschorenem grauen Haar und dicker, schwarz gerahmter Brille beugte sich über ein Schaltpult und hackte mit langen Fingern auf die Tastatur ein. Er drehte sich um und blickte Jonas schweigend an; hinter den dicken Brillengläsern sahen seine wäßrigen grauen Augen geschwollen aus. Dann wandte er sich wieder seinem Computer zu und studierte den Monitor. »Wieder mal ein kleiner Fischzug, Taylor?«

Jonas schwieg einen Moment, bevor er antwortete. »Deshalb bin ich nicht hier, Frank.«

»Warum denn dann, zum Teufel?«

»Weil Masao mich um Hilfe gebeten hat.«

»Die Japaner haben wirklich keinen Sinn für so was wie die Ironie des Schicksals.«

»Wir werden wohl oder übel zusammenarbeiten müssen, Frank. Nur wenn wir die beschädigte ›UNIS‹ bergen, können wir herausbekommen, was da drunten vor sich geht. Alleine schafft es D. J. nicht, und ...«

»Das ist mir klar.« Heller stand abrupt auf und ging quer durch die Kabine, um sich Kaffee nachzuschenken.

»Was ich nicht verstehe, ist, warum ausgerechnet *du* ihn begleiten sollst.«

»Weil niemand außer mir in den letzten 30 Jahren da unten gewesen ist.«

»Doch, da waren noch welche unten«, bemerkte Heller bitter. »Allerdings sind sie dabei krepiert.«

Jonas wandte den Blick ab. »Frank, ich würde gern mit dir darüber sprechen. Ich ...« Er suchte nach den passenden Worten. »Schau, in den letzten sieben Jahren ist nicht ein Tag vergangen, an dem ich nicht an den ›Sea Cliff‹-Unfall gedacht hätte. Und um ganz ehrlich zu sein, bin ich mir immer noch nicht im klaren, was eigentlich passiert ist. Ich weiß bloß, daß ich geglaubt habe, etwas vom Grund aufsteigen und unser Boot angreifen zu sehen, und darauf hab' ich reagiert.«

Heller ging auf Jonas zu, um sich dicht vor ihm aufzubauen. In seinen Augen loderte Haß. »Mag sein, daß dieses lächerliche Geständnis das Ganze für dich wieder schön ins Lot bringt, aber für mich ändert es nichts. Du hattest Tagträume, Taylor. Du hast halluziniert, hast gedacht, du hättest ausgerechnet ein ausgestorbenes Monster gesehen, und dann hast du deine beiden Mannschaftsgefährten umgebracht, indem du dein jahrelanges Training einfach vergessen hast und in Panik geraten bist. Und weißt du, was mich wirklich zur Weißglut bringt? In den letzten sieben Jahren hast du tatsächlich auch noch Karriere damit gemacht, die Existenz dieses Megalodons zu rechtfertigen und dir eine Ausrede zurechtzuzimmern, die dich nicht gar so übel aussehen läßt.« Heller bebte vor Erregung. Er trat einen Schritt zurück und lehnte sich an seinen Tisch. »Du kotzt mich an, Taylor. Diese Männer hatten es nicht verdient, zu sterben. Und jetzt? Jetzt stehen wir hier volle sieben Jahre später, und du kannst der Wahrheit noch immer nicht ins Auge sehen.«

»Ich weiß nicht, was die Wahrheit ist, Frank. Wenn es dir was hilft, will ich gern zugeben, daß ich vielleicht eine Kolonie von Röhrenwürmern gesehen und dann Halluzinationen entwickelt habe. Ich weiß es einfach nicht. Mir ist nur klar, daß ich Mist gebaut habe. Dabei bin ich fast selbst draufgegangen. Und jetzt muß ich den Rest meines Lebens mit dieser Sache umgehen.«

»Ich bin nicht dein Beichtvater, Taylor. Ich bin nicht da, um dir die Absolution zu erteilen oder mir deine Schuldgefühle anzuhören.«

»Und was ist mit deiner Schuld an der Sache?!« brüllte Jonas. »Du warst der zuständige Arzt. Du hast Danielson erzählt, ich sei aus medizinischer Sicht fit für eine dritte Tauchfahrt in den Graben. Drei Fahrten innerhalb von acht Tagen! Könnte sich das deiner Ansicht nach wohl auf meine Reaktionsfähigkeit ausgewirkt haben?«

»Blödsinn.«

»Wirklich Blödsinn, *Doktor* Heller?« Kochend vor Wut schritt Jonas durch den Raum. »Du hast es ja selbst gesagt, hast es sogar in deinen Bericht geschrieben: Tiefenpsychose. Ihr beide, du und Danielson, ihr habt mich gezwungen, diese Fahrten ohne anständige Ruhepausen durchzuführen, und dann habt ihr mich hingehängt und mich zum Sündenbock der ganzen Marine gemacht.«

»Es war dein Fehler.«

»Ja«, flüsterte Jonas, »es war mein Fehler als Pilot, aber ohne dich und Danielson wäre ich nie in diese Lage gekommen. Deshalb hab' ich nach sieben Jahren beschlossen, noch einmal hinunterzufahren, um meinen Ängsten ins Auge zu sehen und selbst herauszufinden, was geschehen ist. Vielleicht wäre es an der Zeit, daß auch du dir deine Verantwortung klarmachst.« Jonas ging auf die Tür zu.

»Moment mal, Taylor. Gut, vielleicht hättest du das dritte Mal nicht runterfahren sollen. Was mich betrifft, so war Danielson mein Vorgesetzter, aber ich war auch selbst der Ansicht, daß du mental fit warst. Du warst ein verdammt guter Pilot. Aber jetzt sollten wir uns vergewissern, daß du auf dieser Tauchfahrt dabei bist, um D. J. zu unterstützen, und nicht, um nach irgendeinem Zahn zu suchen.«

Jonas öffnete die Tür, dann drehte er sich noch einmal zu Heller um. »Ich bin mir meiner Verantwortung durchaus bewußt, Frank. Hoffentlich du dir auch deiner.«

ABENDDÄMMERUNG

Zwanzig Minuten später betrat Jonas geduscht und in frischen Kleidern die Kombüse, wo sich ein Dutzend Mannschaftsmitglieder geräuschvoll mit Brathuhn und Pommes frites stärkte. Terry saß neben D. J., einen leeren Stuhl zu ihrer Linken.

»Sitzt da schon jemand?« fragte Jonas.

»Hinsetzen!« kommandierte Terry.

Jonas gehorchte und stellte fest, daß D. J. sich gerade inmitten einer hitzigen Debatte mit DeMarco und Kapitän Barre befand. Auffällig war, daß Heller fehlte.

»Doc!« D. J. prustete zur Begrüßung einen halben Mundvoll Brathuhn über den Tisch. »Sie kommen gerade richtig. Erinnern Sie sich an die Übungsfahrt, die für morgen angesetzt war? Also, die können Sie vergessen.«

Jonas spürte ein Kribbeln im Magen. »Was meinen Sie damit, D. J.?«

Kapitän Barre sah Jonas an, schluckte sein Essen hinunter und stellte fest: »Aus Osten zieht 'ne Gewitterfront heran. Wenn ihr diese Woche überhaupt noch runter wollt, ist das morgen angesagt, und zwar beim ersten Tageslicht.«

»Jonas, wenn Sie noch nicht bereit sind, sollten Sie ehrlich genug sein, das zuzugeben und mich einspringen zu lassen«, meldete sich Terry.

»Nee, er schafft das schon – oder, Doc?« sagte D. J. augenzwinkernd. »Schließlich sind Sie schon mal unten im Marianengraben gewesen.«

»Wer hat das behauptet?« Jonas spürte, wie es still um ihn wurde. Alle Blicke hatten sich auf ihn gerichtet.

»Ach, kommen Sie schon, Doc. Das ganze Schiff weiß doch davon. Als Sie gerade eine Stunde an Bord waren, hat ein Reporter von Guam aus per Funk die halbe Crew interviewt.«

»Was? Welcher Reporter? Wie zum Teufel...« Jonas hatte jeden Appetit verloren.

»Stimmt schon, Jonas«, mischte sich Terry ein. »Es war der gleiche Typ, der Sie bei Ihrem Vortrag angegangen hat. Er behauptet, in einem von Ihnen gesteuerten Boot seien zwei Menschen gestorben. Und er sagt, Sie seien in Panik geraten, weil sie in einer Halluzination angeblich eines dieser Megalodons gesehen hätten.«

D.J. fixierte Jonas. »Also, Doc, stimmt von dieser Geschichte irgendwas?«

In der Kombüse herrschte Totenstille. Jonas schob sein Tablett von sich. »Es stimmt. Allerdings hat dieser Reporter – oder wer auch immer das war – etwas unterschlagen: Ich war zu diesem Zeitpunkt völlig erschöpft, weil ich in derselben Woche bereits zwei tiefe Tauchfahrten durchgeführt hatte. Man hat mich praktisch zum Dienst geprügelt, nachdem der zuständige Arzt grünes Licht gegeben hatte. Bis heute bin ich nicht sicher, ob das, was ich zu sehen glaubte, Wirklichkeit war oder nicht. Aber was den morgigen Tag betrifft, so habe ich mich Ihrem Vater gegenüber verpflichtet, diesen Auftrag auszuführen, und ich habe vor, dieser Verpflichtung nachzukommen. Ich hab' mehr Tiefseefahrten hinter mir, als Sie Geburtstagspartys hatten, D.J., aber wenn Sie ein Problem damit haben, mich da runter zu begleiten, sollte das jetzt auf den Tisch.«

D.J. lächelte nervös. »Hey, ich hab' doch kein Problem mit Ihnen, machen Sie mal halblang. Übrigens haben Al DeMarco und ich gerade über dieses Vieh gesprochen, also über Ihren prähistorischen Riesenhai. Al meint, es wäre unmöglich für einen Fisch dieser Größe, unter so hohem Druck zu existieren, wie er im Marianengraben herrscht. Was mich betrifft, bin ich auf Ihrer Seite. Ich meine, es ist möglich – nicht, daß ich an Ihre Hypothese glauben würde, denn das tu' ich nicht. Aber ich hab' da unten Dutzende verschiedener Fischarten entdeckt. Und wenn diese kleinen Fische dem Wasserdruck standhalten können, warum sollte das nicht auch auf diesen Mega-Hai zutreffen, oder wie zum Teufel Sie ihn nennen.« D.J. grinste von einem Ohr zum andern, während ein Teil der Crew leise kicherte.

Jonas erhob sich. »Entschuldigen Sie mich bitte, aber ich glaube, ich habe keinen Appetit mehr.«

D.J. packte ihn am Arm. »Jetzt warten Sie doch, Doc. Kommen Sie schon, erzählen Sie mir von diesem Hai, ich will's wirklich wissen. Wie soll ich ihn sonst erkennen, wenn ich ihn morgen sehe?«

»Es ist der große Hai mit dem fehlenden Zahn«, platzte Terry heraus. Rundum erhob sich schallendes Gelächter.

Jonas setzte sich wieder. »Na schön, D.J., wenn Sie wirklich was über dieses Monster hören wollen, will ich gern was für Sie tun. Zuerst einmal müssen Sie sich klarmachen, daß die Familie der Haie seit ungefähr 400 Millionen Jahren existiert. Vergleichen Sie das mal mit dem Menschen, dessen Vorfahren erst vor ungefähr zwei Millionen Jahren von den Bäumen stiegen. Das Megalodon aber ist der unbestrittene König aller Hai-Arten, die jemals die Meere bevölkert haben. Unter den wenigen Dingen, die wir über dieses Ungeheuer wissen, ist folgendes: Die Natur hat es nicht nur zum bloßen Überleben ausgestattet, sondern dazu, jeden Ozean und jedes darin lebende Wesen zu beherrschen. Wir reden hier also nicht über irgendeinen Hai, sondern über eine regelrechte Kampfmaschine. Vergessen Sie mal einen Augenblick, daß diese Art eine 18 Meter lange Ausführung des weißen Hais ist. Das Megalodon war das überragende Raubtier unseres Planeten, ausgestattet mit einem über 100 Jahrmillionen alten Killerinstinkt. Neben seiner enormen Größe und seinen 18 Zentimeter langen, gezackten Zähnen besaß dieses Geschöpf acht hocheffiziente Sinnesorgane.«

Léon Barre begann zu glucksen. »Hey, Doc, woher wissen Sie eigentlich den ganzen Mist über so 'nen toten Fisch, den keiner je gesehen hat?« Einige der Männer prusteten los, dann wurde es wieder still. Alle warteten auf Jonas' Reaktion.

»Zum einen besitzen wir versteinerte Zähne, die nicht nur auf die enorme Größe der Tiere hindeuten, sondern auch auf ihr Verhalten als Räuber. Auch an Fossilien ihrer Beutetiere haben wir Hinweise auf sie gefunden.«

»Wie war das mit ihren Sinnesorganen?« wollte der inzwischen wirklich neugierig gewordene D. J. wissen.

»Also ...« Jonas sammelte sich. Er bemerkte, daß auch die anderen Crewmitglieder still geworden waren und aufmerksam zuhörten. »Wie sein moderner Vetter, der weiße Hai, besaß das Megalodon acht Sinnesorgane, die ihm gestatteten, seine Beute zu suchen, zu lokalisieren, zu bestimmen und zu verfolgen. Beginnen wir mit dem erstaunlichsten Organ, den sogenannten Lorenzinischen Ampullen. Über und unter dem Maul des Hais befanden sich unter der Haut winzige, mit einer Gallertmasse gefüllte Kapseln, die elektrische Entladungen im Wasser registrieren konnten. Einfacher gesagt, konnte das Megalodon in einer Entfernung von Hunderten von Kilometern die schwachen elektrischen Felder wahrnehmen, die der Herzschlag oder die Muskelkontraktionen seiner Beute verursachten. Wenn ein Megalodon also gerade unser

Schiff umkreisen würde, könnte es dennoch gleichzeitig einen Menschen registrieren, der am Strand von Guam im Wasser planscht.«

Es war ganz still geworden. Aller Augen waren auf Jonas gerichtet.

»Beinahe so erstaunlich wie die Lorenzinischen Ampullen des Megalodons war sein Geruchssinn. Im Gegensatz zum Menschen besaß dieser Hai richtungssensible Membranen, mit denen er nicht nur einen Teil Blut, Schweiß oder Urin in einer Milliarde Teile Wasser wahrnehmen konnte, sondern auch die Richtung, aus der dieser Geruch kam. Deswegen schwimmt übrigens auch der weiße Hai mit einer nach beiden Seiten schwingenden Kopfbewegung: Er ›schnuppert‹ im Grunde in verschiedenen Richtungen. Die Nasenlöcher eines ausgewachsenen Megalodons hatten wahrscheinlich die Größe einer Grapefruit. Damit wären wir bei der Haut des Monsters, die sowohl ein Sinnesorgan wie eine Waffe darstellte. An beiden Flanken des Tieres verlief das sogenannte Seitenlinienorgan. Im Grunde handelte es sich bei dieser Linie um Kanäle mit Sinnesgruben, sogenannten Neuromasten. Sie waren in der Lage, die geringfügigsten Vibrationen im Wasser aufzuspüren, bis hin zum Herzschlag eines anderen Fisches.«

Al DeMarco stand auf. »Sie müssen mich entschuldigen, aber ich hab' noch was zu tun.«

»Ach, komm schon, Al«, sagte D.J. vergnügt. »Morgen ist keine Schule, da darfst du heute ausnahmsweise länger aufbleiben.«

DeMarco sah ihn strafend an. »Morgen ist für uns alle ein wichtiger Tag. Ich schlage vor, daß wir uns allesamt ein wenig ausruhen.«

»Al hat recht, D.J.«, stimmte Jonas zu. »Das wichtigste habe ich sowieso schon erzählt. Aber um noch rasch

Ihre erste Frage zu beantworten: Das Megalodon besaß eine gewaltige Leber, die wahrscheinlich ein Viertel seines gesamten Körpergewichts ausmachte. Abgesehen von ihrer normalen Funktion als Filter und als Depot für Fettreserven gestattete dieses Organ es dem Megalodon, sich an Veränderungen des Wasserdrucks anzupassen, selbst in so großen Tiefen wie denen des Marianengrabens.«

»Na schön, Professor«, mischte sich DeMarco ein. »Wollen wir mal rein hypothetisch annehmen, daß dieser Riesenhai im Graben existiert. Warum ist er dann nie an die Oberfläche gekommen? Schließlich gibt's oben verdammt viel mehr Futter als unten auf dem Meeresgrund.«

»Die Antwort darauf ist simpel«, sagte Terry. »Wenn er aus 11 000 Metern Tiefe emporkäme, würde er einfach platzen.«

»Der Meinung bin ich nicht«, widersprach Jonas. »Veränderungen des Wasserdrucks, auch wenn sie drastische Ausmaße annehmen, wirken auf Haie anders als auf Menschen. Falls das Megalodon in dieser Tiefe existieren sollte, so hätte es sich bereits dem ungeheuren Druck angepaßt. Ein ausgewachsenes Exemplar würde mindestens 20 Tonnen wiegen, die zu 75 Prozent aus in Muskeln und Knorpel enthaltenem Wasser bestünden. Die gewaltige Leber würde es dem Tier gestatten, sein spezifisches Gewicht zu reduzieren, beim Aufstieg also gewissermaßen zu dekomprimieren. Die Reise wäre wohl recht strapaziös, aber das Megalodon würde sie überleben.«

»Was wäre dann das Problem?« fragte Terry.

»Offenbar haben Sie bei meinem Vortrag nicht gut aufgepaßt, hm?« erwiderte Jonas. »Da habe ich nämlich gesagt, meine Hypothese bezüglich des Vorkommens dieser Tiere im Marianengraben stütze sich auf eine warme Wasserschicht, die als Folge der Hydrothermalquellen am Grund der Schlucht vorherrscht. Oberhalb dieser Schicht befinden sich zehn Kilometer eiskaltes Wasser. Der größte Teil der Art ist vor 100000 Jahren zugrunde gegangen, weil während der letzten Eiszeit die Wassertemperatur absank. Falls manche dieser Riesenhaie im Marianengraben überlebt haben sollten, dann deshalb, weil sie den kälteren Wasserschichten oben ausweichen konnten. Seither aber wären sie unten gefangen. Selbst wenn sie versuchen sollten, an die Oberfläche zu gelangen, würden sie die Kälte niemals überleben.«

D.J. pfiff durch die Zähne. »Verdammt noch mal, bin ich froh, daß Sie die Dinger bloß halluziniert haben, Doc«, sagte er mit einem Augenzwinkern in Richtung seiner Schwester. »Jetzt werden wir alle wirklich gut schlafen. Gute Nacht, Terry.« D.J. gab seiner Schwester einen Kuß und folgte DeMarco aus der Kombüse. Sekunden später konnte man die beiden Männer im Gang draußen lachen hören.

Jonas fühlte sich gedemütigt. »Gute Nacht, Terry.« Ohne sein Abendessen angerührt zu haben, stand er auf, um an Deck zu gehen.

Die See war ruhig, doch von Osten her zogen Wolken heran. Jonas sah den Halbmond auf dem schwarzen Spiegel des Pazifiks tanzen. Er dachte an Maggie. Liebte er sie noch? War das überhaupt noch von Bedeutung? Er blickte auf das schwarze Wasser und spürte das Kribbeln im Magen wiederkommen, ohne zu bemerken, daß Frank Heller ihn vom oberen Deck aus beobachtete.

Irgendwann vor Anbruch der Morgendämmerung erwachte Jonas. Es war pechschwarz in seiner Kabine, und einen Augenblick lang wußte er nicht, wo er sich befand.

Als es ihm wieder einfiel, zogen sich seine Eingeweide zusammen. In wenigen Stunden würde er ebensolche Dunkelheit um sich sehen, mit 11000 Metern eiskalten Wassers über dem Kopf. Er schloß die Augen und versuchte, wieder einzuschlafen. Es gelang ihm nicht. Eine Stunde später klopfte D.J. an seine Tür, um ihn aufzuwecken.

Es war Zeit.

IN DIE TIEFE

D. J.s Tiefengleiter befand sich bereits sechs Meter unter der Wasseroberfläche, als Jonas in seinem Schutzanzug an Deck trat. Er hatte ein leichtes Frühstück eingenommen, für die Fahrt hinab zwei seiner gelben Pillen geschluckt und zwei weitere in seiner Schultertasche verwahrt. Trotz des Medikaments spürte er Nervosität.

Das mit der gewaltigen Winsch am Heck der ›Kiku‹ verbundene Stahlseil war am Greifer des mechanischen Arms von D. J.s Tauchboot befestigt. Es war unerwartet schwierig gewesen, den Schnapphaken am Ende des Seils zu fassen. D. J. hatte sich fast eine halbe Stunde abgemüht, bis doch ein Froschmann ins Wasser mußte, um den Haken sicher mit dem Greifer zu verbinden.

An beiden Seiten der ›Kiku‹ befanden sich zwei kleinere Winschen, ausschließlich dazu gedacht, die Tiefengleiter ins Wasser und wieder heraus zu befördern. An der einen hing Jonas' Tauchboot und wurde langsam in die unruhige See gesenkt, begleitet von zwei an den Seiten der Aufhängung hockenden Froschmännern. Die große Winsch am Heck sollte ausschließlich dazu dienen, das an D. J.s Boot befestigte Stahlseil abzuspulen und später die beschädigte ›UNIS‹ an die Oberfläche zu befördern.

Jonas lag bäuchlings in der Kapsel und sah, wie die beiden Froschmänner die Aufhängung von seinem Tauchboot lösten. Über ihm sah Terry von der Reling der »Kiku« auf ihn hinab; ihr Bild verschwamm, als das Wasser über Jonas zusammenschlug. Einer der Froschmänner klopfte an die Lexanschnauze und hob einen Daumen. Die ›AG-II‹ war frei. Jonas ließ die beiden Motoren an, drückte den Gashebel nach vorne und stellte die Tiefenruder auf Tauchfahrt.

Das Boot reagierte sofort. Jonas stellte fest, daß es wesentlich schwerer, vielleicht sogar schwerfälliger war als die leichte ›AG-I‹, die er Jahre zuvor gesteuert hatte. Dennoch kam kein anderes ihm bekanntes Tauchboot dem kühnen Entwurf des Tiefengleiters gleich. In zehn Metern Tiefe traf Jonas auf D. J., der das Bergungsseil nun fest im Greifer seines Boots verankert hatte.

Die beiden stellten Blickkontakt her. D. J. strahlte und hob den Daumen. »Alter vor Schönheit, Professor«, drang seine Stimme aus dem Funkgerät.

Jonas schob den Steuerknüppel nach vorn, und sein gut vier Meter langer Gleiter begann seinen Abstieg. D. J. folgte ihm mit dem Stahlseil im Schlepp. Die beiden Boote sanken in einem Winkel von 30 Grad, wobei sie sich in einer weiten Spirale nach unten drehten.

Binnen weniger Minuten verblaßte das Sonnenlicht zu tiefem Grau, dann herrschte vollkommene Finsternis. Jonas sah auf seinen Tiefenmesser: gerade 380 Meter. Es war ein seltsames Gefühl, in der erforderlichen Liegeposition hinabzugleiten. Ohne das Gurtwerk wäre Jonas' nach vorn gerutscht, bis sein Kopf mit der Innenwand der durchsichtigen Schnauze kollidierte. »Entspannen und atmen«, flüsterte er sich zu. »Du hast noch einen weiten Weg vor dir.«

»Alles in Ordnung, Taylor?« Dr. Hellers aus dem Kopfhörer dringende Stimme hatte einen skeptischen Unterton. Jonas wurde klar, daß Frank die Körperfunktionen der beiden Piloten überwachen sollte. Auf seinem Monitor mußte ihm Jonas' erhöhte Herzfrequenz aufgefallen sein.

»Ja… absolut«, antwortete Jonas. Er atmete tief ein und versuchte, sich auf das Nichts vor seinen Augen zu konzentrieren, wobei er gegen den Drang ankämpfte, den Scheinwerfer anzuschalten. Wenn er ihn jetzt schon benutzte, würde er nur die Batterien des Tauchboots vergeuden.

Seltsame Lebewesen begannen vor seinen Augen zu erscheinen; mit einem schwachen Leuchten schwammen sie durch die Finsternis. »Abyssopelagische Arten«, flüsterte Jonas den Fachbegriff für diese eigenartige Schar von Fischen, Garnelen und Tintenfischen vor sich hin. Ein 1,20 Meter langer Schluckeraal schwebte vor ihm und schien zum Angriff auf das wesentlich größere Tauchboot entschlossen. Der Fisch öffnete sein Maul, als wollte er den Lexankegel verschlucken. Seine elastischen Kiefer dehnten sich, bis sie nahezu ausgehängt waren; dabei entblößten sie tückische Reihen messerscharfer Zähne. Jonas klopfte ans Glas, und der Aal schoß lautlos davon. Zur Linken kreiste nun ein Seeteufel, über dessen Maul ein gespenstisches Leuchten zu sehen war. Jonas wußte, daß diese Art einen rutenförmigen Auswuchs besaß, der wie das Hinterteil eines Glühwürmchens leuchtete. Kleinere Fische hielten das Licht für Nahrung und schwammen darauf zu, direkt ins weit aufgesperrte Maul des Jägers.

Jonas bemerkte erst jetzt, wie ihm die Kälte in die Knochen kroch. Er sah auf seine Temperaturanzeige. Die Außentemperatur betrug nur noch sechs Grad Celsius. Er drehte den Thermostat hoch, um die Pilotenkapsel aufzuheizen.

Und da geschah es. Eine Welle von Panik ließ Jonas gewaltsam zusammenzucken. Sein Kopf krachte gegen die Innenseite der Kapsel. Es war wie das Gefühl, lebendig in einem Sarg zu liegen, blind und ohne Hoffnung auf Rettung. Schweiß strömte aus allen Poren seines Körpers, seine Atmung wurde unregelmäßig, steigerte sich zu Hyperventilation. Jonas griff nach den beiden Pillen, schaltete dann aber aus Angst vor einer Überdosis den Scheinwerfer des Tauchboots ein.

Der Lichtkegel offenbarte nichts als weitere Finsternis, aber er erfüllte seinen Zweck – Jonas war wieder in der Lage, sich zu orientieren. Er atmete durch und wischte sich den Schweiß aus den Augen. Dann drehte er die Heizung wieder herunter, um sich von der kühleren Luft beruhigen zu lassen.

D. J.s Stimme drang aus dem Kopfhörer. »Was ist denn mit dem Licht, Doc? Wir haben strikte Anordnungen.«

»Ich hab' bloß mal getestet, ob es funktioniert. Wie steht es denn mit Ihnen?«

»Soweit okay, glaub' ich. Das verdammte Kabel hat sich um den Greifarm gewickelt. Ungefähr so wie meine Telefonschnur daheim.«

»D. J., wenn das ein echtes Problem ist, sollten wir umkehren ...«

»Auf keinen Fall, Doc. Ich hab' alles unter Kontrolle. Wenn wir unten sind, mache ich ein paar Saltos, um mich aufzudröseln.« D. J. lachte über seinen eigenen Witz, doch Jonas konnte die Anspannung in der Stimme des jüngeren Piloten hören.

Jonas meldete sich bei DeMarco. »Al, D. J. sagt, daß sich sein Kabel um den Greifarm wickelt. Könnt ihr da oben irgendwas tun, um die Spannung etwas zu verringern?«

»Negativ. D. J. hat das Problem unter Kontrolle. Wir beobachten ihn schon, konzentrieren Sie sich auf Ihre Aufgabe. DeMarco, Ende.«

Jonas sah auf seine Armbanduhr. Sie sanken nun seit 45 Minuten in die Tiefe. Er rieb sich die Augen, dann versuchte er, seinen Rücken in dem engen Gurtwerk aus Leder zu dehnen.

Die Kapsel war so eng, daß sie Jonas an die Zeit erinnerte, in der er sich 90minütigen Kernspintomographie-Untersuchungen unterziehen mußte. Die riesige Maschine war nur wenige Zentimeter über seinem Kopf geschwebt, wie ein Damoklesschwert, das drohte, seinen Schädel zu durchbohren. Nun gab ihm nur das rote Leuchten der Instrumente ein Gefühl von Orientierung und bewahrte ihn vor dem Wahnsinn. Wieder spürte Jonas die verräterischen Anzeichen der Klaustrophobie in sich aufsteigen, doch diesmal wehrte er sich gegen den Drang, den 7500 Watt starken Suchscheinwerfer einzuschalten. Sein Blick wanderte über das feuchte Kunststoffinnere der Pilotenkapsel. Der ihn umgebende Wasserdruck betrug nun mehr als 1000 Kilo pro Quadratzentimeter. Er starrte in die Finsternis hinaus und spürte, wie ihn ein Schauder überkam. Er sank nun unter 10000 Meter und damit in eine größere Tiefe, als er je zuvor erreicht hatte.

Jonas spürte einen leichten Schwindel und hoffte, daß dieser mehr mit der sauerstoffreichen Luftmischung innerhalb des Tauchboots zu tun hatte als mit seinen Medikamenten. Sein Blick wanderte von dem pechschwarzen Wasser zur Instrumententafel. Die Temperatur des Meerwassers draußen betrug zwei Grad und war im Steigen begriffen. Vier Grad, sechs Grad.

Er sprach in das am Kopfhörer angebrachte Mikrophon. »Wir sind da, D.J.«

»Richtig. Sie sind gerade dabei, in die tropische Strömung einzutreten, Doc. Es wird noch sehr heiß werden, wenn wir über die Smokers fahren. Hey, können Sie die Kolonie von Röhrenwürmern da unten sehen?«

»Wo denn?« Jonas kniff die Augen zusammen, ohne das geringste zu erkennen.

»Zwei Uhr«, sagte D.J. »Warten Sie mal, der Qualm aus den Smokers versperrt Ihnen wohl die Sicht.«

Jonas spürte das Blut in seinen Ohren pochen. Die von den Smokers verursachte Dunstschicht! Wie die über einem Stahlwerk hängende Rauchwolke drang sie aus der dicken, mineralhaltigen Sedimentschicht, die den Meeresboden bedeckte. Deshalb war der weiße Schemen vor sieben Jahren aus seinem Blick verschwunden. Inmitten der Dunkelheit hatten die Sedimente und der schwarze Rauch ihm die Sicht versperrt!

»Taylor!« Die Stimme Hellers scheuchte ihn aus seinen Gedanken auf. »Was ist los? Gerade eben ist dein Pulsmonitor ausgerastet.«

»Alles in Ordnung... ich war bloß ein wenig aufgeregt.« Jonas sah auf die digitale Temperaturanzeige, die weiterhin stieg. Elf Grad, dann 16... unablässig. 30 Grad. Sie befanden sich nun inmitten der warmen, von den Thermalquellen gespeisten Wasserschicht der Schlucht.

»Doc, schalten Sie Ihren Scheinwerfer ein. Sie müssen den direkten Kontakt mit dem Wasser vermeiden, das aus den großen Schloten quillt. Es ist so heiß, daß es die Keramiknähte Ihres Boots zum Schmelzen bringen könnte.«

»Danke für die Warnung, D. J.« Jonas legte den Schalter um, und vor ihm tauchten die Spitzen Dutzender Schlote auf, manche bis zu neun Meter hoch. Black Smokers. Jonas kannte die seltsamen geologischen Formationen gut. Während das überhitzte Wasser der Hydrothermalquellen aus der Erdkruste schoß, lagerten sich Schwefel, Kupfer, Eisen und andere Mineralien an den Seiten der Öffnungen im Meeresboden ab. Mit der Zeit bildete die abgekühlte Masse schlanken Vulkanen gleichende Schlote, die sich hoch über den Meeresgrund erhoben. Das aus diesen Kaminen brodelnde Wasser war aufgrund seines hohen Schwefelgehalts schwarz gefärbt, weshalb man der Erscheinung den Namen ›Black Smoker‹ gegeben hatte.

Jonas steuerte sein Tauchboot zwischen zwei der rauchenden Türme hindurch. Die Sicht war gleich Null, als er die trübe Wasserschicht durchstieß. Die Temperaturanzeige schoß an der Marke von 110 Grad vorbei, und dann war er vorbei. Das gleißend helle Licht des Suchscheinwerfers schnitt einen Pfad durchs klare schwarze Wasser.

Überwältigt riß Jonas Taylor die Augen auf. D. J. hatte recht gehabt. Er war in eine andere Welt eingetaucht.

DER MEERESGRUND

Jonas griff zu seinem Tiefenruder, um den Abstiegswinkel zu verkleinern. Als er sechs Meter über dem Meeresboden schwebte, nahm er die Geschwindigkeit zurück, um auf D. J. zu warten.

Vor ihm breiteten sich schier unendliche Reihen von Riesenmuscheln aus, leuchtend weiß und jede Muschel über 30 Zentimeter lang. Tausende von ihnen scharten sich um die Schlote, als verehrten sie ihren Gott. Der Scheinwerfer erfaßte Bewegung am Grund; es waren Schalentiere – Hunderte von kalkweißen Garnelen und Krebsen, die in der Finsternis des Abgrunds aufleuchteten, alle vollkommen blind.

Jonas wußte, daß viele der in den dunklen Bereichen der Tiefsee lebenden Fische ihr eigenes Licht erzeugten, und zwar mit Hilfe eines Stoffes namens Luciferin oder mittels lumineszierender Bakterien, die in ihrem Körper lebten. Hier hatte die Natur die Arten mit einer weißen Hülle und Leuchtstoffen ausgestattet, um Beute anzulocken und sich gegenseitig zu lokalisieren.

Leben. Die Menge und Vielfalt der in den Tiefseegräben lebenden Arten hatte unter den Wissenschaftlern für großes Aufsehen gesorgt, da man bislang fälschlicherweise davon ausgegangen war, daß ohne Sonnenlicht kein Leben auf der Erde möglich sei. Jonas überlief ein Schauer, als ihm sein Aufenthaltsort bewußt wurde. Die Challenger-Tiefe. Am unwirtlichsten Ort der Welt hatte die Natur einen Weg gefunden, um die Existenz von Leben zu ermöglichen.

Neben einer Kolonie riesiger Muscheln sah Jonas

einen phantastischen Bestand gewaltiger Röhrenwürmer in der Strömung schweben. Ganz weiß waren sie, nahezu fluoreszierend, bis auf die blutroten Spitzen. Sie waren 3,5 Meter lang, zwischen 10 und 15 Zentimeter dick und so zahlreich, daß eine Schätzung unmöglich war. Die Röhrenwürmer lebten in Symbiose mit in ihrem Innern existierenden Bakterien, während sie Quappen und anderen kleinen Fischen als Beute dienten.

Es war eine bizarre Nahrungskette, die sich da am tiefsten Punkt der Erde angesiedelt hatte, eine Welt in vollkommener Finsternis. Welche Art mag wohl an der Spitze dieser Kette stehen, überlegte Jonas. Riesige Tintenfische? Bislang unbekannte Arten? In 11 000 Metern Tiefe, durch einen zentimeterdicken Panzer gegen den immensen Wasserdruck geschützt, war Jonas zutiefst dankbar, daß er sich über die Existenz des Megalodons getäuscht hatte.

Er drosselte das Tempo seiner ›AG-II‹ weiter, weil er den hellen Lichtkegel des zweiten Tauchboots von hinten näherkommen sah. »Ab hier können Sie übernehmen, D. J.«, sagte er ins Mikrophon.

D. J.s Gleiter schwebte an Jonas vorbei, sorgsam darauf bedacht, ausreichend Abstand zu wahren. Die beiden Aquanauten wollten zwar in Sichtweite bleiben, aber vermeiden, daß Jonas sich in dem Kabel verfing, das D. J. im Schlepptau hatte.

Im Kopfhörer ertönte DeMarcos Stimme. »Die Wand der Schlucht müßte Backbord liegen, ungefähr 45 Meter entfernt.«

Jonas folgte D. J. entlang des Meeresbodens, bis sie die senkrecht aufragende Wand der unterseeischen Bergkette – eines sogenannten Tiefseerückens – erblickten. Die Tauchboote gerieten nun in ein von hohen Felswänden umschlossenes Tal. Es war, als hätte ein höheres Wesen den Grand Canyon aus seiner ursprünglichen Umgebung gerissen, um ihn in dieser unermeßlichen Tiefe zu versenken. Jonas befand sich auf einer Zeitreise, denn er wußte, daß die Tiefseerücken mindestens 200 Millionen Jahre alt waren. Vorsichtig manövrierte er sein Boot durch die Rinne, D.J. immer im Blickfeld.

»Doc, da vorne wird's ein bißchen rauh, also halten Sie sich fest«, warnte D.J. Im selben Moment spürte Jonas, daß das Heck seines Boots wackelte wie ein Hundeschwanz. »Möglicherweise war da ein weiterer Erdrutsch.«

»Wäre schön, wenn Sie damit unrecht hätten«, kommentierte Jonas. »Können Sie da oben schon was sehen?«

»Noch nicht, aber mein Radar hat das Signal der beschädigten Sonde aufgefangen. Es kommt aus nördlicher Richtung irgendwo in dieser Rinne. Sie werden sehen, daß das Tal sich wieder öffnet. Die ›UNIS‹ hatte sich ungefähr 18 Meter von der Felswand auf unserer Linken positioniert, bevor sie zerstört wurde.«

Jonas sah nach rechts. Tatsächlich war der Tiefseerücken verschwunden, und vor ihm gähnte wieder der schwarze Ozean. Zu seiner Linken ragte die Felswand noch immer so hoch auf, daß ihre Gipfel sich seinem Blick entzogen.

Jonas sah einen roten Punkt auf seinem Monitor aufblitzen.

»Da ist sie!« rief D.J. nach einer langen Pause.

Die Hülle der zerstörten ›UNIS‹ sah aus wie ein von Geröll verschütteter Schrotthaufen. D.J. positionierte sein Tauchboot ein gutes Stück oberhalb des Wracks, so daß sein Scheinwerfer es wie eine Straßenlaterne in helles Licht tauchte. »Und jetzt sind Sie an der Reihe, Doc. Sehen Sie sich das Ding an.«

Jonas ließ sein Boot näher an die ›UNIS‹ und in das Licht von D. J.s Scheinwerfer gleiten. Er richtete seinen eigenen Scheinwerfer auf die zerstörte Kapsel und schwebte an ihr vorbei. Etwas hat sich verändert, dachte er, während er den Schutt betrachtete. Es hat sich bewegt.

»Sehen Sie irgendwas?« fragte D. J.

»Noch nicht.« Jonas spähte angestrengt nach unten, um einen weißen Schimmer zu entdecken. Er glitt näher, suchte zwischen den Felsen. Und da war es …

»D. J., es ist unfaßbar. Ich glaube, ich hab' den Zahn gefunden.« Jonas konnte seine Erregung kaum unterdrücken. Er ließ den Arm seines Tauchboots ausfahren, richtete den Greifer auf das 20 Zentimeter große weiße Dreieck und hob es vorsichtig aus dem kleinen Haufen aus Schwefel und Eisen.

»Hey, Doc!« D. J. brach in schallendes Lachen aus.

Jonas starrte auf das Objekt, das ihn 11 000 Meter in die Tiefe gelockt hatte.

Es waren die Überreste eines toten weißen Seesterns.

Terry Tanaka, Frank Heller und Alphonse DeMarco fielen vor Lachen fast von den Stühlen. Jonas konnte sie über den Kopfhörer gut verstehen. Einen Augenblick erwog er ernsthaft, sein Tauchboot in die Felswand zu rammen.

»Tut mir leid, daß ich gelacht hab', Mann«, meldete sich D. J. »Hey, wenn Sie zum Ausgleich über meine Dummheit lachen wollen, schauen Sie sich mal meinen Greifer an.«

Jonas blickte nach oben. Das Stahlseil hatte sich in einem Dutzend verworrener Schlingen um den knapp zwei Meter langen Greifarm gewickelt, so daß dieser darunter kaum noch zu sehen war. »D. J., das finde ich gar nicht lustig. Sie haben allerhand Arbeit vor sich, bis Sie das aufgedröselt haben.«

»Keine Bange, ich schaff' das schon. Räumen Sie schon mal das Geröll da weg.«

»Taylor!« dröhnte DeMarcos Stimme aus dem Kopfhörer. »Vielleicht haben Sie einen 18 Meter großen Seestern gesehen...« Jonas konnte Terrys helles Lachen hören.

Er senkte den Greifarm und versuchte, sich auf seine Aufgabe zu konzentrieren. Sein Puls raste, an seinen Schläfen rannen Schweißtropfen hinunter. Innerhalb weniger Minuten war es ihm gelungen, die ›UNIS‹ komplett freizulegen.

»Gute Arbeit, Doc.« D. J. ließ den Greifarm langsam gegen den Uhrzeigersinn kreisen. Allmählich begann sich das Stahlseil zu lösen.

»Brauchen Sie Hilfe?« fragte Jonas.

»Nee, ist schon in Ordnung. Halten Sie sich einfach bereit.«

Jonas ließ seinen Tiefengleiter sechs Meter über dem Meeresboden schweben. Masao hatte recht gehabt, genau wie all die anderen. Er hatte halluziniert, hatte seiner Phantasie erlaubt, in der Tiefe umherzuschweifen, hatte damit eine Grundregel der Meeresforschung verletzt. Ein Fehler, eine einfache Konzentrationslücke hatte seine Mannschaftskameraden das Leben gekostet und seinen Ruf als Aquanaut vernichtet.

Welche Möglichkeiten blieben ihm jetzt noch? Jonas dachte an Maggie. Sie würde sich scheiden lassen, da gab es keinen Zweifel. Jonas war eine wandelnde Peinlichkeit. Sie hatte bei Bud Harris, seinem besten Freund, Liebe und Verständnis gefunden, während er, Jonas, seine neue Karriere auf eine Halluzination gegründet hatte. Seine Suche nach Beweisen für die Existenz des Megalodons, die ihn noch einmal in die Challenger-Tiefe geführt hatte, würde ihn zum Gespött der gesamten Paläontologie machen. Ein Seestern, verdammt noch mal...

Blip.

Das kurze Geräusch traf ihn gänzlich unvorbereitet. Jonas sah auf seinen Radarschirm. Ein roter Punkt war über dem Meeresgrund erschienen, und die Linien zeigten an, daß die Störungsquelle rasch näherkam.

Blip. Blip, blip, blip...

Jonas spürte sein Herz rasen. Was es auch war, es war gewaltig.

»D.J., sehen Sie auf Ihren Radar«, wies Jonas seinen Partner an.

»Meinen Radar... hey, was zum Teufel ist denn das?«

»DeMarco!«

Alphonse DeMarcos Lachen war schlagartig verstummt. »Wir können es auch sehen, Jonas. Hat D.J. schon das Kabel angebracht?«

Jonas blickte nach oben. Der Greifarm des anderen Tauchboots rotierte hektisch, um sich von den letzten Schlingen zu befreien. »Nein, noch nicht. Wie groß ist das Objekt schätzungsweise?«

»Jonas, beruhigen Sie sich. Ich weiß, was Sie denken. Aber Terry meint, Sie haben wahrscheinlich einen Fischschwarm vor sich.«

Wenig überzeugt starrte Jonas auf den Radar. Das Objekt schien sich direkt auf sie zuzubewegen, als seien die beiden Tauchboote ein Zielflugfeuer.

»D.J., halten Sie den Greifarm an!« befahl Jonas.

»Was? Aber ich bin fast...«

»Stellen Sie alles ab, sämtliche Geräte... und zwar sofort!« Jonas schaltete die Energiequelle seines eigenen Boots ab. Der 7500 Watt starke Suchscheinwerfer erlosch. »D.J., falls dieses Ding da ein Meg sein sollte, orientiert es sich nach den Vibrationen und den elektrischen Impulsen, die unsere Boote ausstrahlen. Schalten Sie ab!«

D.J.s Puls raste. Er unterbrach die Drehbewegung seines Greifarms. »Al, was soll ich machen?«

»Taylor ist ausgerastet. Bring das Seil an und mach, daß du da wegkommst.«

»D.J....« Jonas hielt inne. Jetzt sah er das Objekt, das sie in weniger als fünfhundert Metern Entfernung umkreiste.

Es leuchtete.

DAS LEUCHTEN

D. J.s Scheinwerfer erlosch, und Finsternis umhüllte die beiden Tauchboote. Jonas konnte seine eigene Hand nicht mehr erkennen, doch er spürte, daß sie zitterte. Er hielt sie in der Nähe des Lichtschalters.

Nun zeigte sich das Objekt in voller Größe, ein vages, bleiches Leuchten, das in der undurchdringlichen Finsternis einherglitt. Es musterte seine Beute, schwebte lautlos fünfhundert Meter weiter, kam ganz allmählich näher.

Jonas spürte, wie sich seine Kehle zusammenschnürte.

Es konnte keinen Zweifel geben. Jonas sah die kegelförmige Schnauze, den dicken, dreieckigen Kopf, die sichelförmige Schwanzflosse. Er schätzte das Megalodon auf eine Länge von gut 14 Meter und ein Gewicht von 15 000 Kilogramm. Es war ganz weiß und fluoreszierte, genau wie die Riesenmuscheln, wie die Röhrenwürmer. Das riesige Tier machte wieder kehrt, schwamm nun entlang der Felswand. Jonas sah die zusammengerollten Haftorgane: es war ein Männchen.

D. J.s Stimme im Kopfhörer war nicht mehr als ein Flüstern. »Okay, Professor Taylor, ich schwöre Ihnen, jetzt glaube ich's. Was haben Sie jetzt vor?«

»Bleiben Sie ganz ruhig, D. J. Er taxiert uns, weil er sich nicht sicher ist, ob wir eßbar sind. Keine Bewegung – wir müssen darauf achten, keine Reaktion auszulösen.«

»Taylor, sofort melden!« Die Stimme Hellers dröhnte Jonas in den Ohren.

»Sei still, Frank«, flüsterte Jonas. »Wir werden beobachtet.«

»D. J.« Auch Terrys Stimme war nur ein Flüstern.

D. J. reagierte nicht. Gebannt und starr vor Angst starrte er auf das Wesen vor sich.

Jonas war klar, daß sie nur eine Chance hatten: Sie mußten es aus der tropischen Strömung in das eiskalte offene Wasser darüber schaffen. Dorthin konnte das Meg ihnen nicht folgen. Er bemerkte, daß der heiße Schlick des Meeresbodens allmählich sein Tauchboot aufheizte. Vor Schweiß triefend sah er das weiße Leuchten des Fisches größer und heller werden. Dann blitzte kurz ein bläulich-graues Auge auf.

Das Ungeheuer drehte. Es kam direkt auf sie zu.

Ein gespenstisches Leuchten in der pechschwarzen Finsternis. Ein riesiges, weit aufgerissenes Maul, Reihen scharf gezackter Zähne.

Jonas ließ den Scheinwerfer aufblitzen, feuerte seine 7500 Watt in die ewige Nacht gewohnten Augen des Megalodons. Der gewaltige Hai riß seinen Kopf nach rechts und verschwand wie ein Blitzstrahl mit einem Schlag seines Schwanzes in der Dunkelheit.

D. J. schrie auf. »Verdammte Scheiße, Doc ...«

Die von der 15 Tonnen schweren Kreatur verursachte Druckwelle erfaßte die beiden Tauchboote. D. J.s Gleiter wurde an seinem Stahlseil herumgewirbelt, das Boot von Jonas an die Felswand geschleudert. Als erstes prallte das Heck auf; die beiden Propeller zerbarsten.

Von oben erschien das Megalodon, um auf die manövrierunfähige ›AG-II‹ zuzuschießen, die umgedreht am Rand des Tiefseerückens lag. Jonas öffnete die Augen, als das herannahende Leuchten seine Kapsel erfüllte. Das Ungeheuer hob seine dicke weiße Schnauze, um seinen Oberkiefer vorzuschieben und mehrere Reihen messerscharfer, furchterregend langer Zähne zu entblößen. Jonas preßte die Augenlider zusammen und wurde sich in einem Sekundenbruchteil voll Dankbarkeit der Tatsache bewußt, daß ihm die Druckveränderung den Tod bringen würde und nicht die fürchterlichen Fänge dieses Monsters.

Im letzten Moment brach das Megalodon seinen Angriff ab, krümmte seinen Leib zu einem engen Kreis und peitschte sich vom Meeresboden empor. Der von der Bewegung seines mächtigen Schwanzes verursachte Wasserschwall wirbelte das wehrlose Tauchboot wieder und wieder herum, bis es schließlich mit der rechten Seite nach oben gekehrt an der Felswand liegenblieb.

Jonas spürte, wie eine warme Flüssigkeit an seiner Stirn entlanglief. Dann verlor er das Bewußtsein.

DIE BEUTE

D.J. Tanaka ließ seine ›AG-II‹ senkrecht nach oben schießen. Er achtete nicht auf das hektische Gebrabbel in seinem Kopfhörer, das ihn zur Meldung drängte, um sich statt dessen voll auf den drohenden Wettlauf zu konzentrieren. In seinen Ohren pochte das Blut, doch seine Hände waren ruhig. Er wußte, daß der Einsatz hoch war: Leben oder Tod. Der Adrenalin-Junkie grinste.

Er warf einen kurzen Blick über seine linke Schulter. Das kalkweiße Monster schien sich mit einem Ruck von der Felswand abzustoßen und schoß vom Meeresboden auf seine fliehende Beute zu wie ein aufs Ziel fixierter Lenkflugkörper. D.J. schätzte seine Führung auf 350 Meter, während das eisige Wasser noch gut 600 bis 900 Meter entfernt war. Es würde eng werden.

Der Gleiter schoß durch den dicken Qualm der Black Smokers. Als sich D.J. wieder umschaute, war das Meg nirgendwo zu sehen. Er blickte auf die Außentemperaturanzeige. 11 Grad und fallend. Ich schaffe es, sagte er sich.

Das Leuchten auf der rechten Seite der Kapsel erreichte D.J.s Blickfeld gerade den Bruchteil einer Sekunde, bevor das gigantische Maul seitlich in den Gleiter krachte, vernichtend wie der Zusammenprall einer Lokomotive mit einem Pkw. D.J. wirbelte durch völlige Finsternis. Er versuchte zu schreien, während das gräßliche Knirschen von Keramik und Lexan ihm in die Ohren gellte. Und dann zermalmte ihm sein implodierender Schädel das Hirn.

Das Megalodon sog warmes Blut in seine Nüstern. All seine Sinnesorgane vibrierten vor Entzücken. Es rammte seine Schnauze weiter in die enge Kammer, ohne die Reste von D. J. Tanakas Oberkörper packen zu können.

Die gewaltigen Kiefer schlossen sich um die Überreste des Tauchboots, während der männliche Riesenhai wieder in die tropische Strömung hinabstieg.

Als Jonas zu sich kam, umfingen ihn völlige Finsternis und eine alles verzehrende Stille. Ein scharfer Schmerz schoß sein Bein empor; sein Fuß hatte sich irgendwo verfangen. Er zog ihn heraus und drehte sich um. Eine warme Flüssigkeit war ihm ins Auge gelaufen. Er wischte sie weg. Blut, schoß es ihm durch den Kopf, obgleich er nicht einmal seine Hand vor Augen sehen konnte.

Wie lange war er bewußtlos gewesen?

Das Versorgungssystem war zusammengebrochen, und in der Kapsel war es brütend heiß. Ich muß auf dem Grund liegen, dachte Jonas. Blindlings streckte er seine Hände aus, um nach den Armaturen zu tasten, und mußte feststellen, daß er aus dem Gurtwerk geglitten und ans hintere Ende der Kapsel gerutscht war. Er tastete sich ins Cockpit zurück und suchte erneut nach den Armaturen. Als er den Hauptschalter umlegte, geschah gar nichts. Die ›AG-II‹ lag leblos auf Grund.

Draußen war plötzlich etwas zu sehen, nicht mehr als ein Schimmer, der sich in der Lexanmasse brach. Jonas schob sich in die Schnauze und reckte den Kopf nach oben.

Er sah den Hai gemächlich auf den Meeresboden zuschwimmen, ein seltsames Objekt zwischen den Kiefern.

»Gott!« schrie Jonas auf, als er die Überreste des zweiten Gleiters erkannte. D. J.s Tauchboot hing zwischen den Zähnen des Räubers, noch immer mit dem Stahlseil verbunden, das sich nun lose um den Leib des Megalodons gewunden hatte.

Frank Heller saß erstarrt auf seinem Stuhl. »Wir müssen feststellen, was da unten vor sich geht«, murmelte er und zeigte auf die erloschenen Monitore.

Terry versuchte weiterhin vergeblich, Funkkontakt herzustellen. »D. J., kannst du mich hören? D. J.?«

DeMarco stand am Schiffstelefon und sprach hektisch mit Kapitän Barre, der sich mit seiner Crew an der riesigen Winsch befand.

»Frank, Léon sagt, daß am Stahlseil Bewegung zu erkennen ist. D. J.s Boot hängt offenbar noch immer am Haken.«

Heller sprang auf und stürzte zu dem Bildschirm, der die Winsch am Heck zeigte. »Wir müssen ihn hochholen, bevor er da unten stirbt. Wenn seine Triebwerke ausgefallen sind, ist das seine einzige Chance.«

»Was ist mit Jonas?« fragte Terry.

»Wir haben keine Möglichkeit, ihn zu erreichen«, erwiderte DeMarco, »aber vielleicht gelingt es uns, deinen Bruder zu retten.«

Heller beugte sich vor und sprach ins Mikrophon. »Léon, hörst du mich?«

Aus dem Lautsprecher dröhnte Léon Barres Stimme. »Wollt ihr ihn hochholen?«

»Auf geht's.«

Jonas erstarrte, als der Hai direkt über ihm vorbeiglitt. Der Bauch des Tieres zuckte, seine Kiefer klappten auf und zu. Gierig stieß der Räuber immer wieder seine Schnauze in das Wrack des Tauchboots, ohne auf das ihn umgebende Stahlseil zu achten.

Jonas blickte an dem gewaltigen Leib vorbei, weil er eine Bewegung wahrgenommen hatte. Das lose Stahlseil wurde eingezogen. Sekunden später schlossen sich die Schlingen eng um die kalkweiße Haut des Monsters, schnitten in seine empfindlichen Brustflossen.

Die erdrückende Umarmung des Stahlseils ließ das männliche Megalodon zusammenzucken. Wütend wirbelte es herum, schlug mit der Schwanzflosse wild hin und her und versuchte vergeblich, sich freizukämpfen. Doch je mehr es tobte, desto mehr verwickelte es sich im Seil.

Voll hilfloser Faszination sah Jonas dem aussichtslosen Kampf des Ungeheuers zu, das sich nicht mehr aus seinen stählernen Fesseln befreien konnte. Da seine Brustflossen an den Leib gepreßt wurden, konnte es sich nicht mehr stabilisieren. Es warf den Kopf von einer Seite zur andern, und mächtige Druckwellen prallten an die Felswand. Doch die Bemühungen des Tieres führten zu nichts als Erschöpfung.

Nach mehreren Minuten erstarb das Zappeln des Riesenhais, der nun vollkommen reglos verharrte. Verstrickt in seinen stählernen Käfig, gab er als einziges Lebenszeichen noch ein gelegentliches Flattern seiner Kiemen von sich. Langsam begann die Winsch der ›Kiku‹, das gefangene Ungeheuer in die eisigen Wasserschichten emporzuhieven.

Dann sandten die Zuckungen des sterbenden Hais neue Vibrationen durch das Wasser der Challenger-Tiefe.

DAS WEIBLICHE TIER

Wie aus dem Nichts glitt es direkt über Jonas dahin. Sein tödliches Leuchten erhellte die schwarze Landschaft wie ein gewaltiger Mond. Es dauerte mehrere Sekunden, bis der Koloß vorübergezogen war. Bevor Jonas die hochragende Schwanzflosse sah, hielt er es für ein U-Boot.

Das weibliche Megalodon war fast fünf Meter länger als das Männchen und wog gut über 20 Tonnen. Ein leichtes Zucken seiner Schwanzflosse ließ eine Druckwelle auf das beschädigte Tauchboot einstürmen, die dieses in die Höhe hob und am Rand der Schlucht entlangspülte. Jonas klammerte sich fest, als die ›AG-II‹ über den Meeresboden schürfte und zweimal um die eigene Achse gewirbelt wurde, bevor sie in einer Schlickwolke liegenblieb. Er drückte sein Gesicht ans Fenster, und als der aufgewirbelte Schlamm sich setzte, sah er das Weibchen zu seinem männlichen Artgenossen emporsteigen, der noch immer mit dem Stahlseil kämpfte.

Als das weibliche Tier bis auf zwei Körperlängen an das Männchen herangekommen war, katapultierte es sich geschoßartig vorwärts, um die weit aufgerissenen Kiefer in den weichen Unterbauch seines Opfers zu versenken. Der mächtige Aufprall stieß das kleinere Megalodon fünfzehn Meter in die Höhe, während die 23 Zentimeter langen, gezackten Zähne des attackierenden Weibchens seine weiße Haut aufrissen, so daß Herz und Eingeweide herausquollen.

Am Seil war plötzlich Spiel entstanden; die Winsch der ›Kiku‹ zog an und hievte ihre Last zügig nach oben, während das Weibchen einen gewaltigen Fleischfetzen aus dem Verdauungstrakt seiner Beute verschlang. Jonas konnte gerade noch das schwächer werdende Leuchten des Tieres erkennen, das mit dem Kadaver emporstieg, die Schnauze tief im blutenden Leib des Männchens vergraben. Der aufgeblähte Bauch des Ungeheuers zuckte, während es gierig riesige Brocken Fleisch und Eingeweide verschluckte. Das Weibchen war trächtig, der Hunger seiner kurz vor der Geburt stehenden Jungen unersättlich. So weigerte es sich, seine Beute aufzugeben, obgleich es sich nun bereits in der eisigen Wasserschicht befand, in die es bislang noch nie vorgedrungen war. Das warme Blut seines Artgenossen umgab es und machte die Reise aus der Tiefe erträglich. So fraß das Weibchen weiter, die mörderischen Kiefer tief in der klaffenden Wunde vergraben. Es zerfetzte die Milz und den Darm, während Hunderte Liter warmen Blutes über seinen Leib strömten und es vor der Kälte schützten.

Es durchquert die kalten Schichten, dachte Jonas. In seinem Tauchboot gefangen, sah er das zuckende weiße Leuchten über sich entschwinden, bis ihn die Finsternis der Schlucht wieder umschloß.

Terry, DeMarco und Heller waren auf Deck gekommen, wo das medizinische Team des Schiffs und mindestens ein Dutzend weiterer Besatzungsmitglieder über die Reling spähten und das Auftauchen ihres vermißten Kameraden erwarteten.

Kapitän Barre starrte auf den eisernen Ring am Stahlrahmen der Winsch, durch den das Seil lief. Der Ring ächzte unter dem Gewicht seiner Last und drohte jeden Moment durchzubrechen.

»Ich weiß zwar nicht, was da am anderen Ende hängt«, sagte Barre düster, »aber ihr könnt Gift drauf nehmen, daß es mehr ist als das Boot von D. J.«

ENTKOMMEN

Jonas wußte, daß er ersticken würde, wenn er nicht unverzüglich handelte. Die Tragflächen seines Tauchboots waren bei dem Aufprall zertrümmert worden, die Motoren außer Betrieb. Es war unmöglich, mit dem nutzlosen Gewicht am Heck des Fahrzeugs aufzusteigen. Er mußte den Notfallhebel finden und sich in der Rettungskapsel aus Lexan absprengen.

Er schwitzte am ganzen Körper, während allmählich wieder Schwindel in ihm aufstieg. Ob das an seinem Blutverlust lag oder an dem ständig abnehmenden Sauerstoffgehalt der Luft, war nicht mit Sicherheit zu sagen. Jonas tastete die Fläche unter seinem Bauch nach dem kleinen Vorratsfach ab. Er fand es, richtete sich auf, riß die Luke auf und griff blindlings nach dem Ersatzbehälter Sauerstoff. Nachdem er das Ventil geöffnet hatte, drang ein steter Luftstrom in die Kapsel.

Jonas rollte sich wieder in die Gurte und schnallte sich fest. Er tastete die rechte Wand ab, fand den mit einem Schnappschloß versehenen Metallkasten, öffnete ihn, griff nach dem Notfallhebel und konzentrierte sich. Dann riß er den Hebel zurück.

Ein heller Blitz durchzuckte hinter Jonas die Finsternis. Er wurde ins Gurtwerk gepreßt, während die Kapsel ins Wasser und über den Boden der Schlucht schoß. An ihrer Seite waren zur Stabilisierung zwei kurze Tragflächen angebracht, doch die Wucht der Explosion ließ sie vorerst ein Stück weit schlingernd durchs Wasser wirbeln.

Allmählich verlor die Lexankapsel ihren Vorwärtsdrall und begann, sich aufzurichten. Das durchsichtige Material war schwimmfähig, und so gewann die Kapsel rasch an Höhe. Dennoch würde es mehrere Stunden dauern, bis sie die Oberfläche erreichte, und Jonas wußte, daß er sich darauf konzentrieren mußte, seine Körperwärme zu erhalten. Seine Kleidung war schweißgetränkt, während die Temperatur rasch abfiel.

In den grünen Wogen brodelte hellroter Schaum. Dann durchbrach der gewaltige weiße Kopf des männlichen Megalodons die Wasseroberfläche. Darunter hielt das Stahlseil die wenigen Fetzen Fleisch und Haut zusammen, die an dem noch im Wasser verborgenen Rückgrat und der Schwanzflosse hingen.

Fassungslos beobachtete die Mannschaft der ›Kiku‹, wie die Überreste des abgefressenen Ungeheuers aus dem Wasser und auf das breite Deck des Schiffs gezogen wurden. Ins Stahlseil verwickelt, hing unterhalb des gewaltigen Schwanzes das zermalmte Wrack von D. J. Tanakas Tauchboot.

Terry fiel auf die Knie und starrte mit leerem Blick auf das Unfaßbare.

Jonas war bereits zwei lange Stunden in der Dunkelheit aufgestiegen. Der Blutverlust und die bittere Kälte der Tiefsee hatten ihn nahezu ohnmächtig gemacht; aus seinen Zehen und Händen war jedes Gefühl verschwunden. In dem pechschwarzen Wasser konnte er nicht das Geringste sehen, doch er wußte, daß sich das ändern würde, wenn es ihm nur gelang, auszuhalten.

Frank Heller ließ sein Fernglas sinken, um die Wogen mit bloßem Auge abzusuchen. Von seinem Standort auf der Brücke sah er alle drei Schlauchboote, die im Umkreis eines halben Kilometers um die ›Kiku‹ ausgeschwärmt waren.

DeMarco stand neben ihm an der Reling. »Wenn bloß die Marinehubschrauber bald kommen würden«, sagte er.

»Es ist zu spät. Wenn er in den nächsten zehn Minuten nicht auftaucht...« Heller brach mitten im Satz ab. Wenn Jonas von dem Megalodon nicht getötet worden war, würde er mit Sicherheit an Unterkühlung sterben, das wußten die beiden Männer nur zu gut.

Heller wandte sich um und blickte zum hundertsten Mal auf den riesigen weißen Kopf und das Rückgrat des Ungeheuers auf dem Deck unter ihnen. Das Forschungsteam war damit beschäftigt, den Kadaver zu untersuchen. Einer der Männer machte Aufnahmen.

»Wenn dieses... *Monster* D.J. umgebracht hat... wodurch, in aller Welt, ist es dann selbst getötet worden?«

DeMarco starrte auf den blutigen Kopf hinab. »Keine Ahnung. Auf jeden Fall war es kein gottverdammter Erdrutsch.«

Terry stand am Bug des gelben Boots, das durch die rauhe See schlingerte. Sie suchte die Wellen nach einem Hinweis auf die Rettungskapsel des zweiten Tiefengleiters ab. Bevor sie diese nicht entdeckt hatten, war keine Zeit zu trauern, keine Zeit für den Schmerz in ihrem Innern. Sie mußte Jonas finden, solange noch die Spur einer Chance bestand.

Léon Barre steuerte das Boot vom Heck aus. »Ich fahre langsam zurück!« rief er.

»Halt!« Terry sah etwas in den Wogen. Sie zeigte nach Steuerbord. »Da drüben.«

Die rote Kunststoffflagge erhob sich ein winziges Stück über die Wellenkämme. Léon lenkte das Boot zu der sanft im Wasser schaukelnden Kapsel. In der durchsichtigen Lexanschale konnten sie Jonas' Körper erkennen.

»Ist er am Leben?« Léon spähte über den Bug hinweg. Terry beugte sich übers Wasser, als sie näherkamen. »Ja«, sagte sie erleichtert. »Er lebt.«

IM HAFEN

Frank Heller konnte sich nicht vorstellen, wie sich die Nachricht so rasch verbreitet hatte. Die ›Kiku‹ hatte weniger als zwölf Stunden gebraucht, um den Marinestützpunkt Aura Harbor auf Guam zu erreichen. Auf der Mole warteten neben den Reportern des lokalen Fernsehsenders bereits zwei japanische Fernsehteams, dazu Presseleute und Fotografen der Marine, der *Manila Times* und des auf Guam erscheinenden *Sentinel*. Kaum hatte Heller den Fuß auf festen Boden gesetzt, umringten sie ihn, um ihn mit Fragen über den Riesenhai, den toten Aquanauten und den überlebenden Wissenschaftler, der auf dem Luftweg ins Krankenhaus gebracht worden war, zu bombardieren.

»Professor Taylor hat eine Gehirnerschütterung erlitten und wird wegen Unterkühlung und Blutverlusts behandelt, aber soweit mir bekannt ist, befindet er sich auf dem Weg der Besserung«, erklärte Heller.

Die Kameraleute und Fotografen hatten ihre Linsen auf Heller gerichtet, doch als der Kadaver des Megalodons vom Kran der ›Kiku‹ in die Höhe gehievt wurde, stoben sie auseinander, um das Monster aufzunehmen.

Eine hartnäckige junge Japanerin bedrängte Heller weiterhin mit ihrem Mikrophon. »Wo werden Sie den Hai hinbringen?«

»Wir werden die Überreste sobald wie möglich zum Tanaka-Institut fliegen lassen.«

»Was ist mit dem Rest geschehen?«

»Das ist momentan noch unklar. Vielleicht ist der Hai

von dem Stahlseil zerfetzt worden, in das er sich verwickelt hatte.«

»Sieht aus, als sei er aufgefressen worden.« Die Frage wurde von einem Amerikaner mit schütterem Haar und buschigen Augenbrauen gestellt. »Ist es möglich, daß dieser Hai von einem Artgenossen angegriffen wurde?«

»Möglich schon, aber ...«

»Soll das heißen, daß noch mehr da draußen sind?«

»Hat jemand gesehen, wie ...?«

»Sind Sie der Meinung ...?«

Heller hob die Hände. »Bitte, bitte ... einer nach dem anderen.« Er nickte dem schwergewichtigen Reporter des Lokalblattes zu, der seinen Kugelschreiber in die Höhe gehoben hatte.

»Ich denke, Doc, wir wollen wissen, ob es noch sicher ist, ins Wasser zu gehen?«

Heller sprach mit Überzeugung. »Solche Ängste sind unbegründet. Wenn tatsächlich eine Anzahl solcher Haie im Marianengraben lebt, trennen zehn Kilometer eiskalten Wassers sie von uns. Offenbar hat sie das mindestens zwei Millionen Jahre da unten in Schach gehalten, und das dürfte auch für ein paar weitere Millionen Jahre gelten.«

»Dr. Heller?«

Heller drehte sich um. Vor ihm stand David Adashek. »Ist Professor Taylor nicht ein Meerespaläontologe?« fragte er unschuldig.

Heller warf einen verstohlenen Blick auf die Menge. »Ja«, antwortete er zögernd. »Er hat einige Aufsätze ...«

»Es sind doch wohl mehr als ein paar Aufsätze. Soweit ich weiß, hat er eine Theorie über diese ... Dinosaurier-Haie entwickelt. Nennt man sie nicht Megalodon?«

»Ja, also, ich glaube, Dr. Taylor sollte Ihnen seine Theorien besser selbst erklären. Wenn Sie mich jetzt ...«

»Ist das denn so ein ...?«

»Wenn Sie mich jetzt entschuldigen wollen, wir haben eine Menge Arbeit vor uns.« Heller drängte sich durch die Menge, ohne auf das Kreuzfeuer von Fragen zu achten, das ihn umgab.

»Platz da!« donnerte eine Stimme hinter den Reportern. Léon Barre überwachte das Hinablassen des Megalodon-Kadavers auf die Mole.

Ein Fotograf schob sich nach vorne und rief: »Captain, können wir ein Bild von Ihnen und dem Monster machen?«

Barre gab dem Kranführer ein Zeichen. Der Kopf des Hais kam hoch in der Luft zum Stillstand, die Kiefer himmelwärts gereckt. Rückgrat und Schwanzflosse hingegen bereits auf der Mole. Die Fotografen und Kameraleute suchten hektisch nach der besten Perspektive, doch der Kadaver war so lang, daß er unmöglich ganz in den Sucher zu bekommen war. Barre trat zu dem gewaltigen Kopf und stellte sich in Positur. Der gewaltige Meeresräuber ließ den stämmigen Seemann wie einen Zwerg erscheinen.

»Lächeln, Captain!« rief jemand.

Barre blickte weiterhin finster geradeaus. »Tu ich doch«, brummte er.

DIE ›MAGNATE‹

Maggie lag auf dem Teakholzdeck der Jacht, nur mit ihrem Bikinislip bekleidet. Die Sonne brannte auf ihren ölglänzenden Körper.

»Du hast ja immer schon gesagt, daß Bräune vor der Kamera gut aussieht.« Bud stand in seiner Badehose über ihr, das Gesicht im grellen Licht nicht zu erkennen.

Maggie legte die Hand über die Augen und schielte zu ihm empor. »Das ist nur für dich, Liebling«, erwiderte sie lächelnd. »Aber nicht jetzt.« Sie drehte sich auf den Bauch, um ein winziges Fernsehgerät betrachten zu können. »Jetzt darfst du mir noch einen Drink holen.«

»Klar, Maggie.« Buds Blick glitt ihren Rücken entlang nach unten. »Was immer du willst.« Er trottete in die Kabine, um einen Wodka Tonic zu mixen.

Kaum eine Minute später schrie sie seinen Namen. Bud rannte an Deck. Maggie saß aufrecht da, preßte ihr Handtuch vor die Brust und starrte mit offenem Mund auf den Bildschirm. »Ich glaub' es einfach nicht.«

»Was ist denn?!« Bud stürzte zu ihr, um etwas erkennen zu können. Der gesamte Bildschirm war ausgefüllt vom Kopf und den vor Zähnen starrenden Kiefern des Megalodons, das am Kran der ›Kiku‹ hing.

»... könnte es sich hierbei um den als Megalodon bezeichneten prähistorischen Riesenhai handeln, einen Vorfahren unserer weißen Haie. Bislang scheint niemand zu wissen, wie das Tier überlebt hat, doch der bei seinem Fang verletzte Dr. Jonas Taylor dürfte einige Antworten parat haben. Professor Taylor befindet sich momentan im Marinehospital von Guam in Behandlung.

Die in China angelaufenen Verhandlungen bezüglich eines Handelsabkommens ...«

Maggie hetzte zur Kabine. »Wo willst du denn hin?« rief Bud ihr hinterher.

»Ich muß im Büro anrufen.« Notdürftig ins Handtuch eingewickelt rannte sie ins Ruderhaus. »Das Telefon!« brüllte sie den Kapitän an. Er zeigte hinter sie und genehmigte sich noch einen Blick, als sie achtlos ihren Rücken entblößte.

Hektisch wählte Maggie die Nummer ihres Büros. Ihre Sekretärin berichtete ihr, ein Mr. David Adashek habe den ganzen Vormittag versucht, sie zu erreichen. Sie notierte seine Nummer und wählte sofort die Übersee-Vermittlung, um sich nach Guam verbinden zu lassen. Wenige Sekunden später hörte sie den Rufton in der Leitung.

»Adashek.«

»David, was ist denn da passiert, verdammt noch mal?«

»Maggie? Ich hab' den ganzen Morgen versucht, dich anzurufen. Wo zum Teufel steckst du denn ...«

»Ganz egal. Was ist passiert? Wo kommt denn dieser Hai her? Wo ist Jonas? Hat schon jemand mit ihm gesprochen?«

»Hey, immer mit der Ruhe. Jonas wird hier im Marinehospital behandelt. Vor seiner Tür steht ein Wachposten, damit niemand mit ihm sprechen kann. Der Hai ist echt – sieht ganz so aus, als hättest du dich in deinem Ehemann getäuscht.«

Maggie verspürte Übelkeit.

»Maggie, bist du noch dran?«

»Scheiße, das könnte die Story des Jahrzehnts sein, Jonas ist eine der Hauptfiguren, und ich hab' das Ganze verpennt.«

»Stimmt, aber du bist doch noch mit Jonas verheiratet, oder? Vielleicht kann er dir was über den *anderen* Hai erzählen.«

Maggies Herz setzte einen Schlag lang aus. »Was für ein anderer Hai?«

»Er hat das Monster aufgefressen, das den jungen Tanaka umgebracht hat. Die Spatzen pfeifen es von den Dächern, und nur die Leute vom Tanaka-Institut dementieren alles. Vielleicht ist Jonas bereit, mit dir zu reden.«

Maggies Gedanken rasten. »Okay, okay, ich komme nach Guam. Aber du mußt solange an der Story dranbleiben. Versuch herauszufinden, was die Behörden tun werden, um diesen anderen Hai aufzutreiben.«

»Maggie, man weiß ja nicht mal, ob er überhaupt an die Oberfläche gekommen ist. Die Mannschaft der ›Kiku‹ schwört Stein und Bein, daß er den Graben auf keinen Fall verlassen haben kann. Sie behaupten, er sei da unten weiterhin gefangen.«

»Tu einfach, was ich dir gesagt habe. Es ist noch mal ein Tausender für dich drin, wenn du mir aus irgendeiner zuverlässigen Quelle Informationen über diesen zweiten Hai beschaffen kannst. Ich ruf' dich an, sobald ich in Guam gelandet bin.«

»Du bist der Boß.«

Als Maggie auflegte, trat Bud neben sie. »Was ist denn los, Magg?«

»Bud, ich brauche deine Hilfe. Wen kennst du in Guam?«

GENESUNG

Der vor Jonas' Zimmer im Marinehospital sitzende M.P. nahm Haltung an, als sich Terry der Tür näherte.

»Tut mir leid, Ma'am. Kein Zutritt für die Presse.«

»Ich bin nicht von der Presse.«

Der Posten musterte sie mißtrauisch. »Wie 'ne Verwandte sehen Sie aber nicht aus.«

»Mein Name ist Terry Tanaka. Ich war auf dem ...«

»Oh ... tut mir leid.« Der Posten trat beiseite. »Entschuldigen Sie bitte, Ma'am. Und ... mein Beileid.« Er wandte den Blick ab.

»Danke«, sagte Terry leise und betrat das Zimmer.

Jonas lag am Fenster, einen Verband um die Stirn. Sein Gesicht sah erschöpft aus, bleich und entstellt.

»Es tut mir so leid ...« sagte er mit noch immer schwacher Stimme.

Terry nickte schweigend. »Schön, daß es Ihnen besser geht.«

»Haben Sie schon mit Ihrem Vater gesprochen?«

»Ja ... Morgen früh ist er hier.«

Jonas drehte den Kopf in das gleißende Licht, das durchs Fenster fiel. Er suchte nach Worten. »Terry, es war mein Fehler ...«

»Nein. Sie haben ja versucht, uns zu warnen. Wir haben Sie bloß ausgelacht.«

»Ich hätte D.J. einfach nicht hinunterfahren lassen dürfen, ich hätte ...«

»Jetzt hören Sie bloß auf, Jonas«, fuhr Terry ihn an. »Ich kann schon mit meinen eigenen Schuldgefühlen nicht umgehen, da fehlen mir Ihre gerade noch. D.J.

war erwachsen und hätte mit Sicherheit nicht auf Sie gehört. Tatsache ist, daß er starten wollte, und zwar trotz Ihrer Warnungen. Es ist bloß, daß wir alle einfach erledigt sind... unter Schock. Ich weiß gar nicht, was jetzt passieren wird; ich kann nicht so weit in die Zukunft denken...«

»Lassen Sie doch, Terry. Kommen Sie her.« Sie setzte sich auf sein Bett und schlang die Arme um ihn, um sich an seiner Brust auszuweinen. Jonas strich ihr tröstend übers Haar.

Nach einigen Minuten setzte sie sich auf und wandte sich von Jonas ab, um sich die Tränen vom Gesicht zu wischen. »Das ist ein ungewohnter Zustand, in dem Sie mich erleben. Ich weine sonst nie.«

»Sie müssen ja nicht immer stark sein.«

Sie lächelte. »Doch, ich schon. Meine Mutter starb, als ich noch sehr jung war; und all die Jahre habe ich alleine für Dad und D. J. sorgen müssen.«

»Wie geht es Ihrem Vater denn?«

»Er ist am Boden zerstört. Ich muß ihn irgendwie da durchbringen, aber ich weiß nicht mal, was ich selbst tun soll. Sollen wir ein Begräbnis veranstalten? Es gibt ja keine Leiche...« Wieder füllten sich ihre Augen mit Tränen.

»Sprechen Sie mit DeMarco, und lassen Sie ihn eine Trauerfeier arrangieren.«

»Gut. Wenn das Ganze bloß schon vorüber wäre. Ich will zurück nach Kalifornien.«

Jonas betrachtete sie einen Augenblick. »Terry, die Sache mit diesem Hai ist noch nicht vorüber. Ich muß Ihnen etwas sagen: Im Graben waren zwei Megs. Das Tier, das die ›Kiku‹ hochgezogen hat, wurde von einem größeren Weibchen angefallen. Es ist mit dem Kadaver hochgestiegen...«

»Jonas, alles ist in Ordnung. Die ganze Crew hat Ausschau gehalten, und sonst ist nichts an die Oberfläche gekommen. Heller sagt, daß das andere Tier – dieses Weibchen – die Reise durch die eisigen Wasserschichten nicht überlebt hätte. Das haben Sie uns ja auch erklärt…«

»Terry, Sie müssen mir zuhören.« Jonas versuchte, sich aufzusetzen, doch die Schmerzen zwangen ihn wieder in die Horizontale. »Der Kadaver des Männchens hat eine Riesenmenge Blut enthalten. Das Megalodon ähnelt dem weißen Hai – es ist nicht warmblütig wie ein Säugetier, aber es hat einen warmen Körper. In der Wissenschaft spricht man gelegentlich von *Gigantothermie*, also der Fähigkeit großer Lebewesen, eine hohe Körpertemperatur aufrechtzuerhalten, und zwar durch ihre Größe, einen vergleichsweise bescheidenen Stoffwechsel und die Dämmfunktion des peripheren Gewebes…«

»Hören Sie bloß mit Ihrem Vortrag auf, Jonas. Das schaffe ich jetzt nicht.«

»Das Megalodon ist also in der Lage, in seinem Innern eine hohe Temperatur zu erzeugen. Sein Blut wird dabei durch die Muskelaktivität aufgeheizt. Es geht um eine Temperatur, die fünf bis sieben Grad höher liegt als die der äußeren Umgebung, und die tropischen Strömungen im Graben waren ziemlich warm.«

»Worauf wollen Sie denn hinaus?«

»Als die ›Kiku‹ begann, das Wrack von D.J.s Gleiter hochzuziehen, verfing sich das männliche Megalodon im Stahlseil. Ich sah, wie das größere Meg, also das Weibchen, im warmen Blutstrom des Kadavers emporstieg. Es hat die warme Strömung in Richtung der kälteren Wasserschichten verlassen.«

»Wie warm könnte das Blut eines Megalodons denn sein?«

Jonas schloß die Augen, um nachzurechnen. »Da das Tier in einem Tiefseegraben lebt, könnte die Temperatur gut über 33 Grad betragen. Wenn das Weibchen beständig im Blutstrom seines toten Artgenossen geblieben ist, könnte es es bis zur Temperaturscheide geschafft haben. Es ist sehr groß. Ein derart monströser Hai könnte die Distanz vom Graben bis zum warmen Oberflächenwasser wahrscheinlich in nicht mehr als 20 Minuten zurücklegen.«

Terry sah ihn lange an. »Ich muß gehen. Sie sollten sich jetzt ausruhen.«

Sie drückte seine Hand und verließ das Zimmer.

HAIE

Jonas erwachte und starrte auf seine Hand. Sie war mit getrocknetem Blut bedeckt. Er lag in der Rettungskapsel des Tiefengleiters, die auf der Wasseroberfläche tanzte. Grelles Sonnenlicht drang durch den halb im Wasser, halb im Freien liegenden Lexanbehälter.

Ich habe nur geträumt, dachte er. Alles war ein Traum.

Er kroch zum Fenster, um den Himmel zu sehen. Der Horizont war leer.

Wie lange war ich wohl bewußtlos? Stunden? Tage?

Das Wasser unter ihm kräuselte sich im Sonnenlicht. Er starrte hinein und wartete auf den Hai. Er war da unten, das wußte er.

Aus der Tiefe erschien das Megalodon. Raketengleich schoß es auf ihn zu, die Kiefer weit aufgesperrt, die Zähne gebleckt, das Maul ein schwarzer Abgrund …

Schweißgebadet und nach Atem ringend wachte Jonas auf. Er lag allein in seinem Krankenzimmer. Die Digitaluhr zeigte 0.06 Uhr an.

Er sank auf die feuchten Laken zurück und starrte an die vom Mond beschienene Zimmerdecke. Dann atmete er tief ein und stieß die Luft ganz langsam wieder aus.

Die Angst war verschwunden, und mit einem Mal bemerkte er, daß er sich besser fühlte. Das Fieber, die Medikamente – irgend etwas hatte seine Wirkung verloren. Wie hungrig ich bin, dachte er.

Er stieg aus dem Bett, zog seinen Bademantel an und ging hinaus auf den Gang. Niemand war zu sehen. Am anderen Ende hörte er das Geräusch eines Fernsehers.

Im Schwesternzimmer fand er den Wachposten allein vor dem Fernseher sitzen. Er hatte die Füße auf den Tisch gelegt, sein Hemd aufgeknöpft und verzehrte ein belegtes Baguette, während er die Spätnachrichten schaute. Der junge Mann fuhr auf, als er Jonas hinter sich treten hörte.

»Mr. Taylor... Sie sind ja aufgestanden.«

Jonas sah sich um. »Wo ist die Schwester?«

»Sie ist ein paar Minuten weggegangen. Ich hab' ihr gesagt, ich könnte... ich könnte sie vertreten.« Er starrte auf die Binde um Jonas' Kopf. »Sind Sie sicher, daß Sie aufstehen sollten, Sir?«

»Wo kann ich was zu essen bekommen?«

»Die Cafeteria ist bis sechs geschlossen.«

Jonas sah sichtlich verzweifelt aus.

»Sie können ja davon was abhaben.« Der Posten griff nach der zweiten Hälfte des dick belegten Sandwichs und hielt sie Jonas vor die Nase.

Jonas starrte sie an. »Nein, ist schon in Ordnung...«

»Jetzt nehmen Sie schon. Sie können soviel essen, wie Sie wollen.«

»Na schön. Dann vielen Dank.« Jonas nahm das Sandwich und begann zu essen. Er fühlte sich, als hätte er tagelang nichts in den Magen bekommen. »Schmeckt toll«, sagte er zwischen zwei Bissen.

»So'n Sandwich mit Salami und Käse ist hier draußen nicht so einfach aufzutreiben«, verkündete der junge Mann. »Der einzige Laden, den ich kenne, ist auf der anderen Seite der Insel. Ich und meine Kumpel, wir fahren einmal pro Woche da runter, bloß um uns mal ein bißchen wie zu Hause zu fühlen. Mir ist schleierhaft, wieso sie so was nicht auch näher am Stützpunkt aufmachen können. Sieht so aus, als...«

Der Wachposten plapperte unablässig weiter, doch Jonas hörte ihm nicht zu. Etwas im Fernseher hatte seine

Aufmerksamkeit erregt. An einer Mole luden Fischer eine große Anzahl Haie aus ihren Booten.

»Entschuldigung«, sagte Jonas. »Können Sie das lauter machen?«

Der Posten unterbrach seinen Wortschwall. »Klar.« Er drehte am Regler.

»... mehr als 100 Haie wurden vor der Zamora-Bucht gefangen. Die örtlichen Fischer haben offenbar vor der Küste von Saipan ein Meeresgebiet entdeckt, das die größten Fänge dieses Jahrhunderts ermöglicht. Die Fischer hoffen, daß ihr Glück auch morgen anhalten wird. Um Meerestiere geht es auch in der folgenden Nachricht. An der Nordküste von Saipan sind zwölf Grindwale und zwei Dutzend Delphine gestrandet. Bedauerlicherweise starben die meisten Meeressäuger, bevor Tierschützer sie wieder ins Wasser befördern konnten. In der internationalen Politik ...«

Jonas drehte den Ton ab. »Saipan. Das liegt in den Nördlichen Marianen, oder?«

»Stimmt, Sir. Die dritte Insel der Kette.«

Jonas blickte nachdenklich vor sich hin.

»Was ist denn, Sir?« fragte der Posten.

Jonas sah ihn an. »Nichts«, sagte er, drehte sich um und ging den Flur zurück. Unvermittelt hielt er inne, kam zurück und gab dem jungen Soldaten den Rest seines Sandwichs zurück. »Danke.«

Der Wachposten sah Jonas in sein Zimmer zurückeilen. »Sir«, rief er ihm hinterher, »sind Sie sicher, daß es Ihnen wieder gut geht?«

SAIPAN

Der auf zwei Personen ausgelegte Helikopter sprang zweimal auf der ungeteerten Landebahn auf, bevor er auf seinen Kufen zum Stehen kam. Marineoffizier a.D. James ›Mac‹ Mackreides warf einen Blick auf seinen Passagier, der nach dem dreiviertelstündigen Flug ziemlich mitgenommen aussah.

»Alles in Ordnung, Jonas?«

»Klar.« Jonas atmete tief durch, während die Rotorblätter des Hubschraubers allmählich ausliefen. Sie waren am Rand eines provisorischen Flugplatzes gelandet. Ein verwittertes Holzschild neben einem Tank verkündete: WILLKOMMEN IN SAIPAN.

»Tja, also, du siehst ziemlich fertig aus.«

»Seit deiner Entlassung aus der Marine hat sich deine Flugtechnik nicht gerade verbessert.«

»Hey, Kumpel, ich bin der einzige Irre in der ganzen Stadt, der so was macht, besonders wenn's um drei Uhr morgens sein muß. Was ist denn überhaupt so verdammt wichtig, daß du sofort zu dieser gottverlassenen Insel fliegen mußtest?«

»Du hast gesagt, du seist mit einem Fischer befreundet, der weiß, wo vor kurzem ein Wal getötet wurde. Ich muß den Kadaver untersuchen.«

»Jetzt, mitten in der Nacht? Wir sollten dir jemand fürs Bettchen besorgen, Kumpel.«

»Ehrlich, Mac, die Sache ist wichtig. Wo ist dein Freund? Ich hab' gedacht, er würde hier auf uns warten.«

»Siehst du den Weg da links? Geh ihn runter bis zum Strand. Unten siehst du ein halbes Dutzend Fischerboote liegen. Das Boot von Philippe ist das letzte in der Reihe, und da wartet er auf dich. Ich geh' in die Kneipe und laß mich volllaufen. Hol mich da ab, wenn du mit deiner Spritztour fertig bist. Wenn ich 'ne Frau bei mir habe, warte zehn Minuten. Wenn sie häßlich ist, reichen auch fünf.«

»Ist das nicht ohnehin egal, wenn du besoffen bist?«

»Stimmt auch wieder. Was meinen Freund Philippe betrifft, behalte folgendes im Hinterkopf: Du zahlst die eine Hälfte sofort, die andere aber erst, wenn ihr zurück seid. Sonst läßt er dich womöglich zum Strand zurückschwimmen.«

»Danke für den guten Tip.« Jonas sah seinen Freund auf den rostigen grünen Wellblechbau zuhinken, den Mac als Kneipe bezeichnet hatte. Jonas schulterte seinen Rucksack und marschierte in die andere Richtung zum Strand hinunter. Heranziehende Wolken verhüllten die Sterne, doch der Pazifische Ozean war spiegelglatt.

Jonas Taylor und James Mackreides hatten sich sieben Jahre zuvor an einem Ort kennengelernt, den die beiden Männer als die »Klapsmühle« der Marine bezeichneten. Nach dem Unfall an Bord der ›Sea Cliff‹ hatte Jonas mehrere Wochen in einem Marinehospital verbracht, bevor man ihm befohlen hatte, sich drei Monate in einer psychiatrischen Abteilung untersuchen zu lassen. Dort hatten die Psychiater der Marine dann versucht, den Aquanauten davon zu überzeugen, daß er die Ereignisse im Marianengraben lediglich halluziniert hatte. Nach zwei Monaten derartiger ärztlicher Betreuung war Jonas in einen Zustand tiefer Depression geraten. Er war getrennt von Maggie, seine Karriere war ruiniert. Ohne eine Möglichkeit, die Psychiatrie zu verlassen, fühlte er sich allein und hintergangen.

Bis er Mac traf.

James Mackreides lag ständig mit der Obrigkeit im Clinch. Im Alter von 23 Jahren eingezogen und nach Vietnam geschickt, war Mac bald zum Kommandanten des 155. Kampfhubschrauberkorps befördert worden, das in Kambodscha stationiert war, und zwar lange bevor die amerikanischen Streitkräfte dort offiziell hätten sein sollen. Von der Marine zum Piloten der Cobra ausgebildet, überlebte Mac den Wahnsinn des Vietnamkriegs, indem er selbst entschied, wann, wo und ob es Zeit war, in den Kampf zu ziehen. Hielt er einen Befehl für lächerlich, lehnte er sich nie offen dagegen auf, sondern tat einfach etwas anderes. Als man ihm befohlen hatte, den Ho-Chi-Minh-Pfad zu bombardieren, machte er seine Truppen kampfbereit, um seine Hubschrauberstaffel anschließend zu einem amerikanischen Krankenhaus zu führen, dort eine Schar Schwestern einzuladen und den Tag am Strand der Insel Con Son zu verbringen. Am Abend legte er einen Bericht vor, welch herausragende Leistungen seine Männer angesichts des feindlichen Widerstands erbracht hätten. Die Marine erfuhr nie etwas anderes. Bei einer anderen Unternehmung stellte Macs Staffel einen ihrer zwei Millionen Dollar teuren Helikopter in einem Flußdelta ab, schoß ihn in Stücke und sprengte ihn schließlich mit Hilfe einer Mine in die Luft. Anschließend berichtete Mac seinen Vorgesetzten, seine Staffel sei unter schweren Beschuß geraten, doch sei es seinen Männern gelungen, den überlegenen feindlichen Kräften heldenhaft Widerstand zu leisten. Für ihre Tapferkeit wurden Mac und seine Leute mit Auszeichnungen dekoriert.

Nach dem Krieg flog Mackreides weiterhin für die Marine. Als Anhänger der freien Marktwirtschaft belieferte er kleine Firmen von Guam bis Hawaii mit allem, was das Herz begehrte, und um die Lieferfrist zu verkürzen, setzte er Marinehubschrauber ein. Einer seiner Vorgesetzten roch schließlich den Braten, als er seine Männer dabei erwischte, wie sie nach einem Rundflug über Hawaii anstanden. Mac kassierte dafür 50 Dollar pro Nase, wobei ein Sechserpack Bier und 20 Minuten in den Armen einer vor Ort tätigen Hure eingeschlossen waren.

Dieser als ›fliegendes Bordell‹ bekanntgewordene Vorfall brachte Mackreides seine Entlassung ein, verbunden mit einer zwangsweisen psychiatrischen Untersuchung und einem längeren Aufenthalt in der psychiatrischen Klinik der Marine. Zur Wahl stand sonst nur das Gefängnis. Gegen seinen Willen eingeschlossen und ohne ein Ventil, um seiner Verachtung für die Obrigkeit Ausdruck zu verleihen, war Mac nahe daran, zu ersticken. Bis er Jonas Taylor kennenlernte.

Nach Macs Ansicht war Jonas ein weiteres Opfer der Marine, die ihn als Sündenbock benutzte, damit die höheren Tiere keine Verantwortung für ihre Handlungen übernehmen mußten. Das ließ ihm Taylor als verwandten Geist erscheinen. Mackreides fühlte die moralische Verpflichtung, Jonas wieder auf die Beine zu bringen.

Mac beschloß, daß eine kleine Spritztour das beste Mittel gegen die Depressionen seines neuen Kumpels sein würde. Es war nicht schwierig, der Coast Guard einen Helikopter zu entwenden, und auch die Landung auf dem Parkplatz des Footballstadions von San Francisco war ein Kinderspiel. Probleme gab es erst dabei, sich in das Spiel der 49ers gegen die Cowboys einzuschleichen. Nachdem sie die ganze Nacht durchgefeiert hatten, kehrten die beiden Patienten am folgenden Morgen mit dem Taxi ins Krankenhaus zurück, besoffen und glücklich. Die Coast Guard machte den Helikopter erst zwei Tage später ausfindig. Er stand im Hof einer

Karosseriewerkstatt, auf beiden Seiten mit einer nackten Frau bemalt.

Seit diesem Tag waren die beiden enge Freunde.

Das letzte Boot, das im flachen Wasser des Strandes festgemacht war, sah kaum seetüchtig aus. Der gerade fünfeinhalb Meter lange hölzerne Kahn lag tief im Wasser; auf den grauen Planken zeigten sich Reste roter Farbe, die im Verlauf der Jahre nahezu verschwunden war. An Bord stand ein großgewachsener Schwarzer in einem verschwitzten T-Shirt und Jeans und holte eine Krebsreuse ein.

»Entschuldigung?« sagte Jonas, als er näherkam. Der Mann arbeitete ungerührt weiter. »He, entschuldigen Sie mal – sind Sie Philippe?«

»Wen interessiert denn das?«

»Mein Name ist Dr. Jonas Taylor. Ich bin ein Freund von Mac.«

»Mac schuldet mir noch was. Hast du die Kohle?«

»Nein. Ich meine, ich hab' genug, um mich zu der Stelle rausfahren zu lassen, wo der tote Wal liegt. Von irgendwas anderem weiß ich nichts.«

»Es ist 'n toter Buckelwal, der ungefähr zwei Seemeilen von hier im Wasser dümpelt. Kostet dich 50 US-Dollar.«

»In Ordnung. Die Hälfte gleich, den Rest, wenn wir zurück sind.« Jonas hielt die Scheine in die Höhe.

»Okay, denn man los.«

Jonas hielt Philippe 25 Dollar hin, dann zog er sie zurück. »Nur noch eines: Der Motor bleibt auf der Hinfahrt aus.«

»Was soll 'n das jetzt heißen, Doktor Jonas? Willste, daß ich uns zwei Meilen weit rausrudere? Nee, du kannst dein Geld behalten ...«

»Schön, das Doppelte. Die eine Hälfte jetzt, die andere, wenn wir an Land sind.«

Der Insulaner nahm Jonas zum ersten Mal von oben bis unten ins Visier. »Okay, Doc, ein Hunderter. Und jetzt sag' mir mal, wieso ich den Motor auslassen soll.«

»Ich will die Fische nicht aufstören.«

Jonas wußte, daß er irgendwelche Indizien brauchte, um seine Theorie vom Auftauchen des Megalodon-Weibchens zu beweisen. Der große Fischzug vor der Küste von Saipan war ein möglicher Hinweis darauf, daß die örtliche Population an Haien sich durch irgend etwas gestört fühlte. Auch das Stranden der Wale und Delphine konnte auf die Anwesenheit des riesigen Räubers hinweisen. Allerdings waren beide Ereignisse keineswegs der Beweis, den Jonas brauchte. War aber der Buckelwal, den Philippe gefunden hatte, von dem Megalodon getötet worden, so würden die gewaltigen Bißspuren mehr als genug Indizien liefern. Zu der entsprechenden Stelle hinauszurudern war lediglich eine notwendige Vorsichtsmaßnahme.

Obwohl Jonas eines der Ruder übernahm, brauchten sie fast eine Stunde, um den Wal zu erreichen. Die nackten Oberkörper schweißüberströmt, ließen die beiden Männer das Boot gegen den schwarzen, schleimigen Kadaver treiben.

»Da ist er, Doc. Sieht so aus, als hätten die Haie den ganzen Tag lang dran geknabbert. Nicht mehr viel übrig.«

Die Rückenflosse des toten Tieres schwebte im ruhigen Meer; ihr Gestank war überwältigend. Jonas ergriff sein Ruder, um den Kadaver unter die Wasseroberfläche zu drücken. Die dunkle Masse kam gleich wieder nach oben. Sie war viel zu schwer, um umgedreht werden zu können.

»Was soll'n das?« wollte Philippe wissen.

»Ich muß herausfinden, was diesen Wal getötet hat. Können wir ihn irgendwie umdrehen?«

»25 Dollar.«

»25? Willst du dafür tatsächlich ins Wasser springen?«

»Nee. Zu viele Haie. Schau mal da rüber.«

Jonas erkannte die Flosse. »Ist das ein Tigerhai?«

»Ja, das is' 'n Tiger. Keine Sorge, Doc, wenn er frech wird, mach ich ihn mit mei'm Sechsschüsser kalt!« Philippe zog einen Revolver aus seinem Hosenbund.

»Philippe, bitte... bloß keinen Lärm!« Jonas ließ den Kegel seiner Taschenlampe über die glatte schwarze Wasserfläche wandern. Kleine Wellen brachen sich am Bootsrumpf. Jonas wurde plötzlich klar, welch leichte Beute sie darstellten.

Der schmale Lichtkegel erfaßte einen großen Körper, der sich mit hoher Geschwindigkeit unterhalb der Oberfläche bewegte. Ein weißes Leuchten verschwand rasch im dunklen Wasser. »Jesus, Doc, was war denn das, verdammt noch mal?!«

Jonas sah Philippe an. Dem kräftigen Mann stand die Furcht ins Gesicht geschrieben. »Was ist denn los?«

»Da is' was unter uns, Doc. Ich merke, wie's im Wasser zuckt. Was richtig Großes...«

Das Holzboot begann sich zu bewegen. Langsam drehte es sich gegen den Uhrzeigersinn. Sie waren in einem Strudel gefangen, der mit einer Bewegung tief unter der Wasseroberfläche zusammenhing. Die beiden Männer hielten sich am Dollbord fest, während das Boot sich immer schneller drehte.

Philippe riß seinen Revolver heraus und richtete ihn aufs Wasser. »Da unten is' der Teufel selbst.«

Der Horizont war jetzt ein einziger Wirbel. Jonas starrte ins Wasser und spürte, wie sich seine Nackenhaare sträubten. Etwas Großes und Weißes schoß nach oben.

Der gewaltige weiße Bauch barst aus dem Wasser. Mit einem Aufschrei pumpte Philippe sechs Kugeln in den Leib des toten Schwertwals. Sekunden später riß der fast vier Meter lange Tigerhai den acht Meter langen Walkadaver auf. Blut spritzte hoch in die Luft.

Das Boot kam zur Ruhe. Jonas richtete seine Taschenlampe auf den Bauch des toten Tieres, und da sahen er und Philippe es – eine gewaltige Bißspur, über einen Meter tief, fast drei Meter im Durchmesser.

»Heilige Muttergottes! Wer zum Teufel hat das getan?!« Bevor Jonas antworten konnte, hatte Philippe hektisch den Außenbordmotor ins Wasser geklappt und ließ ihn an.

»Nein – warte doch!« brüllte Jonas.

Zu spät. Der Motor heulte auf, und Philippe steuerte das Boot in einer scharfen Kurve zurück zur Küste.

»Nix da, Doktor Jonas. Da is'n Monster da unten, was *echt* Großes. Kein Fisch, den ich je gesehen hab', könnte 'nen Schwertwal so zerfetzen. Du jagst den Teufel, Mann. Ich kann auf dein verdammtes Geld verzichten – wir fahren jetzt sofort zurück.«

DIE BESPRECHUNG

Als Terry Tanaka das Marinehospital betrat, warf sie einen Blick auf ihre Uhr: 8.40. Sie hatte also genau 20 Minuten, um Jonas ins Büro von Commander McGovern zu bringen, falls er überhaupt in der Lage war, sein Bett zu verlassen. Sie ging den leeren Flur entlang und wunderte sich, daß der Marinesoldat nicht mehr Wache hielt. Hingegen stand die Tür von Jonas' Zimmer offen.

Drinnen wühlte eine Frau mit hellblondem Haar in einer Kommode. Das Bett war leer; Jonas war verschwunden.

»Kann ich Ihnen helfen, Miss?« fragte Terry.

Maggie zuckte zusammen und ließ um ein Haar die Kleider fallen, die sie in der Hand hielt. »Ja, das können Sie tatsächlich. Sagen Sie mir, wo mein Mann ist.«

»Sie sind seine ... Sie sind Maggie?«

Maggies Augen verengten sich. »Ich bin *Mrs.* Taylor. Und wer sind Sie?«

»Terry Tanaka.«

Maggie sah sie von oben bis unten an. »So, so ...«

»Ich bin eine Freundin Ihres Mannes. Ich bin vorbeigekommen, um Dr. Taylor zum Marinestützpunkt zu fahren.«

Maggies Verhalten änderte sich schlagartig. »Zum Marinestützpunkt? Was wollen die denn von Jonas?«

»Er hat einen Termin bei Commander McGovern. Es geht um das Meg ...« Terry zögerte und fragte sich, ob sie nicht schon zuviel verraten hatte.

Maggie lächelte, den Blick voller Gift. »Nun, sieht ganz so aus, als kämen Sie zu spät. Er ist fort. Falls Sie ihn sehen sollten« – sie schob sich brüsk an Terry vorbei –, »sagen Sie ihm doch, daß seine *Frau* mit ihm reden muß … falls er nicht zu beschäftigt sein sollte.«

Maggie marschierte den Flur entlang. Ihre Absätze klapperten auf dem gekachelten Boden.

Terry wandte sich um und starrte auf das leere Bett.

Um 9.05 Uhr traf Terry allein auf dem Stützpunkt ein, wo sie erfuhr, daß die Besprechung ins Lagerhaus D am entfernten Ende des Geländes verlegt worden war. Als sie es gefunden hatte, war die Besprechung schon in vollem Gang.

Lagerhaus D umfaßte einen Kühlraum zur Aufbewahrung verstorbener Soldaten, die auf die Überführung in die Vereinigten Staaten warteten. Unter drei Batterien beweglicher Operationslampen lagen die Überreste des Megalodons. Ein Militärpolizist reichte Terry einen weißen Kittel, als sie den Kühlraum betrat.

Neben dem Kadaver war ein Konferenztisch aufgestellt worden, an dem Heller, DeMarco und Commander Bryce McGovern Platz genommen hatten. Terry kannte weder die beiden Männer, die ihnen gegenüber saßen, noch die beiden Japaner, die die gewaltigen Kiefer des Hais studierten.

»Wo ist Taylor?« bellte Frank Heller sie durch den Raum an.

»Keine Ahnung. Er muß das Krankenhaus verlassen haben.«

»Das sieht ihm ähnlich.«

DeMarco zog einen Stuhl für sie heran. »Terry, Commander McGovern kennst du wohl schon.«

»Ms. Tanaka, wir sind alle sehr betroffen von dem Unglück, das Ihrem Bruder zugestoßen ist«, begann der Offizier. »Das ist Mr. André Dupont von der Cousteau-

Gesellschaft, und drüben beim Kadaver stehen Dr. Tsukamoto und Dr. Shimizu vom japanischen Meeresforschungszentrum.« Terry schüttelte Dupont die Hand. »Und dieser Herr ist Mr. David Adashek. Die örtlichen Behörden haben ihn beauftragt, über den Vorgang zu berichten.«

Mißtrauisch begrüßte Terry auch den Reporter mit den buschigen Augenbrauen. »Ich kenne Sie doch, Mr. Adashek. Wo haben wir uns schon gesehen?«

David lächelte. »Ich weiß nicht recht, Ms. Tanaka. Ich war viel in Hawaii, vielleicht …«

»Nein, nicht in Hawaii.« Sie starrte ihn unverwandt an.

»Na schön, meine Herren … und Ms. Tanaka«, verkündete McGovern, »wenn wir uns alle setzen könnten, würde ich gern anfangen. Die amerikanische Marine hat mich beauftragt, den Ihnen bekannten Vorfall im Marianengraben zu untersuchen. Mein Vorgehen wird sehr einfach sein: Ich werde Fragen stellen, und Sie antworten mir bitte. Erstens« – er deutete auf den Kadaver –, »würde mir irgend jemand bitte erklären, was dieses Ding da drüben darstellt?«

Dr. Shimizu, der jüngere der beiden Japaner, sprach als erster. »Commander, unser Institut hat die Zähne dieses Tieres untersucht und sie mit jenen des *Carcharodon carcharias*, des weißen Hais, und mit jenen seines ausgestorbenen Vorfahren *Carcharodon megalodon* verglichen. Die Existenz einer Rinne oder Scharte oberhalb der Zahnwurzel weist darauf hin, daß es sich mit Sicherheit um ein Megalodon handelt. Seine Existenz im Marianengraben ist eine große Überraschung, um es vorsichtig auszudrücken.«

»Für uns nicht, Dr. Shimizu«, warf André Dupont ein. »Das Verschwinden des Megalodons war immer ein

Rätsel, aber seitdem die erste Challenger-Mission im Jahre 1970 mehrere lediglich 10000 Jahre alte Zahnfossilien entdeckt hat, war klar, daß einige Vertreter dieser Art eventuell überlebt haben könnten.«

»Für die Marine stellt sich folgende Frage: Existieren noch mehr solcher Biester, und wenn ja: Sind noch welche an die Oberfläche gelangt? Dr. Heller?«

Alle Blicke richteten sich auf Frank Heller. »Commander, der Hai, der hier vor Ihnen liegt, hat in 11000 Metern Tiefe den Piloten eines unserer Tiefseetauchboote angegriffen und getötet. Anschließend hat er sich offenbar in unserem Kabel verfangen und wurde von einem Artgenossen angefallen. Seit Gott weiß wie vielen Millionen Jahren sind diese Tiere in einer warmen Wasserschicht am Boden des Grabens und damit unterhalb von zehn Kilometern eiskalten Wassers gefangen. Der einzige Grund, weshalb Sie dieses Exemplar hier überhaupt vor sich sehen, ist der, daß wir es versehentlich nach oben gehievt haben.«

»Sie sagen also, daß noch mindestens ein weiteres Exemplar dieser ... dieser Megalodons existiert, daß es aber am Boden des Grabens gefangen ist.«

»Ganz recht.«

»Keineswegs, Frank.« Jonas Taylor hatte den Raum betreten, einen weißen Kittel in der einen und eine Zeitung in der anderen Hand. Masao Tanaka folgte ihm auf dem Fuße.

»Taylor, wer glaubst du eigentlich, wer du ...«

»Frank«, unterbrach ihn Masao, »setz dich und hör dir an, was Jonas zu sagen hat.« Terry stand auf, um ihren Vater zu begrüßen, der sie einen langen Augenblick fest umarmte, um sich dann neben sie zu setzen. Dabei hielt er noch immer ihre Hand.

Jonas trat zum Kopfende des Tisches. »Letzte Nacht habe ich auf Saipan einen Fischer angeheuert, um mich zu einer Stelle bringen zu lassen, wo kurz zuvor ein Buckelwal getötet worden war. Ich wollte den Kadaver untersuchen, um festzustellen, ob er dem Megalodon zum Opfer gefallen ist. Während wir auf dem Meer waren, trieben die Überreste eines toten, acht Meter langen Schwertwals direkt neben unserem Boot an die Oberfläche. Der Kadaver wies eine Wunde auf, die mit Sicherheit von einem Hai herrührte. Der Durchmesser der Bißspur betrug nicht weniger als drei Meter.«

»Das beweist noch gar nichts«, sagte Heller.

»Aber das ist noch nicht alles. Hier ist die Zeitung von heute. Die Bewohner von Wake berichten, daß an der Nordküste ihrer Insel die ganze Nacht über Walkadaver angespült wurden. Commander, das zweite Megalodon hat es nicht nur an die Oberfläche geschafft, es hat sich auch erfolgreich an geringere Tiefen angepaßt!«

»Lächerlich«, gab Heller zurück.

»Dr. Heller, setzen Sie sich bitte«, befahl McGovern. »Dr. Taylor, da Sie so etwas wie ein Experte für diese Biester sind und unten im Graben waren, können Sie mir vielleicht erklären, wie dieses Monster es bis zur Wasseroberfläche geschafft hat. Dr. Heller scheint der Meinung zu sein, daß die Tiere von einer zehn Kilometer breiten kalten Schicht in Schach gehalten würden.«

»So war es auch. Aber ich war Zeuge, wie der zweite Hai seinen Artgenossen im Graben angefallen hat. Das Beutetier blutete stark, während der Angreifer seine Eingeweide verschlang und dabei mitten im Blutstrom nach oben stieg. Wie ich Terry gestern schon erklärt habe, ähnelt das Megalodon seinem Vetter, dem weißen Hai: Seine Bluttemperatur ist ungefähr sieben Grad höher als das ihn umgebende Meerwasser. Im Falle eines in der hydrothermalen Schicht des Grabens lebenden Exemplars wären das etwa 33 bis 34 Grad. Die ›Kiku‹ hat das erste Meg an die Oberfläche gehievt, und das zweite – ein Weibchen – ist diesem Köder direkt bis an die Oberfläche gefolgt, geschützt vom warmen Blutstrom seines Artgenossen.«

»Ein Weibchen?« André Dupont schien konsterniert. »Woher wissen Sie denn, daß das zweite Megalodon ein Weibchen ist?«

»Weil ich es gesehen habe. Es ist an meinem Tauchboot vorbeigezogen, als ich unten im Graben lag. Es ist wesentlich größer als der erste Hai.«

McGovern war sichtlich beunruhigt. »Was können Sie uns noch über dieses ... Weibchen erzählen, Doktor?«

»Nun, wie sein männlicher Gegenpart ist es vollständig weiß, im Grunde sogar lumineszierend. Das ist eine typische genetische Anpassung an eine Umgebung, in der keinerlei Licht existiert. Seine Augen dürften extrem lichtempfindlich sein, weshalb es bei Tag nicht auftauchen wird.« Jonas wandte sich an Terry. »Deshalb hat auch niemand an Bord der ›Kiku‹ es auftauchen sehen. Es muß in einer ausreichenden Tiefe verharrt haben, um dem Tageslicht zu entgehen. Jetzt aber, da sich der Hai an seine neue Umgebung gewöhnt hat, dürfte er sich meiner Meinung nach außerordentlich aggressiv verhalten.«

»Wie kommen Sie darauf?« Es war das erste Mal, daß Dr. Tsukamoto etwas sagte.

»Verglichen mit den oberen Wasserschichten enthält das Tiefseewasser im Marianengraben nur wenig Sauerstoff. Je höher der Sauerstoffgehalt aber ist, desto effizienter dürfte der Metabolismus des Megalodons funktionieren. In seiner neuen, sauerstoffreichen Umgebung wird das Tier in der Lage sein, größere Energiemengen zu erzeugen. Um dem gestiegenen Energieniveau nachzukommen, muß das Meg jedoch auch eine größere

Menge Nahrung zu sich nehmen. Und ich brauche Ihnen nicht zu erläutern, daß ausreichende Nahrungsquellen problemlos verfügbar sind.«

Das Gesicht McGoverns verdüsterte sich. »Dann könnte auch die an den Küsten lebende Bevölkerung in Gefahr sein.«

»Nein, Commander, diese Tiere sind zu groß, um sich in seichtes Wasser vorwagen zu können. Bislang hat das betreffende Exemplar kleinere Haie angegriffen, dann auch Wale. Meine Sorge ist, daß sein bloßes Auftauchen in der Nähe der Walherden deren Migrationsverhalten beeinträchtigen könnte.«

»In welcher Hinsicht?«

»Bitte machen Sie sich klar, daß *Carcharodon megalodon* die perfekteste Tötungsmaschine in der Geschichte unseres Planeten darstellt. Wenn es einen Geschmack für warmblütige Wale entwickelt, wird es in einen wahren Freßrausch verfallen. Unsere heutigen Wale sind noch nie auf so etwas wie diesen Räuber getroffen. Dieses Weibchen ist überaus aggressiv und außerdem so groß wie die meisten Wale. Seine Gegenwart könnte sehr gut eine... Panik unter ihnen auslösen, wenn Sie so wollen. Nun könnte aber schon eine minimale Veränderung im Migrationsverhalten der vom Beringmeer nach Süden ziehenden Walherden eine ökologische Katastrophe auslösen. Wenn beispielsweise die Walpopulation, die sich gegenwärtig in den Küstengewässern von Hawaii aufhält, plötzlich an die japanische Küste fliehen würde, um dem Megalodon zu entkommen, würde die gesamte Nahrungskette der betreffenden Meeresregion beeinflußt. Die zusätzliche Gegenwart mehrerer tausend Wale würde ein Ungleichgewicht bei jenen Arten hervorrufen, die sich auf dieselbe Weise ernähren. Der verschärfte Wettbewerb um Plankton, Krill und Garnelen könnte die Populationen bestimmter Fische drastisch reduzieren. Außerdem würde das verknappte Nahrungsangebot deren Laichverhalten verändern und der Fischereiindustrie in der betreffenden Region auf viele Jahre schweren Schaden zufügen.«

Dr. Shimizu und Dr. Tsukamoto unterhielten sich flüsternd auf Japanisch, während Heller, Adashek und Dupont Jonas gleichzeitig mit Fragen bombardierten.

»Meine Herren! Meine Herren!« McGovern erhob sich, um die Kontrolle über die Besprechung wiederzugewinnen. »Wie anfangs gesagt, stelle *ich* die Fragen. Dr. Taylor, ich möchte sicher sein, die Lage korrekt verstanden zu haben. Kurz gesagt sind Sie der Meinung, daß eine aggressive, 18 Meter lange Abart des weißen Hais die Meere unsicher macht und daß ihr bloßes Vorhandensein indirekt die Fischereiindustrie einiger Küstenländer beeinträchtigen könnte. Ist das im großen und ganzen korrekt?«

»Ja, Sir.«

Heller stand auf. »Masao, ich verschwinde. Ich hab' genug von diesem Blödsinn. Eine Panik unter Walen? Ich will Ihnen ja nicht zu nahe treten, Commander, aber Sie hören die Einschätzung eines Burschen, der vor sieben Jahren den Tod von zwei Ihrer Offiziere verursacht hat. Gehen wir, DeMarco. Du kannst mich zum Schiff zurückbringen.«

DeMarco stand auf, entschuldigte sich und folgte seinem Mannschaftskameraden nach draußen. Benommen von der Attacke Hellers saß Jonas da, während David Adashek sich abwandte und wie besessen etwas auf seinen Notizblock kritzelte. Noch bevor die beiden Männer die Tür erreicht hatten, flüsterte Masao seiner Tochter etwas ins Ohr. Terry nickte, küßte ihren Vater auf die Wange und folgte den beiden.

»Commander.« Jonas räusperte sich. »Ich kann Ihnen versichern, daß ...«

»Auf Ihre Versicherungen kann ich gern verzichten, Dr. Taylor. Was ich jetzt brauche, sind Lösungsvorschläge. Vielleicht könnten Sie mir also freundlicherweise mitteilen, was zum Teufel die Marine der Vereinigten Staaten in dieser Sache unternehmen soll?«

OPTIONEN

»Warum müssen Sie denn überhaupt etwas unternehmen, Commander?« André Dupont meldete sich als erster zu Wort. »Seit wann kümmert sich die amerikanische Marine um die Verhaltensmuster von Fischen?«

»Und was ist, wenn dieser sogenannte Fisch anfängt, kleine Boote oder Sporttaucher zu verschlingen? Was dann, Mr. Dupont?«

»Dr. Taylor«, sagte Dr. Tsukamoto, »wenn das Auftauchen dieses Tieres das Migrationsverhalten der Wale in für Japan relevanten Gewässern verändert, könnte unsere gesamte Fischereiindustrie einen schweren Schlag erleiden. Dafür könnte man theoretisch unser Zentrum wie auch das Tanaka-Institut verantwortlich machen. Nun ist schon das ›UNIS‹-Programm auf Eis gelegt, und weitere finanzielle Schläge können wir uns nicht leisten. Wir empfehlen also offiziell, dieses Tier aufzuspüren und zu vernichten.«

»Dr. Taylor«, sagte McGovern, »ich stimme durchaus mit Dr. Tsukamoto überein. Ich glaube nicht, daß die Natur dieses Tier aus der Tiefsee entlassen wollte. Dafür tragen Sie allein die Verantwortung. Und trotz Ihrer Versicherungen kann ich das Risiko nicht eingehen, darauf zu vertrauen, daß sich dieses Megalodon nicht in Gewässer vorwagt, in denen es auf Menschen trifft. Wir haben schon einen Toten« – McGovern machte eine bedeutungsvolle Pause – »und ich möchte mit Gegenmaßnahmen nicht warten, bis es mehr werden. Ich werde also dem Rat einer meiner Offiziere auf Hawaii folgen und die ›Nautilus‹ anweisen, das Tier aufzuspüren und zu töten.«

»Dann wird die Cousteau-Gesellschaft sämtliche Tierschutzorganisationen veranlassen, vor Ihrem Stützpunkt auf Oahu zu demonstrieren, und zwar ab morgen früh«, sagte Dupont.

»Jonas«, warf Masao beschwichtigend ein, »in welche Richtung wird sich das Megalodon deiner Meinung nach bewegen?«

»Unmöglich vorherzusagen. Es wird seiner Beute folgen, das ist klar. Das Problem ist, daß die Wale in dieser Hemisphäre zur Zeit vier verschiedenen Migrationsbewegungen unterliegen: im Westen auf die japanische Küste zu, im Osten und Westen der Hawaiianischen Inseln, und ganz im Osten entlang der kalifornischen Küste. Im Augenblick sieht es so aus, als bewege sich das Meg Richtung Hawaii. Ich nehme an, daß es von dort nach Osten weiterzieht, um schließlich vor Kalifornien aufzutauchen... Moment mal.«

»Was ist, Taylor?« fragte McGovern.

»Vielleicht gibt es doch eine andere Option. Masao, wie lange würde es dauern, die Tanaka-Lagune fertigzustellen?«

»Zwei Wochen – das war der Stand, als JAMSTEC uns wegen des Ausfalls der ›UNIS‹-Sonden die Mittel gesperrt hat«, antwortete Tanaka. »Du hast doch nicht etwa vor, dieses Tier zu fangen?«

»Warum nicht? Wenn die Lagune dazu gedacht war, Wale in ihrer natürlichen Umgebung zu beobachten, könnten wir sie doch auch benutzen, um das Meg festzusetzen?« Jonas wandte sich an die beiden Japaner. »Meine Herren, denken Sie doch nur an die Gelegenheit, diesen Räuber zu studieren!«

»Tanaka-san«, fragte Dr. Shimizu, »ist diese Option durchführbar?«

»Shimizu-sama, *hai*, das ist sie, vorausgesetzt, daß wir das Tier überhaupt aufspüren können.« Masao dachte einen Moment nach. »Natürlich müßte man die Lagune rasch fertigstellen und die ›Kiku‹ umrüsten. Wenn es uns dann gelänge, das Megalodon zu orten, könnten wir es vielleicht betäuben und in die Lagune schleppen.«

»Masao«, unterbrach ihn Jonas, »wenn wir das versuchen wollen, müssen wir eine Art schwimmendes Geschirr basteln, in dem wir das Meg schleppen. Vergiß nicht, daß Haie nicht wie Wale nach oben treiben. Wenn wir das Tier betäuben, wird es in die Tiefe sinken und verenden.«

»Äh, entschuldigen Sie«, mischte sich Adashek ein. »Warum treiben Haie eigentlich nicht nach oben?«

Jonas musterte den Reporter zum ersten Mal. »Haie sind von Natur aus schwerer als Meerwasser; wenn sie zu schwimmen aufhören, versinken sie.« Er sah Commander McGovern an. »Was hat dieser Mensch hier zu suchen?«

»Vor ungefähr einer Stunde hat mich eine Gruppe hiesiger Behördenvertreter angerufen, die sich Sorgen wegen der möglichen Anwesenheit eines weiteren Megalodons in ihren Küstengewässern machte. Einer der Herren hat mich gebeten, Mr. Adashek zu dieser Besprechung zuzulassen. Im Namen auch weiterhin guter Beziehungen habe ich dem zugestimmt.«

Die beiden Vertreter des japanischen Meeresforschungszentrums hatten sich vertraulich unterhalten. »Tanaka-san«, sagte Dr. Tsukamoto, »Sie haben durch diese Tiere bereits Ihren Sohn verloren. Wir respektieren Ihre Haltung. Wenn Sie den Wunsch verspüren, dieses Megalodon zu fangen, werden wir dieses Projekt unterstützen und Ihnen gestatten, die Lagune fertigzustellen. Sollten Sie Erfolg haben, erwartet unser Zentrum dafür ungehinderten Zugang zu dem gefangenen Hai wie auch unseren bereits abgesprochenen Anteil am touristischen Erlös der Lagune.«

Masao schwieg, während ihm Tränen in die Augen traten. »Ja«, sagte er schließlich, »ja, ich glaube, D. J. hätte es so gewollt. Mein Sohn hatte sein Leben dem wissenschaftlichen Fortschritt gewidmet, und auf keinen Fall hätte er gewünscht, daß wir ein so einzigartiges Tier vernichten. Jonas, wir müssen versuchen, das Megalodon zu fangen.«

McGovern ergriff wieder das Wort. »Mr. Tanaka, meine Herren … damit wir uns richtig verstehen: Die Marine kann Ihr Vorhaben nicht unterstützen. Was uns betrifft, so wird die ›Nautilus‹ den Auftrag erhalten, dieses Tier aufzuspüren, um das Leben amerikanischer Bürger zu schützen. Wenn es Ihnen gelingt, den Hai vorher zu fangen, um so besser. Ich persönlich hoffe, daß Sie Erfolg haben. Offiziell kann die Marine dieses Vorgehen allerdings nicht als realisierbare Option anerkennen.« McGovern erhob sich, um das Ende der Besprechung anzudeuten.

»Übrigens, Dr. Taylor«, sagte der Commander zu Jonas, »wie kommen Sie eigentlich darauf, daß dieser Hai bis nach Kalifornien ziehen wird?«

»Nun, Commander, während wir uns hier unterhalten, wandern über 20 000 Wale vom Beringmeer nach Süden in Richtung der mexikanischen Halbinsel Baja California. Das Megalodon wird buchstäblich ihrem Herzschlag folgen.«

20 Minuten später stand David Adashek in einer Telefonzelle vor dem Marinestützpunkt und wählte die Nummer eines örtlichen Hotelzimmers. Er wartete, bis sich eine weibliche Stimme meldete.

»Maggie, ich bin's. Ja, man hat mich zu der Besprechung zugelassen – du kannst dich bei Bud bedanken. Ja, ich hab' genau das, worauf wir scharf waren ...«

»Das Meg *einfangen*?« Frank Heller kochte vor Wut. »Masao, ist dir eigentlich klar, was du da sagst? Dieses Monster hat D.J. umgebracht. Es ist eine Bedrohung, und jeder Versuch, es zu fangen, wäre ein tragischer Fehler. Es muß vernichtet werden. Wie viele unschuldige Menschen sollen denn noch sterben?«

Masao wandte Heller den Rücken zu und blickte in die Sonne, die im Pazifik versank. Er atmete tief die salzige Luft ein, während er versonnen die Augen schloß.

Heller baute sich vor Jonas auf. »Das alles ist allein dein Fehler. Durch deine Unfähigkeit ist D.J. gestorben, und jetzt willst du uns alle umbringen.«

»Frank!« Masao fuhr herum; seine Augen loderten. »Dies ist mein Projekt, dies ist mein Schiff, und ich habe meine Entscheidung getroffen. Entweder du unterstützt das Vorhaben unseres Teams, oder ich lasse dich in Hawaii absetzen. Ist das klar?«

Heller warf Jonas einen wütenden Blick zu, dann sah er Masao ins Gesicht. »Wir kennen uns jetzt schon 16 Jahre, Masao. Meiner Ansicht nach machst du einen großen Fehler, wenn du auf diesen Spinner hörst. Aber ich möchte dennoch an Bord bleiben und helfen, wo ich kann – und zwar aus Achtung vor dir und Terry.«

»Wenn du bleibst, mußt du mit Jonas zusammenarbeiten. Ich habe beschlossen, ihm die Leitung dieses Projekts zum Fang des Megalodons zu übertragen. Sag mir also jetzt sofort, ob ihr beide zusammenarbeiten könnt.«

Heller starrte aufs Deck. »Ich werde mit ihm zusammenarbeiten, Masao.« Dann sah er Jonas an. »Und ich werde alles in meiner Macht Stehende tun, um das Leben der Crew zu schützen.«

»Gut.« Masao wandte sich an Jonas. »Wann ist die Besprechung?«

»In 15 Minuten. In der Kombüse.«

Die Schiffskantine war in ein Generalstabszimmer verwandelt worden. An einer Wand hatte Jonas ein große Karte angebracht, auf der das Migrationsverhalten der Wale dargestellt war. Rote Stecknadeln markierten die Stellen, an denen man in den vergangenen Tagen Walkadaver entdeckt hatte. Tatsächlich ergab sich ein Muster: Das Megalodon-Weibchen schien nach Nordosten zu ziehen, auf die Hawaiianischen Inseln zu. Neben dieser Karte hing ein großes Schaubild mit den inneren Organen des weißen Hais.

Terry und Masao hatten sich zusammengesetzt, DeMarco und »Mac« Mackreides standen vor der Landkarte. Als letzter traf Heller ein.

»Mac«, fragte Jonas, »kennst du schon alle hier?«

»Klar. Tag, Frank. Lange nicht gesehen.« Mackreides schüttelte Heller die Hand.

»Hallo, Mac. Wußte gar nicht, daß wir bei dieser Haigeschichte zusammenkommen würden.«

»Du weißt ja, Frank, ich bin immer da, wo's was zu holen gibt.«

Jonas wandte sich an die ganze Gruppe. »Mac und ich werden gemeinsam mit seinem Helikopter unterwegs sein und versuchen, das Meg aufzuspüren. Da man in Honolulu ein paar Tage brauchen wird, um die Betäubungsharpunen und das Geschirr herzustellen, ist unser erstes Ziel, das Tier möglichst mit einem Sender zu versehen.«

»Wie zum Teufel willst du denn einen einsamen Fisch irgendwo im Pazifik finden?« warf Heller höhnisch ein.

Jonas zeigte auf die Karte. »Wie ihr sehen könnt, sind hier die winterlichen Brutplätze der Wale eingezeichnet, die vom Beringmeer nach Süden ziehen. Das Megalodon kann die massiven Vibrationen auffangen, die diese Walherden im Osten wie im Westen von Guam aussenden. Nach den letzten Attacken des Tieres ist zu schließen, daß es sich nach Osten bewegt, also auf die im Küstengewässer vor Hawaii befindlichen Walpopulationen zu.«

Jonas sah Masao an. »Es wird nicht leicht sein, das Meg aufzuspüren, aber immerhin wissen wir, daß seine Augen zu empfindlich sind, als daß es tagsüber an die Oberfläche kommen könnte. Wenn es die knapp unter der Wasseroberfläche schwimmenden Walherden angreifen will, muß es das nachts tun. Wir haben Macs Helikopter mit einem Wärmesuchgerät ausrüsten lassen, mit dem wir das Megalodon wie auch die Walherden im Dunkeln orten können. Ich werde mit einem speziellen Nachtsichtgerät Ausschau halten. Die Haut des Megs ist nahezu fluoreszierend und wird nachts von oben leicht zu sehen sein. Das ist eine gewisse Erleichterung.« Jonas ließ den Blick über die Anwesenden schweifen. »Sobald das Tier zu jagen beginnt, können wir uns darauf verlassen, daß eine ziemlich deutliche Spur aus Blut und Überresten zu sehen ist.«

Jonas hielt ein pfeilförmiges Geschoß in die Höhe. An seinem hinteren Ende war ein elektronisches Gerät von der Größe einer Taschenlampe angebracht. »Dieser Sender paßt in den Lauf eines Gewehrs. Gelingt es uns, den Pfeil in der Nähe des Herzens einzuschießen, werden wir das Megalodon nicht nur verfolgen, sondern auch seinen Puls überwachen können.«

»Wozu soll das denn gut sein?« fragte DeMarco.

»Sobald wir das Meg betäubt haben, könnte es sowohl für unsere Sicherheit wie auch für das Überleben des Tieres entscheidend sein, über seine Herzfrequenz Bescheid zu wissen. Die Harpunen werden eine Mischung aus Pentobarbital und Ketamin enthalten. Das Pentobarbital wird den zerebralen Sauerstoffverbrauch des Tieres vermindern, was mir ein wenig Sorgen macht. Ketamin ist dagegen kein Barbiturat, sondern ein unspezifisches Betäubungsmittel. Sobald die Drogen wirken, dürfte sich der Herzschlag des Megalodons beträchtlich verlangsamen. Die Dosierung habe ich auf die Größe dieses Weibchens abgestellt. Das einzige, was mir Sorgen macht, sind die möglichen Nebenwirkungen der Drogen.«

Heller sah auf. »Welche Nebenwirkungen?«

»Das Pentobarbital könnte anfänglich eine gewisse Erregung verursachen.«

»Was soll das denn wieder heißen?«

»Das heißt, daß das Biest ziemlich böse wird, bevor es einschläft.«

»Masao, ist dir klar, was er da …«

»Laß ihn zu Ende reden, Frank.« Masao sah Jonas an. »Wenn es uns gelungen ist, das Tier einzuschläfern, wie sollen wir es deiner Meinung nach in die Lagune schleppen?«

»Das ist der heikelste Teil der ganzen Sache. Das Harpunengeschütz wird am Heck der ›Kiku‹ angebracht. Als Kabel verwenden wir das an der großen Winsch befestigte Stahlseil. Die Harpune wird nicht lange im Fleisch des Tieres stecken bleiben, weshalb es wichtig ist, daß wir so rasch wie möglich das Geschirr anbringen können. Was dieses Geschirr betrifft, so handelt es sich im Grunde um ein dickes, 60 Meter langes Fischnetz, an dessen Rand im Abstand von je sechs Metern Bojen angebracht sind. Es wird das Meg oben halten, während wir es in die Lagune schleppen. Und noch etwas: Die Harpune muß in der Haut des Tieres steckenbleiben, damit die ›Kiku‹ es bis zur Anbringung des Netzes schleppen kann, sobald es betäubt ist. Das ist von größter Bedeutung. Wenn wir es nicht schaffen, ständig Wasser durch sein Maul zirkulieren zu lassen, setzen seine Kiemen aus, und das Meg verendet.«

»Und wie willst du das Netz festmachen?« fragte DeMarco.

»Ein Ende des Netzes bleibt am Heck der ›Kiku‹ befestigt. Das andere Ende werde ich mit der ›AG-I‹ unter dem Tier durchführen.«

Terry sah Jonas an. »Sie wollen noch mal zu diesem Monster ins Wasser steigen?«

»Terry, hören Sie doch ...«

»Nein, jetzt hören Sie mir mal zu! Das stinkt nach typischer Macho-Scheiße. Sein Leben aufs Spiel zu setzen, um dieses Monster zu fangen ... Ich hab' schon meinen Bruder verloren, und ich will nicht, daß ...« Sie unterbrach sich mitten im Satz, erschauernd vor den Worten, die nun folgen mußten. »Tut mir leid, Dad, das ist zuviel für mich.«

Masao blickte seiner Tochter nach. »Es ist D.J.s Tod. Keiner von uns beiden hat wirklich Zeit gehabt, um ihn zu betrauern.« Er stand auf. »Ich muß mit ihr reden. Aber, Jonas, besteht denn tatsächlich Gefahr für dich, während du im Gleiter arbeitest?«

»Wir werden die Herzfrequenz des Megalodons überwachen, und ich bin ständig mit der ›Kiku‹ in Verbindung. Falls das Meg aufwacht, wird uns sein rasch ansteigender Puls rechtzeitig warnen. Die ›AG-I‹ ist ein schnelles Boot, so daß ich keine Probleme haben werde, die Gefahrenzone zu verlassen. Glaub mir, Masao, ich habe keinerlei Bedürfnis, den Helden zu spielen. Das Meg wird auf jeden Fall bewußtlos sein, bevor ich mich mit dem Gleiter ins Wasser wage.«

Masao nickte und verließ den Raum, um nach seiner Tochter zu suchen.

»Ich habe eine Frage.« Mac trat zu dem Schaubild mit den inneren Organen des Weißen Hais. »Du sagst, wir schießen dem Hai den Pfeil in die Nähe seines Herzens. Wo ist das überhaupt?«

Jonas deutete aufs Maul der Haifigur. »Wenn du von hier aus in die Speiseröhre gehst, sollte sich das Herz genau unter dem Punkt befinden, an dem die Speiseröhre im Magen endet. Allerdings ist das die Anatomie des weißen Hais – niemand kann mit Sicherheit sagen, wie die inneren Organe eines Megalodons angeordnet sind. Wir müssen also annehmen, daß sich die beiden Arten nicht nur physisch, sondern auch anatomisch ähneln. Wenn wir den Pfeil ungefähr hier reinschießen können« – Jonas zeigte auf eine Stelle an der Unterseite des Hais, zwischen Kiemenspalten und Brustflosse –, »müßte es klappen.«

Mac schüttelte den Kopf. »Und wenn wir danebenschießen?«

ATTACKE

Der Vollmond brach sich in der Windschutzscheibe des Helikopters und erleuchtete das kleine Cockpit. Seit nahezu vier Stunden flog Mac seinen Hubschrauber entlang eines 50 Kilometer breiten, halbkreisförmigen Meeresabschnitts, wobei er 60 Meter Abstand zur schwarzen Oberfläche des Pazifiks hielt. Sie hatten fast zwei Dutzend Walherden aufgespürt und beobachtet, ohne den geringsten Hinweis auf das Megalodon zu erhalten. Die Begeisterung, die Jonas anfangs verspürt hatte, war rasch der Langeweile gewichen, als er erkannte, wie schwierig ihre Aufgabe sein würde.

»Das ist totaler Schwachsinn, Jonas!« brüllte Mac gegen das Geräusch der Rotoren an.

»Wie steht's denn mit dem Treibstoff?«

»Noch eine Viertelstunde, dann müssen wir umkehren.«

»Okay. Schau mal nach vorne, ungefähr elf Uhr. Da ist wieder 'ne Herde Buckelwale. Folgen wir ihnen ein Stück, dann kehren wir um.«

»Du bist der Boß.« Mac korrigierte den Kurs, um die Herde abzufangen.

Jonas richtete sein ITT Night Mariner Gen III auf den Pazifik. Das wuchtige Nachtsichtgerät durchdrang die Dunkelheit, indem es das Licht mittels einer Schicht Galliumarsenid auf der Photokathode des Verstärkers intensivierte. Das schwarze Meer erschien dadurch in einer Grauschattierung und ließ die Leiber der rasch schwimmenden Meeresriesen erkennen, die rhythmisch an der Oberfläche des Pazifiks auftauchten.

Mac hatte das mit Infrarot arbeitende Wärmesuchgerät des Typs Agema Thermovision 1000 von der Coast Guard geliehen, ohne lange um Erlaubnis zu fragen. Unter dem Hubschrauber war eine kleine, kreiselstabilisierte Plattform angebracht, die das Gerät beherbergte; im Inneren des Cockpits befand sich ein mit einem Videorecorder verbundener Monitor. Das Wärmesuchgerät war in der Lage, Objekte im Wasser anhand deren elektromagnetischer Strahlung zu erkennen. So erschien die Innentemperatur eines warmen Körpers auf dem Monitor als heller Punkt auf der Oberfläche des kühlen Meeres. Die warmblütigen Wale waren leicht zu entdecken; die Temperatur des Megalodons würde geringfügig niedriger sein.

Jonas war beunruhigt. Sie mußten das Megalodon rasch aufspüren. Mit jeder verrinnenden Stunde dehnte sich der Radius seines vorausberechneten Kurses um weitere 30 Kilometer aus. Bald würde die in Frage kommende Meeresfläche zu groß sein, so daß auch ihre hochentwickelten Suchgeräte nichts mehr nützen würden.

Er spürte, wie ihn das auf dem Ozean tanzende Mondlicht in seinen Bann zog, und so bemerkte er kaum, wie eine weiße Masse schräg durch den Rand seines Blickfelds schoß. Das Mondlicht war auf irgend etwas unter der Wasseroberfläche getroffen, doch es war nicht mehr als ein kurzes Leuchten gewesen.

»Was gesehen, Doc?«

»Bin nicht ganz sicher. Wo ist die Herde?«

»Gerade voraus, 300 Meter.«

Jonas lokalisierte die Fontänen, dann stellte er sein Fernglas scharf. »Ich kann zwei Bullen erkennen, eine Kuh und ihr Kalb... nein, es sind zwei Kühe, also insgesamt fünf Wale. Flieg direkt drüber, Mac.«

Der Helikopter schwebte über die Herde und hielt mit

ihr Schritt, als die Wale die Richtung änderten und sich nach Norden wandten.

»Was ist da unten los, Doc?«

Jonas konzentrierte sich auf das schwarze Wasser. »Da!«

Im Süden erschien ein Leuchten, das wie ein riesiger weißer Torpedo unter der Oberfläche entlangschoß.

Mac sah den Körper auf dem Monitor. »Ich kipp' aus den Latschen – du hast das Biest tatsächlich gefunden. Gute Arbeit. Was hat es vor?«

Jonas warf ihm einen Blick zu. »Ich glaube, es verfolgt das Kalb.«

30 Meter unter der schwarzen Fläche des Pazifiks war ein tödliches Katz-und-Maus-Spiel im Gange. Mit ihrem Gehörsinn hatten die Buckelwale den nahenden Jäger schon in kilometerweiter Entfernung entdeckt, worauf die Meeressäuger ihren Kurs geändert hatten, um einem Zusammentreffen auszuweichen. Als sich der kalkweiße Raubfisch weiter näherte, um sie abzufangen, positionierten sich die beiden Kühe an den Seiten des Kalbes, während die größeren Bullen die Spitze und das Ende der kleinen Herde bildeten.

Das Megalodon wurde langsamer und bewegte sich in einem Bogen um die rechte Flanke seiner Opfer. Es war kleiner als die Warmblüter, deren enge Formation einen direkten Angriff verhinderte. Die Buckelwale blieben dicht unter der Wasseroberfläche, wobei sie ständig aus dem Wasser brachen und ihren unerwünschten Gast nervös beobachteten. Das Megalodon umkreiste sie noch einmal, um seine Beute zu taxieren und die Position des Kalbes auszumachen.

Als der Räuber vor dem Leitbullen vorbeikreuzte, löste sich der 40 Tonnen schwere Koloß von der Herde, um auf das Meg zuzusteuern. Obwohl der Buckelwal keine Zähne, sondern Barten besaß, war er dennoch nicht ungefährlich, da er den Hai mit seinem Kopf rammen konnte. Die Attacke des Bullen kam unvermittelt, doch das Meg war schneller. Mit erhöhter Geschwindigkeit entfernte es sich von der Herde, um in einem weiten Bogen zurückzukehren.

»Was siehst du denn?«

Jonas starrte durch sein Nachtsichtgerät. »Sieht so aus, als würde der Leitbulle das Megalodon von der Herde fortjagen.«

»Moment mal, hast du da gesagt, ein Wal jagt das Meg?« Mac gluckste. »Ich dachte, dein Megalodon würde Furcht und Schrecken verbreiten?«

Jonas lud den Sendepfeil in den eigens dafür angepaßten Lauf seines Gewehrs und ließ den Verschluß zuschnappen. »Wart's ab, Mac. Wart's ab.«

Wieder veränderte die Herde ihren Kurs und zog nach Südosten, um dem Jäger zu entkommen. Nun drohte die weite, kreisförmige Bahn des Megs, sich mit der der beiden Kühe zu kreuzen. Der Leitbulle wandte sich um, um es erneut abzufangen, doch diesmal zog sich der Räuber nach hinten zurück und führte den Bullen weit von der Sicherheit der Herde weg.

Als sich der männliche Buckelwal umdrehte, um zu seinen Artgenossen zurückzukehren, reagierte der Räuber mit einer raschen Kreisbewegung und fing den isolierten Bullen von der Flanke her ab. Mit einer furchterregenden Demonstration von Schnelligkeit und Kraft warf sich das Megalodon mit seinen 20 Tonnen Muskeln und Zähnen auf den zurückweichenden Bullen. Sein Oberkiefer klappte auf und erreichte den gesamten Bißradius von knapp drei Metern. Dann bohrten sich die Zähne in die riesige Schwanzflosse des hilflosen Buckelwals. Innerhalb eines Sekundenbruchteils schnitt die rasiermesserscharfe obere Zahnreihe durch den muskulösen Schwanz, noch bevor das Opfer begriff, was mit ihm geschah.

Der Biß war so groß und entschlossen, daß er die Fluke, die querstehende Endflosse, vollständig vom Schwanz des Wals abtrennte. Der Bulle wand sich in wilden Zuckungen, während das Megalodon seine Beute ganz hinunterschluckte. Ein qualvolles, hohes Stöhnen entrang sich dem blutenden Opfer.

»Was war denn das, verdammt noch mal?«

»Ganz sicher bin ich nicht«, sagte Jonas, der das Sichtgerät an die Augen gepreßt hielt, »aber ich glaube, das Meg hat gerade die Schwanzflosse des Bullen weggerissen.«

»Was?«

»Vergiß die Herde, Mac. Bleib über dem Bullen.«

Warmes Blut schoß aus der klaffenden Wunde, während der verwundete Buckelwal kläglich versuchte, sich mit seinen großen Seitenflossen vorwärtszubewegen. Die zweite Attacke des Megalodons kam von vorne und war noch verheerender als die erste. Der Hai packte das mit Barten versehene Maul seines verendenden Opfers, um einen Großteil seines Schlundes zu zerreißen und einen langen Streifen aus gefurchter Haut und Speck herauszuziehen, als schäle er einen Maiskolben.

Das gefolterte Säugetier trieb hilflos in der Dünung und heulte seinen qualvollen Todesgesang. In panischer Flucht stob der Rest der Herde dicht geschlossen fort vom Ort des Gemetzels. Das Megalodon verzichtete auf die Verfolgung, um sich am weichen Fleisch seines Opfers zu weiden. Tausende Kilo warmes Blut und Fett schlang es hinunter, besessen von seiner Beute, blind für alles andere.

Dann aber spürte das Meg die schnellen Vibrationen, die es von oben erreichten.

»Was geht da unten vor sich, Jonas?«

»Schwer zu sagen, da ist soviel Blut. Was zeigt denn dein Monitor an?«

»Nicht viel, Doc. Das Blut breitet sich an der Oberfläche aus, und es ist so warm, daß es alle Objekte abschirmt, die das Gerät auffangen könnte. Ich muß uns näher ranbringen.«

»Geh nicht zu weit runter, Mac. Man kann unmöglich sagen, wozu das Meg fähig ist.«

»Immer mit der Ruhe. Du willst doch einen anständigen Schuß anbringen, oder?« Mac stieg auf 15 Meter hinunter. »Kannst du jetzt besser sehen?«

Jonas starrte durch das Sichtgerät. Ja, jetzt konnte er die weiße Haut des Megalodons erkennen. Ihr Leuchten wurde durch das warme Blut verdunkelt, das sich an der Oberfläche sammelte.

Und dann sah Jonas das Tier einfach verschwinden.

»Verdammt.«

»Was ist denn?«

»Es ist abgetaucht. Ich frag' mich, ob die Vibrationen des Rotors es erschreckt haben. Vielleicht fühlt es sich auch durch unsere Anwesenheit in der Nähe seiner Beute bedroht.«

Jonas suchte das Wasser ab. Der dunkle Schatten des toten Buckelwals schwebte inmitten seiner Eingeweide. Wo war das Meg?

»Mac, ich krieg' allmählich ein ungutes Gefühl. Bring uns höher.«

»Höher?«

»Verdammt noch mal, Mac, höher – jetzt!«

Wie eine Interkontinentalrakete stieg das Megalodon senkrecht aus dem Meer und schoß schneller auf den Helikopter zu, als Mac ihn steigen lassen konnte. Jonas rutschte von seinem Sitz; sein rechter Fuß verlor den Halt am Boden, als die Fliehkraft des raschen Anstiegs ihn zur offenen Tür hin zog. Nur der Sicherheitsgurt hinderte ihn daran, in die Finsternis zu stürzen, während der gewaltige Kopf rasch näher kam. Eineinhalb Meter war das aufgerissene Maul noch entfernt. Wie in Zeitlupe sah Jonas den Oberkiefer vorstoßen, sah, wie blutrotes Zahnfleisch und weiße Zähne sich entblößten, nahe genug, um mit seinem herabbaumelnden rechten Bein hineinzutreten. Doch er war zu keiner Bewegung fähig. Gelähmt vor Angst hing sein Körper aus der offenen Tür des Helikopters, bis er plötzlich aus der Erstarrung erwachte und sein Bein gerade in dem Moment ins Cockpit zurückriß, in dem die Kiefer da zuschnappten, wo es gebaumelt hatte. Doch die Vision des weißen Todes stieg noch immer empor.

Der Helikopter hatte gerade 18 Höhenmeter erreicht, als die breite Schnauze ihn von unten traf und zur Seite warf. Außer Kontrolle geraten, begann die Kabine sich zu drehen.

»Komm schon, verdammt noch mal!« Mac umklammerte seinen Steuerknüppel mit beiden Händen.

Der Hubschrauber stürzte in einem 30-Grad-Winkel aufs Meer zu, als die mächtigen Rotoren endlich Widerstand schufen. Sekunden vor dem Absturz in den Pazifik gelang es Mac, die Maschine aus ihrem Sturzflug zu reißen. Er stöhnte vor Erleichterung, als sie sich hoch über die Wellen erhoben. Sie waren entkommen.

»Verdammt noch mal, Jonas, ich glaube, ich hab' mir gerade in die Hosen geschissen.«

Jonas versuchte angestrengt, seinen Atem in den Griff zu bekommen. Seine Glieder zitterten, seine Stimme versagte. Nach einer guten Minute gelang es ihm, einige Worte aus seiner ausgedörrten Kehle zu pressen. »Er … er ist viel größer, als ich dachte.« Er versuchte zu schlucken. »Mac, wie hoch … wie hoch waren wir, als er uns gerammt hat?«

»Ungefähr 18 Meter. Scheiße, Jonas, schau mich an, ich bin immer noch am Zittern. Bist du 'nen Schuß losgeworden?«

Jonas starrte auf das Gewehr, das er noch immer mit der rechten Hand umklammert hielt. »Nein, das Biest hat mich kalt erwischt. Haben wir genug Treibstoff, um noch mal hinzufliegen?«

»Negativ. Ich melde der ›Kiku‹, daß sie sich aufs Rendezvous vorbereiten soll, und dann folgen wir einfach weiter der Spur.« Mehrere Minuten flogen sie, ohne ein Wort zu wechseln.

»Sag mal«, brach Mac schließlich das Schweigen, »dieses Monster … hast du das vor sieben Jahren im Marianengraben auf dich zukommen sehen?«

Jonas sah seinen Freund an. »Ja, Mac, genau das habe ich gesehen.«

DER SENDER

Maggie beugte sich auf dem hohen Ledersessel unruhig nach vorne. Sie hatte Angst, sich zu entspannen, weil sie wußte, wie leicht es ihr gefallen wäre, in die weichen Polster zurückzusinken und einzudösen. Bud hatte sie mit seiner Limousine vom Flughafen abgeholt, als sie mit dem Nachtflug aus Guam eingetroffen war. Sie hatte sich direkt zu ihrem Fernsehsender bringen lassen und spürte jetzt, wie ihr Blutdruck stieg, während sie ungeduldig darauf wartete, daß Fred Henderson sein Telefongespräch beendete. Schließlich stand sie auf, beugte sich über seinen Schreibtisch und nahm ihm den Hörer aus der Hand. »Er wird Sie wohl zurückrufen müssen«, sagte sie in die Sprechmuschel und legte auf.

»Maggie, was fällt dir eigentlich ein – das war ein wichtiger Anruf ...«

»Wichtig? Mach mich nicht schwach, du hast doch bloß mit deinem dämlichen Steuerberater gesprochen. Wenn du wirklich Geld verdienen willst, solltest du mir jetzt mal gut zuhören.« Die nächste halbe Stunde schilderte sie dem Programmdirektor ihres Senders die Megalodon-Story.

»Verdammt ... das ist 'ne wirklich große Sache. Kannst du David Adasheks Informationen auch tatsächlich trauen?«

»Ich hab' Adashek in den letzten paar Wochen dafür bezahlt, Jonas zu beschatten. Er ist zuverlässig.«

Henderson lehnte sich in seinen Ledersessel zurück. »Und woher wissen wir mit Sicherheit, daß dein Mann tatsächlich sagen kann, wo dieses Monster hinwill?«

»Hör mal, Fred, wenn es eine Sache gibt, mit der mein zukünftiger Ex-Mann sich auskennt, ist es dieser verdammte Riesenhai. Schließlich hat er in den letzten sieben Jahren mehr Zeit auf ihn verwendet als auf mich. Das ist die größte Story des Jahrhunderts. Sämtliche Nachrichtenagenturen der Welt sind auf dem Weg nach Guam. Gib mir den Auftrag, Fred, und ich besorge dir einen Exklusivbericht, der unseren Sender an die Spitze katapultieren wird.«

Henderson war weichgeklopft. »Okay, Maggie, ich ruf' beim Vorstand an. Du hast freie Hand. Also sag mir, was du brauchst.«

Bud war in die Zeitung vertieft, als Maggie eineinhalb Stunden später ans Fenster der Limousine klopfte. Nachdem er die Tür entriegelt hatte, riß sie sie auf, kletterte auf seinen Schoß und küßte ihn schwungvoll auf den Mund.

»Wir haben es geschafft, Bud. Er ist begeistert. Der Vorstand hat mir seine volle Unterstützung zugesichert.« Es folgte ein leidenschaftlicher Zungenkuß, dann rang sie nach Luft und legte ihre Stirn an seine.

»Bud«, flüsterte sie, »das ist sie jetzt tatsächlich – die Story, die mich zum internationalen Star machen wird. Und du wirst dabei sein: Bud Harris, Produzent. Ich brauch' jetzt nämlich wirklich deine Hilfe.«

Bud grinste. »Okay, Schatz, sag mir einfach, was du brauchst.«

»Zuerst mal brauchen wir die ›Magnate‹. Und eine gutes Team. Ich hab' schon mit drei Kameraleuten und einem Tonmenschen geredet, die Unterwassererfahrung haben. Morgen früh treffen wir uns alle an Bord. Fred hat eine Plexiglasfirma kontaktiert, die innerhalb von zwei Tagen liefern kann.«

»Plexiglas?«

»Das eigentliche Problem ist der Köder. Und das ist auch der Punkt, an dem ich deine Hilfe wirklich brauche, Liebling ...«

PEARL HARBOR

Die ›Kiku‹ lag neben der ›USS John Hancock‹ vor Anker, einem 172 Meter langen Zerstörer der Spruance-Klasse, der am selben Morgen im Hafen eingetroffen war. Commander McGovern hatte Masao Tanaka den Liegeplatz persönlich zugewiesen; jetzt waren Kapitän Barres Männer dabei, am Heck des Schiffs eine Harpunenkanone anzubringen.

An Deck sahen Jonas und Mac zu, wie DeMarco wiederholt das Batteriesystem der ›Abyss Glider-I‹ prüfte. Die ›AG-I‹ war eine kleinere, schnittigere Version des Tiefseetauchboots, das im Marianengraben zum Einsatz gekommen war. Für hohe Geschwindigkeiten ausgelegt, wog das torpedoförmige Ein-Mann-Boot lediglich 231 Kilo, wobei der Großteil dieses Gewichts auf die Armaturen im Lexan-Cockpit entfiel.

»Sieht aus wie ein Düsenjäger im Spielzeugformat«, kommentierte Mac.

»Reagiert auch so.«

»Ist das das Ding, in dem der Junge angegriffen wurde?«

»Nein«, sagte Jonas, »das war eine ›AG-II‹. Sie ist größer, wesentlich schwerer und hat einen dickeren Rumpf. Das Boot hier ist ihr Prototyp und lediglich für Tiefen bis zu 4000 Metern ausgelegt. Der Rumpf besteht aus reinem Aluminiumoxid. Er ist extrem robust und trotzdem schwimmfähig. Die Kleine ist sehr flink, kann quasi auf der Stelle wenden und sogar glattweg aus dem Wasser springen.«

»Tatsächlich? Kommt sie vielleicht sogar höher als das Monster, das wir heute nacht gesehen haben?«

Jonas sah seinen Freund an. »Um höher zu springen als dieser Fisch, bräuchte man wohl eine Rakete.«

»Die hast du auch«, sagte DeMarco, der dem Gespräch gefolgt war. Jonas trat näher an den Gleiter. »Hier, Taylor. Siehst du den Hebel da? Wenn du ihn gegen den Uhrzeigersinn eine halbe Drehung nach unten führst und dann rausziehst, zündet ein kleines Wasserstofftriebwerk, das wir im Heck installiert haben. Natürlich solltest du es nicht dazu benützen, den Gleiter aus dem Wasser schießen zu lassen, aber es kann dein Boot loseisen, falls du je unten im Schlick steckenbleiben solltest.«

»Wie lang ist deiner Schätzung nach die Brenndauer?«

»Nicht überragend – gut 15, allerhöchstens 20 Sekunden. Sobald das Boot frei ist, treibt es sowieso nach oben, auch wenn der Motor ausgefallen ist.« DeMarco griff nach einem Schraubenschlüssel. »Aber das weißt du ja ohnehin.«

»Jonas, schau dir das mal an.« Mac stand backbord an der Reling und zeigte auf zwei Schlepper, die damit beschäftigt waren, die ›USS Nautilus‹ an ihren Liegeplatz zu schieben. An Deck des bedrohlich aussehenden schwarzen U-Boots standen selbstbewußt ein Dutzend Matrosen mit Tauen in den Händen, bereit zum Festmachen. Als sich das erste atomgetriebene Unterseeboot der Welt der ›Kiku‹ näherte, konnte Jonas deutlich die Gesichter der beiden Offiziere erkennen, die auf dem Kommandoturm standen.

»Jesus, Mac, da ist Danielson. Ist das denn zu glauben?«

»Dein alter Vorgesetzter? Ach ja, das hab' ich schon gehört. Ein drüben auf Guam stationierter Freund hat mir erzählt, Danielson hätte sich freiwillig gemeldet, als er hörte, daß du dabei bist. Er war sogar derjenige, der

McGovern vorgeschlagen hat, die alte Blechbüchse einzusetzen, die da auf uns zudümpelt.«

Die »Nautilus« glitt langsam vorbei. Obwohl Richard Danielson, Kapitän der US-Marine, mit seinen stahlgrauen Augen gegen die Sonne blinzelte, erkannte er seinen ehemaligen Tiefseepiloten an Bord der ›Kiku‹ sofort.

»Hey, Dick, wie geht's, du alter Saftsack?« murmelte Mac mit strahlendem Lächeln.

»Das dürfte er verstanden haben.«

»Na und? Danielson kann mir den bildschön tätowierten Arsch lecken. Du hast mir doch gesagt, dieser Typ hätte damit Karriere gemacht, deinen Ruf zu ruinieren. Wie viele Monate hast du denn in der Klapsmühle geschmort, bevor dich der gute alte Mac da rausgeholt hat? Zwei Monate? Oder waren es drei?«

»Drei. Wahrscheinlich wäre es schneller gegangen, wenn ich einfach gesagt hätte, das Megalodon sei reine Einbildung gewesen. Du weißt schon – Tiefenpsychose, temporärer, durch Ermüdung ausgelöster Wahnsinn.«

»Wäre 'ne glatte Lüge gewesen, Kumpel. Da die beiden Haie jetzt aufgetaucht sind, bist du ja wohl rehabilitiert.«

»Glaubst du vielleicht, Danielson ist hier, um sich zu entschuldigen? Ob mit oder ohne Megalodon, der Typ gibt mir die Schuld am Tod von zwei seiner Männer.«

»Scheiß drauf. Kein Mensch auf diesem gottverdammten Planeten hätte anders gehandelt, wenn er das gesehen hätte, was heute nacht auf uns zugeschossen ist. Das hab' ich Heller auch schon gesagt.«

»Tatsächlich? Und, wie hat er reagiert?«

»Heller ist ein Arschloch. Wenn er mit mir in Vietnam gewesen wäre, hätte ich ihn wohl erschießen müssen. Zum Teufel mit ihm und Danielson.« Mac blickte zum Heck der »Kiku«. »Wann soll eigentlich das Netz kommen?«

»Heute nachmittag. Verdammt, Mac, wenn ich heute nacht bloß den Sender plaziert hätte.«

»Nur um dich daran zu erinnern: Du warst damit beschäftigt, deinen Arsch im Cockpit zu halten. Womit hättest du da abdrücken sollen? Vielleicht mit deinem werten Dödel?«

»Du kapierst nicht, worauf ich hinaus will. Die günstigen Umstände, die wir jetzt haben, sind bald Schnee von gestern. Innerhalb weniger Tage könnte das Meg eine Panik unter den Walherden auslösen. Sobald die Wale aber fliehen, wird es diese Gegend verlassen und wer weiß wohin schwimmen. Das Megalodon in küstennahen Gewässern aufzuspüren, indem man nach blutigen Walkadavern Ausschau hält, ist eine Sache. Sobald das Monster aber ins offene Meer vorstößt, suchen wir eine Stecknadel im Heuhaufen.«

»Moment, Moment. Ich dachte, du hast allen Leuten erzählt, das Biest würde Richtung Kalifornien schwimmen?«

»Mit der Zeit schon. Das könnte aber Wochen dauern, vielleicht sogar Jahre. Niemand kann vorhersagen, was so ein Raubfisch tun wird.« Jonas schwieg und deutete auf den Horizont. »Verdammt… schau dir mal diese Wolken an, Mac. Was hältst du davon?«

Mac sah nach Westen, wo dunkle Gewitterwolken aufzogen. »Tja, sieht so aus, als wär's erstmal Essig mit dem Helikopter. Kein Jagdausflug heute abend, würde ich sagen.«

Jonas sah ihn an. »Hoffentlich schließt sich unser Meg deiner Meinung an.«

Frank Heller stand auf der Mole und sah zu, wie zwei Matrosen die dicken weißen Taue festmachten und die losen Enden sorgfältig am Deck der ›Nautilus‹ entlangführten. Sekunden später erschien Kapitän Richard Danielson an Deck. Er grinste Heller zu und tätschelte die auf dem Kommandoturm aufgemalte »571«.

»Na, Frank, was hältst du von meinem neuen Baby?«

Heller schüttelte den Kopf. »Mich wundert bloß, daß dieser alte Kahn überhaupt noch schwimmt. Wie ist McGovern bloß darauf gekommen, ein 40 Jahre altes U-Boot einzusetzen, um diesen Hai zu jagen?«

Danielson stolzierte über die ungesicherte Gangway. »Das war meine Idee, Frank. McGovern ist nicht gerade in einer beneidenswerten Lage – die Medien zerfetzen ihn. Deshalb kann er nicht ohne weiteres ein Boot der Los-Angeles-Klasse auf Fischfang schicken. Zum Teufel, die Cousteau-Gesellschaft, Greenpeace und sämtliche Tierschutzvereine üben ohnehin schon mächtig Druck auf die Marine aus. Mit der ›Nautilus‹ sieht die Sache schon ganz anders aus. Die Leute lieben dieses alte Boot. Es ist wie ein alternder Kriegsheld, der sich mit einem letzten Sieg verabschiedet. McGovern war gleich Feuer und Flamme ...«

»Im Gegensatz zu meiner Wenigkeit. Du hast gar keine Ahnung, auf was du dich da einläßt, Captain.«

»Ich hab' die Berichte gelesen, Doctor. Vergiß nicht, daß ich fünf Jahre lang hinter den ›Alphas‹ her war. Dieser Auftrag ist 'ne Kleinigkeit. Ein Schuß, und dieser zu groß geratene Hai ist Fischfutter.«

Heller wollte etwas erwidern, als er einen großgewachsenen, gutgelaunten Offizier aus dem U-Boot steigen sah.

»Denny?«

»Frank!« Dennis Heller, Erster Maschinist der US-Marine, kam die Gangway heruntergelaufen und umarmte seinen älteren Bruder.

»Denny«, fragte Frank lachend, »was zum Teufel tust du denn an Bord dieser rostigen Blechbüchse?«

Dennis grinste seinen Bruder an, dann warf er einen Seitenblick auf Danielson. »Du weißt ja, daß ich dieses Jahr in Rente gehe. Da hat sich rausgestellt, daß mir 30 Stunden aktiver Dienst fehlen. Also hab' ich mir gedacht, die könnte ich ja an Bord der ›Nautilus‹ unter meinem ersten Kommandanten ableisten. Außerdem schlägt der Landurlaub in Honolulu das gute Bayonne, New Jersey, um mehr als eine Länge.«

»Tut mir leid, daß ich Sie enttäuschen muß, Alter«, unterbrach ihn Danielson, »aber der Landurlaub ist gestrichen, bis wir dieses Megala … oder wie Taylor es auch nennt, in die Luft geblasen haben. Übrigens, Frank, hab' ich ihn vorhin an Bord deines Schiffs gesehen. Ehrlich gesagt, der Mann ist mir zuwider.«

»Laß mal, Danielson. Schließlich hat sich herausgestellt, daß er recht hatte. Warum vergessen wir die Sache nicht einfach …«

»Er hatte also recht. Na und, verdammt noch mal? Trotzdem hat sein Verhalten zwei meiner Männer das Leben gekostet, oder hast du das vergessen? Shaffer und Prestis. Beide waren verheiratet und hatten Kinder. Ich schreibe ihren Witwen noch immer zweimal im Jahr. Shaffers Junge war gerade drei, als …«

»Es war ja auch unser Fehler.« Heller senkte die Stimme, so daß nur sein früherer Vorgesetzter und sein Bruder ihn hören konnten. »Ich hätte niemals nachgeben sollen, als du mich überredet hast, ihn für die dritte Tauchfahrt einsatzfähig zu erklären.«

»Er war durchaus in Form …«

»Er war erschöpft. Ob dir seine Nase paßt oder nicht, Jonas Taylor war einer der besten Tiefseepiloten der Welt. Wäre er das nicht gewesen, hätte die Marine damals ja einen eigenen Mann eingesetzt. Wenn wir ihm genügend Zeit zugestanden hätten, sich von seinen ersten beiden Fahrten zu erholen, hätte er seinen Aufstieg vielleicht verlangsamt …«

»Du weißt ja gar nicht, was du redest.« Danielsons Nacken wurde sichtlich röter.

»Hey, hey … Frank, Captain, was vorbei ist, ist vorbei.« Dennis trat zwischen die beiden Männer. »Komm schon, Frank, ich lade dich zu ’nem Happen ein, bevor es hier draußen zu gießen anfängt. Captain, ich bin um 16.30 Uhr wieder da.«

Danielson blieb schweigend stehen, während die beiden Brüder in die Stadt marschierten. Die ersten Regentropfen klatschten auf den stählernen Rumpf der ›Nautilus‹.

AN DER NORDKÜSTE

Neun Meter hohe Wellen rollten auf Oahus Sunset Beach zu und schwemmten große Brocken Walfett und anderen Unrat an den Strand. Die knapp 200 Touristen schien das nicht zu stören. Sie waren hier, um den Surfern zuzusehen, die sich in die gefährlichsten Wellen der Welt wagten. Geriet man hier aus der Bahn, so konnte das bedeuten, auf das scharfkantige Korallenriff im Wasser geschleudert zu werden.

Der 18jährige Zach Richards kannte sich schon seit seinem zwölften Lebensjahr im Wasser vor Oahus Nordküste aus. Dagegen hatte sein jüngerer Bruder Jim erst kurz zuvor begonnen, auf den gewaltigen Wellen zu trainieren, die jeden Winter von Alaska und Sibirien heranrollten. An diesem Nachmittag waren sie mit der steigenden Flut immer höher geworden. Nun, da der Abend nahte, erreichten die Wellen eine Höhe von sechs und mehr Metern. Die blutigen Brocken Walfleisch waren mehr als lästig; den ganzen Tag über waren gelegentlich Haifischflossen aufgetaucht. Immerhin hatten die Surfer ein Publikum – vor allem Mädchen –, und was Zach und Jim betraf, so war das allein schon das Risiko wert.

Jim war noch dabei, seinen schwarzen Schutzanzug anzulegen, als Zach und zwei seiner Freunde, Scott und Ryan, schon ihre ersten Wellen in Angriff nahmen. Rasch warf der Junge einen Blick über die Schulter und winkte Marie McQuire zu. Als das braunhaarige Mädchen zurückwinkte, fiel er fast über sein Brett, so eilig hatte er es, in die Brandung zum Rest der Clique zu kommen.

Michael Barnes, ein 22jähriger mit Tätowierungen auf

jedem Muskel, ritt auf einer sechs Meter hohen Welle. Als er den heranpaddelnden Jungen sah, veränderte er seinen Kurs, um ihn abzufangen. Im letzten Moment hob Jim den Kopf und sah das Surfboard des Älteren direkt auf sich zukommen. Rasch rollte er sich von seinem Brett, nahm den Kopf zwischen beide Hände und bog sein Kinn ein. Mit voller Wucht traf ihn die anstürmende Welle in den Magen, wirbelte ihn herum und spülte ihn zehn Meter auf den Strand zu. Salzwasser spuckend, trieb Jim gerade noch rechtzeitig an die Oberfläche, um zu sehen, wie Barnes lachend die Welle ausritt.

»Du bist ein Arschloch, Barnes!« brüllte Jim, doch der andere war zu weit entfernt, um ihn zu hören. Jims Fangleine hatte sein Brett gesichert, so daß er wieder darauf klettern und zu seinem Bruder hinauspaddeln konnte. Zach und seine beiden Freunde saßen rittlings auf ihren Brettern und warteten knapp hinter dem Punkt, an dem sich die Wellen brachen.

»Alles in Ordnung, Jimmy?« fragte Zach.

»Was will der Typ eigentlich, Mann?«

»Barnes ist schon als Arschloch geboren, und so wird er auch krepieren«, kommentierte Scott.

»Ja, und ich hoffe, bald.«

»Paß bloß auf, daß du ihm nicht in die Quere kommst«, warnte Scott. »Den kannst du nämlich glatt vergessen.«

»Komm schon, Jim«, sagte sein Bruder, »schnappen wir uns ein paar Wellen. Und denk dran: Geh einfach rein, ohne zu zögern. Wenn du spürst, daß die Welle dich trägt, peilst du die Unterseite an, drehst dich und reitest sie aus. Wenn du loslegst, zittern dir wahrscheinlich die Beine. Und falls es dich erwischt, zieh den Kopf ein und bleib vom Boden weg, sonst werden die Korallen dich …«

»… aufschlitzen. Ich weiß schon, Mom.«

»Hey, Mädels«, spottete Scott, »genug geschwatzt. Los geht's ...«

Jim ließ sich auf den Bauch fallen und bewegte sich rasch paddelnd auf die imaginäre Linie zu. Alle vier Surfer erwischten die gewaltige, achteinhalb Meter hohe Welle, die sich rechts von ihnen brach. Jim sprang elegant auf die Füße, ließ sein Brett aber in einem allzu steilen Winkel nach unten gleiten. Er verlor das Gleichgewicht und stürzte kopfüber ins Wasser. Die Wucht der brechenden Welle wirbelte ihn mehrfach herum, als stecke er in einer riesigen Waschmaschine.

»Da, schaut euch mal den Schlappschwanz an. Meine Großmutter surft besser als der.« Barnes stand am Strand und schob sich zwischen Marie und ihre Freundin Carol-Ann.

»Wie wär's, wenn *du* uns mal was richtig Tolles vorführst«, sagte Carol-Ann, um Barnes abzuwimmeln.

Barnes starrte das Mädchen an, dann warf er einen Blick auf Marie. »Das werde ich auch«, sagte er, »aber nicht für dich, Carol-Ann. Dieser Ritt ist für Marie.« Barnes packte sein Brett und rannte in den Ozean wie ein aufgeregter Zwölfjähriger.

Wenig später saßen alle fünf Surfer auf ihren Brettern und warteten auf die Welle. Sie waren gut 800 Meter vom Strand entfernt, in über 30 Meter tiefem Wasser.

In gerade 72 Stunden hatte das Megalodon 18 verschiedene Walherden attackiert und dabei 14 der Meeressäuger getötet und teilweise verschlungen. Drei weitere Wale waren tödlich verwundet. Die qualvollen Rufe der Buckelwale und der Grauwale hallten viele Kilometer weit durch den Ozean. Fast gleichzeitig begannen die Herden, ihre Zugrichtung zu verändern. Sie wandten sich nach Westen und verließen die Küstengewässer von

Hawaii. Am Morgen des dritten Tages war kein einziger Wal mehr vor der Inselgruppe zu sehen.

Das Megalodon spürte das Entschwinden seiner Beute, ohne ihr zu folgen. Im Gewässer vor der Inselkette hatte es neue Reize aufgefangen. Mühelos glitt es entlang der Grenze zwischen dem vom Sonnenlicht erwärmten Wasser und der Tiefe des Ozeans, den Kopf beständig waagrecht hin- und herbewegend. Unter der dicken, kegelförmigen Schnauze floß Wasser durch die Nüstern in die beiden Nasensäckchen. Die zwei unabhängig arbeitenden Sinnesorgane waren in der Lage, die Zusammensetzung des Wassers zu bestimmen, das von beiden Seiten des Kopfes einströmte. So konnte das Megalodon die Richtung bestimmen, aus der ein bestimmter Geruch kam. Am späten Nachmittag war der Räuber dem Geruch des Menschen zur Bucht von Waialu an der Nordküste von Oahu gefolgt.

»Wo bleiben denn die Wellen, verdammt noch mal?« brüllte Barnes. Die fünf Surfer saßen schon seit beinahe einer Viertelstunde auf ihren Brettern. Die Sonne ging unter, die Luft war merklich kühler geworden, und Barnes verlor sein Publikum, da sich die Besucher allmählich auf den Heimweg machten.

»Hey, gerade hab' ich eine Welle unter mir gespürt«, sagte Scott.

»Ich auch«, erklärte Zach.

Gleichzeitig legten sich die fünf Surfer auf ihre Bretter und begannen, hektisch auf die Küste zuzupaddeln. Barnes manövrierte sich hinter Jim, packte seine Fangleine und riß ruckartig daran. Während sein Opfer sämtlichen Schwung verlor, schob er sich selbst nach vorne. Zusammen mit Zach, Scott und Ryan erreichte Barnes die neun Meter hohe Welle gerade im richtigen Moment, während Jim alleine zurückblieb.

»Wie ich den Kerl hasse…« Jim richtete sich auf und paddelte zurück, um sich auf die nächste Gelegenheit vorzubereiten.

60 Meter vor ihm blitzte eine riesenhafte weiße Schwanzflosse in der Dünung auf, um sofort in der auf den Strand zustürzenden Welle zu verschwinden.

»Ach du Scheiße«, flüsterte Jim. Schweigend legte er seine herabbaumelnden Beine auf das Brett und erstarrte.

Ohne jede Warnung brach der Rumpf des Monsters aus der Brandung mitten in die Gruppe der vier Surfer. Zach, Ryan und Scott waren schon am unteren Rand der Welle angelangt und merkten nichts von dem, was hinter ihnen vorging.

Barnes hatte gerade gewendet, als vor ihm eine gewaltige weiße Mauer aus dem Nichts erschien und ihm weder Zeit noch Raum ließ, auszuweichen. Getrieben von der Wucht der Welle, bohrte sich die Spitze des Surfboards in die eineinhalb Meter langen Kiemenspalten des Megalodons, während Barnes mit Kopf und Brust auf das hoch aufragende Hindernis geschleudert wurde. Der Aufprall katapultierte ihn rückwärts in die zusammenstürzende Welle, deren brutale Wucht den halb bewußtlosen Surfer auf das Korallenriff schleuderte.

Geschwächt und desorientiert gelang es Barnes, seinen Kopf über Wasser zu bekommen. Sein Brett war immer noch mit der Fangleine an seinem Knöchel befestigt, so daß er es mit beiden Händen packen konnte. Seine gebrochene Nase blutete aus beiden Öffnungen, seine Brust brannte vor Schmerz. Barnes fluchte atemlos vor sich hin und hielt nach dem rücksichtslosen Segelboot Ausschau, auf das er seiner Meinung nach geprallt war. »Ich bring' das Arschloch um«, murmelte er.

Er versuchte, seinen zerschundenen Körper auf sein Brett zu ziehen, fiel aber schmerzverzerrt ins Wasser zurück. Mindestens zwei Rippen waren gebrochen, doch der schlimmste Schmerz kam von der Oberfläche seiner Brust. Er sah an sich hinunter und bemerkte entsetzt, daß seine gebräunte Haut weitgehend abgeschürft war. Im schwindenden Tageslicht erblickte er sein rohes Fleisch.

»Scheiß drauf«, murmelte er vor sich hin und schaute sich um. Er sah, wie die nächste Welle rasch näherkam und den dunkelroten Horizont verdeckte. Auf Ellbogen und Knie gestützt, schob er sich vorsichtig auf sein Brett.

Wenige Sekunden, bevor die knapp acht Meter hohe Welle den Surfer erreichte, stieg der drei Meter weit geöffnete Rachen des Megalodons aus dem dunklen Meer unter ihm empor, umfing Barnes mitsamt seinem Surfboard und hob beides hoch in die Luft. Während die Welle über seinem aus dem Wasser ragenden Rumpf zusammenstürzte, schnappte das Maul des Ungetüms wie eine stählerne Bärenfalle zu, und übte auf Surfer und Brett den brutalen Druck von mehr als 3000 Kilogramm pro Quadratzentimeter aus. Instinktiv warf das Megalodon seinen Kopf hin und her, um die Beutereste zu zerfetzen, die ihm aus dem Maul hingen. Rosafarbene Fleischbrocken und Fiberglassplitter spritzten in alle Richtungen weg. Dann war das Ungeheuer verschwunden.

Schrille Schreckensrufe hallten über den Strand. Fast jeder der verbliebenen Zuschauer hatte den Angriff beobachtet. Dutzende von Menschen standen nun am Rand des Wassers und spähten in die zunehmende Dunkelheit hinaus. Ryan, Scott und Zach hatten ihren Ritt beendet und gingen durch die Brandung auf die schreiende Menge zu.

»Was ist denn mit denen los, Mann?« fragte Scott verwirrt.

»Wahrscheinlich wollen sie noch was sehen.« Ryan lachte.

»Nein, ihr Arschlöcher. Sie rufen uns zurück. Hey, wo ist denn Jim?«

Noch immer hungrig mit den Zähnen knirschend, umkreiste das Megalodon das Blut seiner Beute, während es im Meer nach weiteren Vibrationen suchte. Unter seiner dicken Haut zogen sich in Höhe der Seitenlinie Kanäle den gesamten Rumpf entlang. Der obere Teil dieser Kanäle barg winzige Sinnesorgane; in der unteren Hälfte befand sich Schleim, der die vom Meerwasser aufgefangenen Druckwellen an diese empfindlichen Neuromasten weitergab. Der Räuber konnte sich so ein ausgezeichnetes Bild von seiner Umgebung machen.

Jim Richards zitterte vor Kälte und bodenloser Angst. Auch er hatte das Gemetzel beobachtet und mußte nun hilflos zusehen, wie das Ungeheuer weniger als 30 Meter vor ihm kreiste. Er spürte, wie ihm sein Mageninhalt in die Kehle stieg und schluckte angestrengt, um sich nicht zu übergeben. Die Linie, an der sich die Wellen brachen, war gute zehn Meter von ihm entfernt, doch Jim wagte nicht, darauf zuzupaddeln. Aus Dokumentarsendungen wußte er, daß Haie schon von den geringfügigsten Druckwellen angezogen werden. Er sah sich in alle Richtungen um, doch Rettungsboote oder Helikopter waren nirgendwo in Sicht.

Vorsichtig streifte sich Jim die Fangleine vom Knöchel. Irgendwie schien der monströse weiße Hai die lautlose Bewegung aufgefangen zu haben. Die gewaltige Rückenflosse glitt prüfend vorwärts. Jim erstarrte. Er zwang seine Muskeln und Nerven zur Ruhe, doch als er hinunterblickte, sah er sein Surfboard im Wasser zittern.

Die fast zwei Meter hohe Rückenflosse pflügte durchs Wasser, als das Megalodon langsam an die Oberfläche stieg. Dabei schuf die reine Masse des Tieres einen Sog, der das Surfboard mitsamt seinem Passagier mindestens drei Meter zurück und zur Seite riß. Jims Kopf überragend, schnellte die sichelförmige Schwanzflosse wenige Zentimeter am Gesicht des Teenagers vorbei.

Jim spürte, wie er in die Höhe gehoben wurde. Sein Herz flatterte in Erwartung des blutigen, mit reißenden Zähnen besetzten Mauls. Doch der Hai bewegte sich noch immer von Jim fort; der Schub war von einer Welle verursacht worden. Nun nahte ein weiteres Wellenpaar. Die erste Welle erhob sich unter Jims Brett und schob es weitere zwei Meter in Richtung Land. Die rettende Linie war noch immer gut vier Meter entfernt, das Ungeheuer zehn Meter hinter Jim.

Jetzt oder nie... Behutsam rollte sich Jim auf den Bauch und begann langsam und vorsichtig zu paddeln. Drei Meter noch, und keine Welle. Er sah zurück, während ihm das Herz bis zur Kehle schlug.

Das Megalodon hatte die neuen Vibrationen wahrgenommen und sich gedreht; die weiße Schnauze erhob sich kaum fünf Meter hinter dem Jungen aus dem Wasser.

Ohne zu zögern, ließ Jim sein Gesicht auf das Surfboard niederkrachen, packte gleichzeitig mit den Knöcheln die Ränder, warf die Arme ins Wasser und katapultierte sich mit heftigen Ruderbewegungen vorwärts.

Jim spürte schon die Zähne des Ungeheuers an den nackten Fußsohlen, als endlich eine Welle sein Surfboard erfaßte. Er schoß nach vorne, weg vom weit aufgerissenen Maul des Megalodons, erhob sich hoch über den Wellenkamm und stürzte in die Dunkelheit. Im letzten Moment sprang er auf seine erschöpften Beine, brachte die Füße weit auseinander, ging tief in die Hocke und führte seine rechte Hand bis unter die Kante des Bretts, das in völliger Finsternis an den Fuß der neun Meter hohen Welle stürzte. Jim überstand den Fall und drehte sich in den tobenden Wirbel. Er spürte dessen Wucht, während ein salziger Lufthauch an seinem Rücken entlangstrich. Dann streckte er seine rechte Hand aus, ließ sie an der lebendigen Wasserwand entlangstreichen und eine schäumende Spur ziehen.

Das aus der Tiefe schnellende Megalodon war kaum zwei Meter von seiner Beute entfernt, als es die von der Hand des Jungen geschaffenen Vibrationen registrierte. Der neue Reiz brachte den Räuber dazu, seinen Angriffswinkel zu verändern. Er brach durch den Wirbel, gerade als der Surfer gegen die Strömung wendete.

Jim warf einen kurzen Blick über seine rechte Schulter und sah die gigantischen Kiefer ins leere Wasser schnappen. Während der Rumpf des Ungeheuers mit dem Kopf voraus in die Welle stürzte, drehte sich der Surfer in der Dunkelheit wieder scharf nach rechts und schoß mit hohem Tempo an dem letzten Punkt vorbei, an dem er den weißen Hai gesehen hatte.

Er wußte, daß ihm nur wenige Augenblicke blieben, bevor ihn das Monster wieder aufspürte. Als die Welle verebbte, schnellte er kopfüber ins Wasser und schwamm um sein Leben. Knapp hundert Meter lagen noch zwischen ihm und dem seichten Wasser.

Der Meeresboden stieg rasch an. Das Wasser war nun nur noch neun Meter tief, doch das Megalodon achtete nicht auf die Gefahr. Es hatte seine Beute erneut geortet, raste auf den Strand zu und erreichte sein fliehendes Opfer in wenigen Sekunden. Der Hai riß seine mächtigen Kiefer auf und schloß sie um seine Beute, die zermalmt wurde wie ein Eierkarton in einer riesigen Müllpresse. Das Fiberglasbrett zerbarst inmitten des Rachens in winzige Einzelteile.

Jim Richards schrie entsetzt auf, als die Rettungsschwimmer ihn packten. Er hatte die letzten fünfzig Meter mit gesenktem Kopf und fest geschlossenen Augen zurückgelegt. Der Strand war von Fackeln erleuchtet; ihr Licht fiel auf eine über hundertköpfige Menge, die sich dort versammelt hatte. Die Menschen riefen: »Jim, Jim, Jim …«

Jetzt war Zach bei ihm, umarmte ihn, schlug ihm auf die Schulter und erklärte ihm, was für einen tollen Ritt er hingelegt hatte. Jim spürte nur unendliche Erschöpfung. Er zitterte vor Angst, und das Übermaß an Adrenalin in seinen Adern ließ ihn um ein Haar erbrechen. Erst als er Maries strahlendes Gesicht vor sich sah, riß er sich zusammen.

»Alles in Ordnung?« fragte sie. »Mensch, hab' ich Angst um dich gehabt.«

Jim räusperte sich und atmete tief ein. »Klar, null Problemo.« Dann sah er seine Chance, setzte ein etwas schiefes Lächeln auf und fragte: »Hast du heute abend schon was vor?«

DIE SEESCHLACHT

Wenige Augenblicke, nachdem man Jim Richards aus dem Meer gezogen hatte, erschien ein Rettungshubschrauber der Coast Guard und blieb 60 Meter über der Brandung in der Luft stehen. Als der Pilot das weiße Leuchten des Räubers entdeckt hatte, folgte er ihm aufs Meer hinaus, nicht ohne dem Marinestützpunkt von Pearl Harbor ständig seine Position durchzugeben. Binnen weniger Minuten hatten sowohl die ›Nautilus‹ wie die ›Kiku‹ abgelegt und fuhren mit Höchstgeschwindigkeit an der Yokohama Bay vorbei. Als die ›Kiku‹ die Landzunge von Kaena erreichte, hatte sich das herannahende Gewitter zu einem ausgewachsenen Sturm entwickelt. Es herrschte völlige Finsternis.

Jonas und Terry waren im Ruderhaus, als die zum Deck führende Tür gegen die Wucht des heulenden Windes aufgerissen wurde. Es war Mac, der sich in die trockene Kabine flüchtete und die Tür gleich hinter sich zuschlagen ließ. Sein gelber Regenmantel triefte.

»Der Helikopter ist gesichert. Das Netz und die Harpunenkanone auch. Das wird 'ne haarige Sache, Jonas.«

»Es könnte unsere einzige Chance sein. Nach den letzten Berichten hat die Mehrzahl der Walherden die Küstengewässer bereits verlassen. Wenn es uns nicht wenigstens gelingt, dem Meg unseren Sender einzupflanzen, bevor es ins offene Meer abdreht, könnten wir es endgültig verlieren.«

Die drei betraten die Kommandozentrale, wo sich Masao über einen am Monitor des Sonargeräts sitzenden

Mitarbeiter beugte. Sein Gesichtsausdruck sprach Bände. »Die Coast Guard hat die Verfolgung wegen des schlechten Wetters abgebrochen.« Masao wandte sich wieder dem Monitor zu. »Kannst du schon irgendwas erkennen, Pasquale?«

Ohne aufzusehen, schüttelte der Italiener den Kopf. »Bloß die ›Nautilus‹.« Er klammerte sich an seine Konsole, als eine sechs Meter hohe Welle das Forschungsschiff anhob und es von einer Seite zur anderen warf.

Kapitän Barre stand am Steuer. Mit seinen Seemannsbeinen federte er das Rollen des Schiffs ab. »Hoffentlich habt ihr beim Abendessen nicht übermäßig zugeschlagen. Der Sturm da draußen wird uns noch ordentlich zu schaffen machen.«

Die Situation an Bord des ersten atomgetriebenen U-Boots der Welt war relativ ruhig, als das Schiff 30 Meter unterhalb des tobenden Sturms in die Waimea-Bucht einlief. Im Sommer des Jahres 1954 in Dienst genommen, besaß das U-Boot einen einzigen Kernreaktor zur Erzeugung des überhitzten Dampfes, der die zwei Turbinen und damit die beiden Wellen antrieb. Das Schiff hatte bei seinen Unterseefahrten viele Rekorde aufgestellt, doch keiner kam seiner historischen Reise zum Nordpol im Jahre 1958 gleich. 1980 wurde die ›Nautilus‹ außer Dienst gestellt und sollte ursprünglich an ihren Entstehungsort nach Croton, New England, zurückkehren, doch Commander McGovern hatte die Marine dazu gebracht, sie als Touristenattraktion nach Pearl Harbor zu entsenden.

Als McGovern von der Megalodon-Attacke im Marianengraben hörte, war ihm klar, daß dieser Zwischenfall eine Intervention der Marine erforderlich machte. Er wußte allerdings auch, daß es nicht zu rechtfertigen war, sich zum Aufspüren eines prähistorischen Hais eines U-Boots der Los-Angeles-Klasse zu bedienen. Danielsons Vorschlag, die »Nautilus« einzusetzen, schien dagegen plausibel, und so kehrte das Boot nach 17jähriger Ruhepause in den Dienst zurück.

»Irgendwas im Sonar, Leutnant?«

Der Angesprochene lauschte in seine Kopfhörer, während er den Monitor beobachtete, dessen Funktion darin bestand, den Unterschied zwischen dem Hintergrundgeräusch und einem in einer bestimmten Richtung befindlichen Objekt darzustellen. Jedes Objekt innerhalb der Reichweite erschien als helle Linie auf einem grünen Hintergrund. »Viel Oberflächenaktivität durch den Sturm, sonst nichts, Sir.«

»Gut, halten Sie mich auf dem laufenden. Leitender Ingenieur, wie ist unser Waffenstatus?«

Der Erste Maschinist Dennis Heller, sechs Jahre jünger als sein Bruder Frank, aber dennoch eines der ältesten Besatzungsmitglieder, sah von seiner Konsole auf. »Zwei Mark 48 AD-CAP Torpedos feuerbereit auf Ihr Kommando, Sir. Torpedos auf kurze Distanz eingestellt, wie befohlen. Ein wenig eng, wenn ich das sagen darf, Sir.«

»Muß so sein. Hier gibt es schließlich nichts zu verfolgen. Wenn das Sonar dieses Monster aufspürt, müssen wir so nah wie möglich sein, um einen präzisen Fangschuß anzubringen.«

»Captain Danielson!« Der Funker richtete sich von seiner Konsole auf. »Ich empfange soeben einen Notruf von einem japanischen Walfänger. Schwer zu verstehen, Sir, aber es klingt, als würden sie angegriffen.«

»Leitender Ingenieur, ermitteln Sie einen Abfangkurs. Navigator, zehn Grad nach oben auf das schöne Wetter zu. Wenn das unser Freund ist, will ich ihn schnellstens abschießen, damit wir rechtzeitig in Pearl zurück sind, um bei Grady's die letzte Runde zu bestellen.«

Das japanische Walfangschiff ›Tsunami‹ rollte in den gewaltigen Wogen; gnadenlos peitschten Regen und Wind auf die Mannschaft ein. Der Laderaum des Schiffs war gefährlich mit illegaler Beute überladen, den Kadavern von acht Grauwalen. Zwei weitere Wale waren mit einem Frachtnetz an der Backbordseite befestigt.

Zwei Mann klammerten sich auf dem Ausguck an ihren schwankenden Sitz und starrten angestrengt in den Sturm und die Dunkelheit. Die beiden Maate hatten den gefährlichen Auftrag erhalten, darauf zu achten, daß der wertvolle Fang während des Unwetters fest mit dem Schiff verbunden blieb. Zum Leidwesen der erschöpften Männer war ihr Scheinwerfer kaum in der Lage, den Strudel zu durchdringen. Vereinzelte Blitze ermöglichten ihnen die einzigen deutlichen Blicke auf ihre kostbare Fracht.

Ein Blitz. Der Ozean verschwand aus ihrem Blickfeld, während das Schiff nach Steuerbord rollte und das Frachtnetz unter seinem Inhalt ächzte. Die Matrosen klammerten sich fest, während die ›Tsunami‹ wieder nach Backbord rollte. Ein Blitz. Die See drohte, sie zu verschlingen; für einen Augenblick verschwand das Netz unter den Wogen. Ein Blitz. Das Schiff rollte zurück nach Steuerbord, und das Netz tauchte wieder auf. Die Männer hielten den Atem an – ein gewaltiger weißer Kopf war mit ihrer Fracht aus dem Meer gestiegen!

Dunkelheit. Die ›Tsunami‹ schlingerte; blind starrten die Wachposten in den Sturm. Lautlos vergingen die Sekunden. Dann schoß ein geteilter Blitz über den Himmel, und wieder erschien der grauenhafte Kopf mit seinem von rasiermesserscharfen Zähnen starrenden Maul.

Die Maate schrien auf, doch der Sturm erstickte jeden Laut. Der ältere der beiden gab seinem Gefährten ein Zeichen, daß er den Kapitän suchen wollte. Ein Blitz. Die unvorstellbar großen Kiefer zerrten jetzt an dem Kadaver, der Kopf lehnte sich seitwärts an das schlingernde Schiff.

Wieder rollte das Schiff nach Steuerbord. Mühsam kämpfte der ältere Maat sich auf das hölzerne Deck hinunter. Die Augen fest geschlossen, um sie vor den scharfen Böen zu schützen, drückte er sich eng an die Strickleiter. Er konnte nur langsam Sprosse für Sprosse hinuntersteigen, während das Schiff nach Backbord rollte... und sich weiter neigte! Als er die Augen öffnete, spürte er, wie sich ihm der Magen umstülpte. Ein Blitz. Die See toste heran, der dreieckige Kopf war verschwunden. Doch irgend etwas zog die »Tsunami« auf die Seite und ins Wasser.

»Captain, der Walfänger ist jetzt 200 Meter voraus.«

»Danke. Leitender Ingenieur, auf Sehrohrtiefe.«

»Sehrohrtiefe, aye, Sir.« Während das U-Boot emporstieg, drückte Danielson das Gesicht an den Gummiwulst des Periskops und starrte in die Finsternis. Das für Nachtsicht konzipierte Gerät zerlegte die Dunkelheit über der Wasserlinie in Grauschattierungen, doch der Sturm und die heranrollenden Wogen reduzierten die Sicht erheblich. Ein Blitz. Der tobende Pazifik war in helles Licht getaucht, und einen Augenblick erblickte Danielson den Umriß des auf der Seite liegenden Walfängers.

Er fuhr zurück. »Verständigen Sie die Coast Guard«, befahl er. »Wo haben die ihr nächstes Boot?«

»Sir«, erwiderte der Funker, »das einzige Schiff innerhalb von 20 Seemeilen ist die ›Kiku‹.«

»Captain, schauen Sie sich das mal an.« Der Mann am Sonar hatte sich aufgerichtet. Sein fluoreszierender Bildschirm zeigte die Position des gekenterten Walfängers ... und ein Objekt, das das Schiff umkreiste.

Pasquale drückte seine Kopfhörer fest an die Ohren, um die Nachricht noch einmal zu verifizieren. »Captain, wir haben einen Notruf von der ›Nautilus‹ empfangen.« Alle Köpfe in der Kommandozentrale wandten sich ihm zu. »Ein japanischer Walfänger ist gekentert, zwölf Seemeilen östlich von hier. Sie sagen, im Wasser könnten sich noch Überlebende befinden, aber es ist kein anderes Schiff in der Nähe. Sie bitten um Hilfe.«

Masao sah Jonas an. »Das Meg?«

»Wenn ja, haben wir nicht viel Zeit«, erwiderte Jonas. »Die Wale haben das Gebiet verlassen, und es hat jetzt menschliches Blut gerochen. Es dürfte Hunger haben.«

»Bringen Sie uns so schnell wie möglich rüber, Captain«, ordnete Masao an.

Die ›Tsunami‹ lag auf der Backbordseite. Ohne zu sinken, hob und senkte sie sich mit den sechs Meter hohen Wellen. Im Innern des Schiffs kämpften elf Männer in völliger Dunkelheit darum, einer tödlichen Kammer zu entrinnen, ohne zu wissen, wo oben und unten war. Von allen Seiten schäumte der Ozean heran und füllte unerbittlich jeden Hohlraum.

Unterhalb der Wellen drückte das erregte Megalodon gegen das sinkende Schiff, während es an dem im Frachtnetz gefangenen Walfleisch zerrte. Es war hauptsächlich sein Körper, der die dem Tod geweihte ›Tsunami‹ noch oben hielt.

Der ältere Maat war beim Kentern des Schiffs unter Wasser geschleudert worden, doch irgendwie war es ihm gelungen, sich an der Strickleiter festzuhalten. Nun kämpfte er sich gegen die Wellen auf das aufrecht stehende Deck des Schiffs zu. Wassertretend arbeitete er sich zu der offenen Kabinentür vor und klammerte sich an ihren Rahmen. Aus dem Innern drangen die Schreie seiner Kameraden. Er richtete seine Taschenlampe gerade in dem Moment in die Öffnung, in dem vier Matrosen aus der zerstörten Kabine taumelten. Gemeinsam schlangen sie die Arme um die Takelage des hölzernen Masts und klammerten sich fest.

»Captain, ich kann Schreie registrieren«, sagte der Mann am Sonar. »Es sind Menschen im Wasser.«

»Verdammt. Wie weit ist die ›Kiku‹ noch entfernt?«

»Sechs Minuten, höchstens!« rief Heller.

Danielson versuchte nachzudenken. Was konnte er tun, um das Megalodon abzulenken und es von den Schiffbrüchigen fernzuhalten? »Leitender, fangen Sie an zu läuten, und zwar so laut Sie können. Sonar, beobachten Sie das Tier, und sagen Sie mir, wie es reagiert.«

»Dauerläuten, aye, Sir.«

Ping … ping … ping. Die metallischen Schläge vibrierten durch den Rumpf der ›Nautilus‹ und strahlten durchs Meerwasser wie die Nachtluft zerreißende Sirenen.

Innerhalb weniger Sekunden hatten die ersten Vibrationen das Megalodon erreicht. Die schrillen Schallwellen überforderten seine Sinne und versetzten es in instinktive Wut. Ein unbekanntes Wesen machte dem Räuber seine Beute streitig. Das Megalodon wandte sich von den letzten Resten Walfleisch, die noch im Netz verschlungen waren, ab und driftete in einem Bogen unter die sinkende ›Tsunami‹, schüttelte zweimal seinen pochenden Schädel und schoß auf die ›Nautilus‹ zu.

»Captain, ich hab' jetzt eine Ortung. Das Signal registriert drei Hertz – es muß das Ungeheuer sein. Sie haben's offensichtlich geschafft, seine Aufmerksamkeit auf uns zu ziehen!« sagte der Mann am Sonar. »Zweihundert Meter bei abnehmender Distanz.«

»Leitender Ingenieur?«

»Wir hätten eine Chance, Sir, aber die Explosion würde auch die Crew des Walfängers töten.«

»Einhundert Meter, Sir.«

»Ruder: Kurs null-zwo-fünf, 20 Grad abwärts, auf 350 Meter, Geschwindigkeit 15 Knoten. Wir wollen mal sehen, ob das Biest uns folgt. Ich will eine anständige Distanz zwischen diesen Fisch und den Havaristen bringen.«

Das U-Boot beschleunigte bei einer leichten Abwärtsfahrt, während ihm das Megalodon folgte. Es war kaum halb so lang wie die »Nautilus«, die ihm mit ihren 3000 Tonnen auch vom Gewicht her überlegen war. Aber es konnte schneller schwimmen und rascher den Kurs wechseln als sein Gegner, und außerdem würde kein Megalodon ein Anzweifeln seiner Dominanz je unbeantwortet lassen. Von oben herabstoßend, schoß der Hai wie eine wild gewordene Lokomotive auf die stählerne Hülle des U-Boots zu.

»Auf Kollision einstellen!« brüllte der Mann am Sonar und riß sich die Kopfhörer herunter. Ein gewaltiges Dröhnen erschütterte das Schiff. Die ›Nautilus‹ prallte zur Seite, und die Mannschaft wurde von ihren Posten geschleudert. Mit einem Ächzen der Stahlplatten fiel plötzlich die Energieversorgung aus; wenige Augenblicke später flackerte die rote Notbeleuchtung auf. Ohne Antrieb schlingerte das U-Boot in einem 45-Grad-Winkel in die Tiefe.

Behäbig umkreiste das Megalodon seinen Gegner. Der Zusammenstoß hatte ein schmerzvolles Pochen in seiner Schnauze verursacht. Der riesige Hai schüttelte den Kopf. Mehrere Zähne waren ihm bei dem Aufprall ausgeschlagen worden, doch würden sie umgehend von der darunter liegenden Zahnreihe ersetzt werden.

Kapitän Danielson spürte etwas Warmes in sein rechtes Auge rinnen. »Alle Stationen melden!« brüllte er, während er sich das Blut von der Stirn wischte.

Heller war der erste. »Maschinenraum meldet Wassereinbruch in drei Schotten, Sir. Reaktor außer Funktion.«

»Strahlung?«

»Kein Leck festzustellen.«

»Batterien?«

»Batterien scheinen funktionsfähig und sind in Betrieb, Captain, aber die Heckplatten reagieren nicht. Wir sind genau über dem Kiel getroffen worden.«

»Verdammtes Biest.« Danielson kochte vor Wut – wie hatte er es zulassen können, daß ein Fisch sein Boot außer Gefecht setzte! »Wo ist das Meg?«

»Es umkreist uns, Sir. Sehr geringe Distanz«, meldete der Mann am Sonar.

»Captain«, sagte Heller, »soweit ich hören kann, ist eine Schraube ausgefallen, die andere sollte innerhalb von zehn Minuten wieder in Funktion sein. Nur die Reservebatterien sind verfügbar, Sir.«

»Torpedos?«

»Weiterhin schußbereit, Sir.«

»Torpedorohre eins und zwei bewässern, Leitender Ingenieur. Sonar, melden Sie mir, wenn wir eine Möglichkeit zum Abschuß haben.«

Wieder ächzten die Platten des Rumpfes. Unversehens sprühte Meerwasser in die Kommandozentrale.

»Sonar …«

»Sir?« Der Angesprochene war erbleicht. »Ich glaube, das Megalodon versucht, unseren Rumpf durchzubeißen.«

Die ›Kiku‹ erreichte den letzten bekannten Standort des Walfängers, doch dieser war widerstandslos untergegangen, als das ihn stützende Megalodon verschwunden war.

Jonas und Heller standen am Bug, mit Schwimmwesten und um den Rumpf gebundenen Leinen gesichert. Heller führte den Suchscheinwerfer; Jonas hielt in der einen Hand das mit dem Sender geladene Gewehr, in der anderen einen Rettungsring. Während sich die ›Kiku‹ wild aufbäumte und wieder hinabfiel, stürzten Brecher über ihren Bug und drohten, die beiden Männer jeden Augenblick in die Tiefe zu reißen.

»Da!« Jonas deutete nach Steuerbord. Zwei Männer klammerten sich an das, was vom Mast des Walfängers noch übrig war.

Heller stellte seinen Scheinwerfer ein, dann rief er Barre über sein Walkie-talkie. Der Bug schwenkte scharf nach rechts.

Jonas drückte Heller das Gewehr in die Hand, packte entschlossen die Reling und warf den Schiffbrüchigen den Rettungsring zu. Von der ›Kiku‹ wie von einem wilden Mustang geschüttelt, konnte Jonas inmitten der gewaltigen Berge und Täler der tobenden See nicht feststellen, ob die Männer den Ring überhaupt erkennen konnten.

»Vergiß es, Taylor!« brüllte Heller. »Du erreichst sie nie!«

Jonas ließ den Blick über das Wasser schweifen, während der Bug in die Tiefe fiel, um von einer zehn Meter weit entfernten Woge aufgefangen zu werden. Als sich der Bug wieder hob, erfaßte der Scheinwerfer für einen Augenblick die beiden Männer. Der eine winkte.

»Hol ein paar Leute, um mein Seil festzuhalten!« brüllte Jonas.

»Was?!«

Der Bug senkte sich, und Jonas setzte einen Fuß auf die Reling. Als sich das Schiff hob, sprang er mit aller Kraft ab und wurde von dem sich aufbäumenden Deck über die heranstürmende Woge hinweg ins Meer geschleudert. Das eiskalte Wasser traf seinen Körper wie ein Schock und nahm ihm unvermittelt jede Kraft. Er wurde von der nächsten Welle emporgehoben, und ohne das Geringste zu sehen, kraulte er los, so gut er konnte, wobei er betete, daß er die richtige Richtung eingeschlagen hatte.

Ohne jede Vorwarnung hing Jonas plötzlich wieder in der Luft, um gleich darauf ins Meer zu stürzen. Von Schwimmen konnte nicht die Rede sein; er wurde von den Wellenbergen auf und ab geschleudert. Schließlich prallte sein Kopf gegen einen harten Gegenstand, und Jonas verlor das Bewußtsein.

Das Megalodon konnte nicht feststellen, ob das Wesen lebendig war. Die durchdringenden Töne waren verklungen. Wenn es sich um einen Fisch handelte, so war er wohl zu groß, um ihn mit dem Maul zu packen, und alles deutete darauf hin, daß er ungenießbar war. Der Hai umkreiste sein Opfer weiter, wobei er immer wieder versuchte, es mit seinen weit aufgesperrten Kiefern zu packen. Nein, dieses Wesen war einfach zu groß. Und da entdeckte das Megalodon bekannte Vibrationen an der Wasseroberfläche.

»Es entfernt sich, Captain.« Der Mann am Radar deutete auf seinen Bildschirm.

»Richtig, Sir«, bestätigte sein Kollege am Sonar. »Das Biest schwimmt wieder Richtung Oberfläche.«

»Motoren wieder in Funktion, Captain«, berichtete Heller. Wie auf Befehl stellte sich die ›Nautilus‹ gerade.

»Braves Mädchen. Ruder: Wenden, Kurs null-fünf-null, zehn Grad aufwärts auf 300 Meter. Leitender Ingenieur, ich will das Monster unter Beschuß nehmen. Auf meinen Befehl hin läuten Sie wieder. Wenn das Vieh angreift, will ich es mit beiden Torpedos erwischen.«

Heller legte die Stirn in Falten. »Sir, die Technik meint, das Schiff könne einer weiteren Kollision nicht standhalten. Ich schlage dringend vor, nach Pearl ...«

»Abgelehnt, Mister Heller. Wir bringen die Sache *jetzt* zu Ende.«

Eine Hand packte Jonas am Kragen und krallte sich fest. Es war der ältere der beiden Männer vom Ausguck, der nun etwas auf Japanisch sagte, offenkundig Dankesworte. Jonas versuchte, sich umzusehen. Der zweite Matrose war verschwunden.

Er spürte ein starkes Zerren an seinen Hüften. Heller und seine Männer holten die Leine ein.

»Halt dich fest.« Taylor packte den fremden Matrosen von hinten, und zu zweit wurden sie rücklings auf die ›Kiku‹ zu gezogen.

Das Megalodon folgte den Vibrationen und stieg rasch zu seiner Beute empor. Kaum noch 30 Meter von seinem nächsten Mahl entfernt, spürte es wieder das Läuten. Das warme Blut war schon zu riechen, doch die aggressive Herausforderung der Vibrationen war stärker als das Hungergefühl des Hais. In einer fließenden Bewegung wirbelte er herum, ein weißer Schatten auf Kollisionskurs mit seinem Gegner.

»1800 Meter und rasch näherkommend, Captain!« brüllte der Mann am Sonar.

»Heller, liegt das Biest im Zielbereich?«

»Ja, Sir.«

»Auf mein Kommando …«

»600 Meter …«

»Ruhig, meine Herren.«

»300 Meter, Sir.«

»Laßt ihn nur näher rankommen …«

»Sir, er hat den Kurs geändert!« Fassungslos sah Dennis Heller auf. »Ich hab' ihn verloren.«

Danielson stürzte zur Konsole, das Gesicht von Schweiß und gerinnendem Blut überzogen. »Was ist passiert?«

Der Mann am Sonar hatte sich vorgebeugt und die Hände über die Ohren gelegt. Angestrengt versuchte er, etwas zu hören.

»Sir, er ist abgetaucht, ich kann ihn kaum mehr hören … Moment, auf 1200 Meter – ach du Scheiße – er ist direkt unter uns.«

»Volle Kraft voraus!« befahl Danielson.

Das angeschlagene, 40 Jahre alte Unterseeboot ruckte vorwärts und tat sich schwer, eine Geschwindigkeit von mehr als zehn Knoten zu erreichen. Aus der Tiefe schoß das Megalodon empor, direkt auf das zu, was es für den Schwanz seines Gegners hielt. Seine Schnauze prallte mit über 35 Knoten auf die Stahlplatten des bereits ramponierten Rumpfes. Diesmal gaben die Schweißnähte endgültig nach, bis zwischen den Platten ein drei Meter breiter Spalt gähnte. Schutzlos öffnete sich der gesamte Maschinenraum dem Meer.

Die Kollision hatte auch die hinteren Ballasttanks des U-Boots aufreißen lassen. Während sich der Kiel der ›Nautilus‹ mit Meerwasser füllte, kippte der ganze Stahlkoloß um 45 Grad. Am schlimmsten getroffen war der Maschinenraum. Der Zweite Maschinist David Freyman taumelte im Dunkeln zurück; sein Kopf schlug hart auf einer Konsole auf, so daß er das Bewußtsein verlor. Leutnant Artie Kravitz lag unter einem eingedrückten Schott; sein linker Knöchel war zerschmettert. Während sich der Maschinenraum mit Wasser füllte, gelang es ihm, sich zu befreien und durch das nächste Schott zu kriechen. Sekunden, bevor das Meer emporschießen konnte, schlug er die wasserdichte Tür zu.

»Schadensmeldung!« kommandierte Danielson.

»Maschinenraum unter Wasser«, berichtete Heller. »Es ist unmöglich …«

Ein lautes Heulen und aufblitzende rote Alarmleuchten schnitten ihm das Wort ab.

»Wasser im Reaktor!« brüllte er. »Jemand muß ihn abschalten!«

»Ruder: Druckluft in die Ballasttanks, bringen Sie uns nach oben. Heller, runter in den Reaktorraum …«

»Bin schon unten.«

Nach Steuerbord geneigt, stieg die ›Nautilus‹ in einem 45-Grad-Winkel empor. Heller rannte durch ein Labyrinth, in dem grenzenloses Chaos herrschte. In jeder Kammer beugten sich Matrosen über ihre verwundeten Kameraden und versuchten verzweifelt, sich gegen das aus tausend Lecks einströmende Meerwasser zu wehren. Mindestens die Hälfte der elektrischen Anzeigen schien außer Funktion zu sein.

Leutnant Kravitz arbeitete fieberhaft an seinen Schaltern, um den Kernreaktor abzustellen, als Heller die

Kammer erreichte. Der Leitende Ingenieur legte die letzten drei Schalter um; dann stellte er den Alarm ab.

»Meldung, Leutnant.«

»Vier Tote da drin. Ein ganzer Abschnitt der Rohrleitung ist beim Aufprall zusammengebrochen. Alles achtern des Maschinenraums ist unter Wasser.«

»Strahlung?«

Der Offizier sah seinen Vorgesetzten an. »Denny, dieses Schiff ist über 40 Jahre alt. Der Rumpf hat jede Spannung verloren, und die Stahlplatten fallen ab wie morsche Schindeln. Wir werden ersaufen, bevor uns irgendeine Strahlung umbringt.«

Jonas wurde an Deck gezogen und ins Ruderhaus getragen. Sekunden später ergriffen Frank Heller und seine Männer auch den japanischen Seemann.

»Taylor, bist du verrückt geworden?« brüllte Heller.

»Ruhe, Frank«, sagte DeMarco. »Wir haben einen Notruf von der ›Nautilus‹ empfangen.«

Heller betrat die Kommandozentrale. »Und?«

Bob Pasquale bedeckte die Kopfhörer mit den Händen, um besser hören zu können. »Sie steigen auf. Turbinen außer Funktion. Sie brauchen dringend unsere Hilfe.«

Kapitän Barre bellte einen Befehl zur Kursänderung. Die ›Kiku‹ wendete gegen die unablässig heranstürmenden, sechs Meter hohen Wogen.

David Freyman war wieder zu Bewußtsein gelangt; er drückte das Gesicht fest an die wasserdichte Tür, wo eine kleine Luftblase erhalten geblieben war. Die Kammer war in rotes Licht getaucht. Aus seiner Stirn sickerte Blut.

Während die ›Nautilus‹ emporstieg, begannen Trümmer aus der Öffnung im Rumpf in den Pazifik zu schweben. Das Megalodon schwamm neben dem U-Boot einher und schnappte nach allem, was sich bewegte. Es hatte Blut gerochen.

Der Räuber rammte seinen Kopf in die Scharte und schob die bereits gelockerten Stahlplatten auseinander. Die Öffnung vergrößerte sich erheblich, während ein weißes Leuchten die geflutete Kammer von unten erhellte. Der Maschinist senkte das Gesicht ins Wasser, sah hinab… und schrie entsetzt auf! Die weit geöffneten Kiefer des Ungeheuers füllten die gesamte Kammer, während sich der Oberkiefer wie in einem dreidimensionalen Horrorfilm nach vorne schob; die dreieckigen Zähne waren kaum mehr als eineinhalb Meter entfernt. Freyman spürte, wie sein Körper in den Strudel gerissen wurde. Er zerrte an der Tür, doch das Meerwasser dämpfte seine Schreie. Außerstande, sich gegen sein Schicksal zu wehren, senkte er den Kopf und saugte das salzige Wasser tief in seine Lungen, um sich zu töten, bevor ihn die dolchähnlichen Zähne des Ungetüms erreichen konnten.

Der riesige Hai saugte den Körper in sein Maul, zermalmte ihn und hatte ihn in einem Bissen verschlungen. Das warme Blut versetzte das Tier in gesteigerte Erregung. Es schüttelte seinen Kopf, um sich aus der Öffnung zu befreien; dann schwamm es wieder in einem engen Kreis um die ›Nautilus‹, während das U-Boot an die Wasseroberfläche schoß.

»Das Schiff verlassen! Alle Mann von Bord!« brüllte Kapitän Danielson, während das U-Boot von den heranstürmenden Wogen hart nach Steuerbord geworfen wurde.

Drei Luken sprangen auf, Wasser stürzte in den Rumpf. Hellrote Phosphorfackeln flammten in der Finsternis auf. Drei gelbe Schlauchboote, jedes zweieinhalb Meter im Durchmesser, blähten sich auf. Wenige Minuten später waren die Überlebenden an Bord und versuchten, in der tosenden See das Gleichgewicht zu halten. Die ›Kiku‹ war nicht mehr weit entfernt; ihr Suchscheinwerfer zeigte den Booten den Weg.

Danielson kauerte im letzten Schlauchboot. Blitze erhellten die Wogen, während er auf die ›Nautilus‹ zurückblickte. Innerhalb weniger Sekunden hatte das Meer das U-Boot überrollt. Es drehte sich und sank kieloben auf seine letzte Ruhestätte, den Grund des Pazifiks zu.

Ein Blitz. Das erste Schlauchboot erreichte die »Kiku«, und 15 Mann kletterten ein an Steuerbord herabgelassenes Frachtnetz empor. Eine Woge prallte auf das Schiff, hob es in die Höhe und ließ es viele Meter in die Tiefe stürzen. Ein Blitz. Der Sog der Welle hatte einige der Männer wieder ins Meer gerissen.

Jonas richtete den Scheinwerfer auf die Wogen; der Lichtkegel erfaßte einen Seemann. Es war Dennis Heller. Frank sah, wie sein jüngerer Bruder sich weniger als fünf Meter vom Rumpf der ›Kiku‹ entfernt verzweifelt über Wasser hielt. Er warf ihm einen Rettungsring zu, während schon das zweite Schlauchboot nahte.

Dennis packte den Ring und klammerte sich fest, so daß sein Bruder ihn heranziehen konnte. Die Mannschaft des zweiten Schlauchboots war an Bord geklettert, die letzte Gruppe nur noch drei Meter vom Schiffsrumpf entfernt. Dennis erreichte das Netz und begann zu klettern. Er hing in der Mitte des Rumpfes, als seine Kameraden aus dem letzten Boot ebenfalls das Netz ergriffen.

Unvermittelt stieg die ›Kiku‹ fast senkrecht in die Höhe. Die Schiffbrüchigen klammerten sich fest, während die gewaltige Woge sie mitsamt dem Schiff emporhob. Frank Heller lag bäuchlings auf dem Deck; mit einer

Hand hielt er die Reling umklammert, die andere streckte er seinem Bruder entgegen, der nur noch einen Meter von ihm entfernt war.

»Denny, gib mir deine Hand.« Sie berührten sich einen kurzen Moment.

Die weiße Säule schnellte kerzengerade aus der Woge, um Dennis Heller mit den Kiefern zu umfassen. Frank erstarrte, während die Schnauzenspitze knapp vor seinem Gesicht vorbeischoß. Das Megalodon hing förmlich in der Luft, während die Zeit stillzustehen schien. Dann glitt das Ungeheuer ins Meer zurück und riß Dennis Heller mit in die Wogen.

»Nein, nein, neiiiin!« schrie Frank hilflos. Er starrte auf die tobende Wasserfläche, als erwartete er, das Megalodon würde mit seinem Bruder zurückkehren.

Danielson und die anderen waren Zeugen der grausigen Szene gewesen. Jetzt kletterten sie wie Insekten das Frachtnetz empor, nur noch begierig, ihr Leben zu retten.

Wieder stieg das Megalodon empor, die blutigen Überreste von Dennis Heller noch immer zwischen seinen Zähnen. Danielson drehte den Kopf und preßte sich mit einem Aufschrei an den Rumpf des Schiffs.

Jonas packte den Scheinwerfer und richtete ihn mit der linken Hand auf den Hai, während er mit der rechten sein Gewehr in Anschlag brachte. Das Tier war nahe, kaum zehn Meter entfernt. Ohne zu zielen, zog Jonas ab. Der Pfeil schoß aus dem Lauf und grub sich tief in die dicke Haut, so daß der Sender fest hinter der rechten Brustflosse des Megalodons verankert wurde.

Der gleißende Strahl des Suchscheinwerfers fuhr in das rechte Auge des nächtlichen Räubers und brannte sich wie ein Laser in das empfindliche Gewebe. Wahnsinnig vor Schmerz brach das Ungeheuer seine Attacke kaum einen Meter von Danielsons Rücken entfernt ab und stürzte rücklings ins Meer. Das Megalodon ließ sein verwundetes Auge in die Wogen eintauchen und verschwand.

Danielson und seine Männer brachen auf dem Deck zusammen und wurden nacheinander ins schützende Ruderhaus gezerrt. Jonas packte Frank, um ihn mit sich zu ziehen, doch Heller weigerte sich, die Reling loszulassen.

»Das war dein Untergang, du Scheusal, hörst du mich?« brüllte Heller in die Nacht, und seine Worte zerstoben im Wind. »Die Jagd ist noch nicht vorbei. Das war dein gottverdammter Untergang!«

DIE EINWEIHUNG

Es war Punkt zwölf Uhr mittags. Vor den Kameras von vier großen Fernsehsendern und einer Menge von nahezu 600 Zuschauern, darunter der Gouverneur von Kalifornien, mehrere Mitglieder des 49ers-Team und die Blaskapelle einer High School, öffneten sich die gewaltigen Schiebetore der »D. J. Tanaka Memorial Lagoon« dem Ozean. Milliarden Liter Meerwasser schossen in den Abgrund des größten Schwimmbads der Welt.

Jonas stand neben Terry Tanaka auf der unteren Beobachtungsplattform und bewunderte diese außerordentliche Demonstration menschlichen Erfindungsgeistes. Mit Hilfe des Konstruktionsschemas und der Technologie, die beim Bau großer Staudämme zum Einsatz kamen, hatte das Team des Instituts einen künstlichen See geschaffen, dessen Verbindungskanal zum Pazifischen Ozean so breit war, daß ganze Walherden ungehindert ein und aus schwimmen konnten. Hatten die Meeressäuger sich hineingewagt, so konnte man sie durch die sechseinhalb Meter hohen Acrylfenster beobachten, die die Lagune umgaben, aber auch von kleineren Beobachtungsposten unter dem Beckenboden aus.

Beinahe zwei Wochen waren seit der Katastrophe vor Hawaii vergangen. 29 Besatzungsmitglieder der ›Nautilus‹ waren ums Leben gekommen, außerdem 14 Matrosen der ›Tsunami‹. In Pearl Harbor hatte eine Zeremonie zur Ehrung der Toten stattgefunden. Zwei Tage später hatte Kapitän Richard Danielson sein Abschiedsgesuch eingereicht.

Commander McGovern saß auf glühenden Kohlen. Viele Fragen stürmten auf ihn ein. Wer hatte die Marine der Vereinigten Staaten autorisiert, das Megalodon zu jagen? Und warum hatte McGovern ausgerechnet die ›Nautilus‹ dazu bestimmt, den Auftrag auszuführen, wo ihm doch klar sein mußte, daß das 40 Jahre alte Unterseeboot alles andere als gefechtsbereit war? Die Familien der Umgekommenen waren erbittert, und das Pentagon ordnete eine interne Untersuchung an. Man ging davon aus, daß Commander McGovern der nächste Marineoffizier sein würde, der seinen Abschied einreichte.

Frank Heller wiederum tobte wie ein Stier. Seit dem drei Jahre zurückliegenden Tod seiner Mutter war Dennis sein einziger Angehöriger gewesen. Jetzt drohte Hellers Haß auf das Megalodon sein ganzes Wesen zu verzehren und außer Kontrolle zu geraten. Er teilte Masao mit, er weigere sich glattweg, an weiteren irrsinnigen Versuchen teilzunehmen, das Ungeheuer zu fangen – er habe seine eigenen Pläne für den »weißen Teufel«. Nach der Trauerfeier in Oahu flog er nach Kalifornien zurück.

Es war das Verdienst von David Adashek, daß das Vorhaben des Tanaka-Instituts, das Megalodon zu fangen, schon 24 Stunden nach dem Untergang der ›Nautilus‹ auf der Titelseite der *New York Times* und der *Washington Post* zu finden war. Von diesem Zeitpunkt an hatte sich die Jagd auf den Riesenhai in ein Medienspektakel verwandelt – zur geheimen Freude des japanischen Meeresforschungszentrums, das einen Anteil an den Einkünften zu erwarten hatte, die Masao und sein Team mit dem gefangenen Megalodon erzielen konnten. Die Baukolonnen hatten rund um die Uhr gearbeitet, um die Lagune fertigzustellen. Nun aber wollten alle nur das eine wissen: Wann würde der Ehrengast erscheinen?

Zwölf Tage, überlegte Jonas, und noch kein Zeichen von dem Tier. Nach dem Angriff auf die »Nautilus« war er mit Mac sechs Nächte lang über die Küstengewässer von Hawaii geflogen, um das Megalodon aufzuspüren. Der Sender hatte funktioniert und es den Männern erlaubt, den Räuber auf seinem Weg nach Westen zu verfolgen, beständig in engem Kontakt mit der ›Kiku‹. Der Hai war in der Tiefe geblieben, ohne ein einziges Mal an die Oberfläche aufzutauchen. Und dann, am siebten Tag, war das Signal einfach verschwunden.

Zwei weitere Tage hatten die ›Kiku‹ und ihr Helikopter das Gebiet abgesucht, ohne das Signal wieder auffangen zu können. Enttäuscht hatte Jonas Masao schließlich geraten, sein Forschungsschiff nach Monterey zurückzubeordern, da das Megalodon nach der Flucht der gesamten Walpopulation aus dem Bereich des Hawaiianischen Archipels wahrscheinlich Kurs auf die kalifornische Küste nehmen würde. Jetzt, knapp eine Woche später, war noch immer keine Spur des weiblichen Riesenhais zu entdecken. Die Frage lautete: Wohin war er verschwunden?

DER CANYON

Weniger als 200 Meter vom westlichen Damm der Tanaka-Lagune entfernt erstreckt sich der Monterey Bay Canyon. Von der Tektonik der Nordamerikanischen Kontinentalplatte über die Jahrmillionen geschaffen, zieht sich diese Unterwasserschlucht mehr als 100 Kilometer durchs Meer, wobei sie bis auf über 1600 Meter unter die Wasseroberfläche abfällt. An ihrer tiefsten Stelle trifft sie auf den Rand der Platte, um weitere 3600 Meter zum Meeresgrund hin abzufallen.

Der Monterey Bay Canyon bildet den Kernbereich des größten amerikanischen Meeresschutzgebiets. Gewissermaßen ein unterseeischer Nationalpark, ist dieses Areal etwa so groß wie Connecticut und erstreckt sich von den Farallon-Inseln westlich von San Francisco fast 500 Kilometer nach Süden bis vor das kalifornische Städtchen Cambria. Das Schutzgebiet ist nicht nur die Heimat von 27 Arten von Meeressäugern, 345 verschiedenen Fischen, 450 Variationen von Algen und 22 gefährdeten Tierarten, sondern dient auch 20000 Walen als winterliches Brutrevier.

Mit einer Geschwindigkeit von knapp fünf Knoten zog das größte Lebewesen, das je auf Erden gelebt hatte, nordwärts entlang der Steilwand des Canyons. 29 Meter lang und fast 100 Tonnen schwer, glitt das ausgewachsene Blauwal-Weibchen in 180 Metern Tiefe dahin, während es mit seinen Barten winzige Teilchen Plankton aus dem Wasser filterte.

Direkt über der sanften Riesin stieg ihr sechs Monate altes Junges an die Oberfläche, um Luft zu holen. Während das Muttertier lediglich drei bis fünf Atemzüge pro Stunde benötigte, mußte sein Junges alle vier bis fünf Minuten an die Oberfläche zurückkehren. Das bedeutete, daß Muttertier und Kalb sich bei ihrer Nahrungsaufnahme alle paar Minuten trennen mußten.

Acht Kilometer südlich glitt in vollkommener Dunkelheit ein weiß fluoreszierendes Leuchten über den felsigen Boden der Meeresschlucht. Nachdem es auf der Jagd nach Walen die Küstengewässer der Hawaiianischen Inseln verlassen hatte, war das Megalodon auf eine warme Unterströmung gestoßen, die am Äquator entlang nach Südosten zog. Auf dem gewaltigen Wasserfluß reitend wie ein Jumbo auf dem Luftstrom, war der weibliche Riesenhai quer durch den Pazifischen Ozean gewandert, um schließlich in die tropischen Gewässer vor den Galápagos-Inseln zu gelangen. Von dort aus war er nordwärts an der mittelamerikanischen Küste entlanggeschwommen, beständig auf der Jagd nach Grauwalen und ihren neugeborenen Jungen.

Und dann, während er sich den Gewässern vor der Baja California näherte, waren seine Sinne vom Dröhnen mehrerer zehntausend schlagender Herzen und kontrahierender Muskelmassen überwältigt worden. Wie im Rausch, trieben ihn seine räuberischen Instinkte nach Norden in den Monterey Canyon.

Die Hydrothermalquellen am Boden der Schlucht schienen vertraut; die trüben Strömungen und die Wassertemperatur schufen ähnliche Bedingungen wie im Marianengraben. Von der Natur mit einem starken Revierverhalten ausgestattet, nahm der Hai das riesige Gebiet als neue Heimat in Besitz, um es durch seine schiere Präsenz als überlegener Jäger zu beherrschen. Seine Sinnesorgane zeigten ihm an, daß kein anderes ausgewachsenes Megalodon in der Nähe war, das ihm die Herrschaft hätte streitig machen können. Nun lag es an ihm, das Revier zu verteidigen.

Drei Stunden lang verfolgte der Räuber den Blauwal und sein Kalb schon. Die von seinem Seitenlinienorgan aufgefangenen Vibrationen zeigten an, daß das kleinere Tier verwundbar war. Noch aber wartete das Megalodon und hielt sich auf Distanz. Inzwischen auf dem rechten Auge völlig blind, wagte es sich nicht an die Oberfläche, solange auch nur eine Spur von Tageslicht herrschte.

So verfolgte es seine Beute und wartete ungeduldig auf den Einbruch der Nacht, um emporzusteigen und zu reißen.

DAS ROTE DREIECK

Die ›Magnate‹ lag in 180 Meter tiefem Wasser vor Anker und schaukelte sanft auf den Wogen, während sich die letzten goldenen Tupfen Sonnenlicht im Wasserspiegel brachen. Vom Hauptdeck der Jacht aus beobachtete die erschöpfte Crew, wie sich Tausende kalifornischer Robben und Seelöwen auf den kahlen Felsen aalten.

Als Maggie von Jonas' Vermutung erfahren hatte, das Megalodon werde schließlich in kalifornischen Gewässern auftauchen, zögerte sie keinen Augenblick, eine Expedition zu den Farallon-Inseln zu organisieren. Die Inselgruppe lag im Herzen eines Gebiets, das als »Rotes Dreieck« bekannt geworden war. Über die Hälfte aller weltweit dokumentierten Attacken weißer Haie auf Menschen hatten sich hier abgespielt. Wenn sich Jonas' Vermutung als richtig erwies, würde das Megalodon nach Maggies Ansicht wenig Zeit vergeuden, um so schnell wie möglich im Zentrum des Roten Dreiecks Seelöwen, die Lieblingsbeute des weißen Hais, zu jagen.

Fünf volle Tage wartete das Fernsehteam nun schon ungeduldig auf das Auftauchen des Ungeheuers. Auf den Unterwasserbetrieb ausgelegte Videokameras, Mikrophone und Scheinwerfer lagen über das Deck der Jacht verstreut, dazwischen Zigarettenstummel und Schokoladenpapier. Auf dem Oberdeck war eine Wäscheleine aufgespannt, an der Badekleidung, Unterwäsche und Shorts baumelten.

Die nicht enden wollende Langeweile, die beständige Hitze und eine mit dem Wellengang einhergehende gelegentliche Übelkeit zerrten allmählich an den Nerven der

Besatzung. Gewaltige Mengen Köder waren ins Meer geschaufelt worden und hatten immer wieder Haie angelockt, so daß nicht einmal daran zu denken war, zur Kühlung einen raschen Sprung ins Wasser zu wagen. Und zu allem Unglück lag ein überwältigender Gestank in der Novemberluft.

Am Heck der Jacht hing an einem neun Meter langen Stahlseil der verwesende Kadaver eines männlichen Buckelwals. Der beißende Geruch schien die ›Magnate‹ wie das Indiz eines Verbrechens zu umgeben, denn einen Wal im Schutzgebiet zu töten, war tatsächlich eine kriminelle Handlung. Wie dem auch sein mochte: Mit Hilfe seines dicken Scheckbuchs hatte Bud zwei Fischer aus der Gegend beauftragt, einen Walkadaver aufzuspüren und zu seiner Jacht zu bringen, ohne daß weitere Fragen gestellt wurden. Doch nun, nach nahezu 38 Stunden inmitten des ekelerregenden Gestanks, stand die Mannschaft der ›Magnate‹ kurz vor einer Meuterei.

»Maggie, Maggie, hör doch mal zu«, flehte Rodney Miller, der Regisseur. »Du mußt uns endlich einmal eine Pause gönnen. 24 Stunden Landgang sind alles, was ich von dir verlange. Es kann doch noch Wochen oder sogar Monate dauern, bis dieses Megalodon überhaupt bis hierher vorstößt. Wir brauchen alle eine Pause – schon eine kalte Dusche wäre einfach paradiesisch. Laß uns doch endlich von diesem stinkenden Boot.«

»Rod, paß gut auf. Das ist die Story des Jahrzehnts, und ich hab' nicht vor, sie mir verbocken zu lassen, bloß weil du und deine Kumpel den Drang verspüren, sich in irgendeiner schmierigen Hotelbar zu besaufen.«

»Komm schon, Maggie ...«

»Nein, Rod. Ist dir eigentlich klar, wie schwierig es war, das Ganze zu organisieren? Die Kameras? Den Haikäfig? Ganz zu schweigen von dem Brocken Walfett, das da hinter uns im Wasser dümpelt.«

»Red bloß nicht davon«, erwiderte Rod sarkastisch. »Was ist eigentlich aus deiner Kampagne zum Schutz der Wale geworden? Mensch, ich hätte schwören können, daß ich dich irgendwann mal auf 'ner Bühne gesehen habe, wie du einen Golden Eagle in Empfang genommen hast – im Namen einer Stiftung zur Rettung der Wale ...«

»Mein Gott, Rod, sei doch nicht kindisch. Ich hab' den blöden Wal nicht umgebracht, ich benutze den Kadaver bloß als Köder. Schau dich doch um: Tausende der verdammten Biester wandern in dieses Schutzgebiet, das dürfte dir wohl aufgefallen sein. Geht es dir wirklich nicht ins Hirn, daß das die größte Story des Jahrzehnts ist?« Maggies blondes Haar blieb an ihren nackten Schultern kleben, während sie verständnislos den Kopf schüttelte.

»Maggs.« Rod senkte seine Stimme. »Du greifst doch schon nach dem letzten Strohhalm. Gib doch mal ehrlich zu, wie schlecht die Chancen stehen, daß dieses Meg wirklich im Roten Dreieck aufkreuzt. In den vergangenen zwei Wochen ist das Ding noch nicht mal von jemand gesehen worden.«

»Hör mal, Rod, wenn mein armseliger Gatte über irgend etwas Bescheid weiß, dann ist es dieses Megalodon. Das Meg wird auftauchen, glaub mir, und wir werden das Team sein, das die einmaligen Bilder aufnimmt.«

»Und worin? In dieser Plastikröhre? Mein Gott, Maggie, du mußt lebensmüde sein ...«

»Das Plastik ist acht Zentimeter dickes Plexiglas, und der Käfig ist so groß, daß selbst das Meg ihn nicht verschlingen kann.« Maggie lachte auf. »Wahrscheinlich werde ich in dem Ding besser dran sein als ihr hier auf der ›Magnate‹.«

»Das ist ja wirklich ein beruhigender Gedanke.«

Maggie strich mit den Fingern über die verschwitzte Brust des Regisseurs. Sie wußte, daß Bud noch in seiner Koje lag, um wieder mal einen Kater auszuschlafen.

»Rod, du und ich, wir haben gemeinsam sehr, sehr hart an all diesen Projekten gearbeitet. Mensch, denk doch mal daran, was unser Dokumentarfilm alles für die Wale getan hat.«

Rod grinste höhnisch. »Erzähl das deinem toten Buckelwal da hinten.«

»Vergiß das Ding doch endlich, verdammt noch mal!« Sie packte ihn mit beiden Händen an den öligen Schultern. »Rod, kapierst du's denn noch immer nicht? Das ist sie jetzt. Das ist die Story, die uns beide ganz nach oben bringt. Uns beide. Wie hört sich eigentlich das Wörtchen ›Produzent‹ an?«

Miller überlegte einen Augenblick, dann grinste er. »Klingt gut.«

»Dann bist du's. Können wir den toten Wal jetzt mal eine Zeitlang vergessen?«

»Schon möglich. Aber hör mal, als dein Produktionsleiter empfehle ich dir dringend, was zu unternehmen. Wir brauchen ein wenig Abwechslung, weil dein Team allmählich die Geduld verliert.«

»Ich bin ganz deiner Meinung, und mir ist auch schon was eingefallen. Ich wollte ohnehin mal einen Probelauf in diesem Käfig unternehmen. Was hältst du davon, wenn wir ihn ins Wasser lassen, damit ich heute abend ein bißchen filmen kann?«

»Hm, keine schlechte Idee. Dann hab' ich auch Gelegenheit, die Unterwasserscheinwerfer einzurichten.« Miller grinste. »Vielleicht kannst du ein paar hübsche Aufnahmen von einem weißen Hai machen. Das allein könnte den Ausflug hierher schon lohnen.«

Maggie schüttelte den Kopf. »Siehst du, da haben wir ja dein Problem, mein lieber Rodney – und einen guten Grund, warum du dich an mich halten solltest, wenn du in dieser Branche weiterkommen willst.« Sie gab ihm einen mütterlichen Klaps auf die Wange. »Du backst einfach viel zu kleine Brötchen.«

Maggie beugte sich zu Boden, um ihren Schutzanzug aufzuheben, wobei sie Miller mit einem Blick auf ihr gebräuntes, knapp bedecktes Hinterteil belohnte. »Noch etwas, Rod. Sei so lieb und sag Bud nichts davon, daß du ab jetzt mein Produzent bist.« Sie setzte ihr süßestes Lächeln auf. »Sonst wird er eifersüchtig.«

LEBEN UND STERBEN

Noch immer stürmten der tausendfache Herzschlag und die unzähligen Signale pulsierender Flossen auf die Sinnesorgane des Megalodons ein, doch das weiße Ungetüm stieg gemächlich an die Wasseroberfläche. Endlich war die Dunkelheit hereingebrochen.

Rasch verringerte der Jäger die zwischen ihm und dem Walkalb liegende Distanz. Die Blauwalmutter unterbrach ihre Nahrungsaufnahme, als sie die rasch von hinten nahende Gefahr entdeckte. Sie stieg an die Oberfläche und forderte ihr Junges mit einem kräftigen Stups auf, sich eng an sie anzuschließen. Mutter und Junges schnellten vorwärts, während nur noch knapp zwei Kilometer zwischen ihnen und den Kiefern ihres Verfolgers lagen.

Wenige Minuten später hatte das Megalodon so weit aufgeschlossen, daß es angreifen konnte. Mit weit aufgerissenen Kiefern schoß es auf die kleinere der beiden Schwanzflossen zu, sorgsam darauf bedacht, sich nicht zu nah an den Schwanz des größeren Meeressäugers zu wagen. Und da, als es gerade zustoßen wollte, geschah etwas.

Ein heftiges Zucken hatte das Megalodon erfaßt; sein Rücken krümmte sich in einem unkontrollierbaren Krampf. Es gab seine Beute auf, um rasch auf den Boden der Schlucht hinabzusteigen. Mit bebenden Muskeln begann der weibliche Riesenhai in engen Kreisen zu schwimmen, während ein ungewohnter Aufruhr seine inneren Organe erfaßte. Ein mächtiger Schauer schüttelte seinen ganzen Körper, während ein voll entwickeltes Junges aus dem linken Gebärkanal seiner Mutter schlüpfte.

Es war männlich, blendend weiß und zweieinhalb Meter lang, und es wog bereits 750 Kilogramm. Seine Zähne waren kleiner, aber schärfer als die seiner Mutter. Mit seinen voll entwickelten Sinnen war das Neugeborene vollkommen in der Lage, allein zu jagen und zu überleben. Es zögerte nur einen Augenblick, die eisig blauen Augen auf das Muttertier gerichtet; dann warnte sein Instinkt es vor der drohenden Gefahr, und es schoß mit unglaublicher Geschwindigkeit davon, um südwärts am Boden des Canyons entlangzugleiten.

Noch immer in einer von Krämpfen begleiteten Kreisbewegung gefangen, erschauerte das weibliche Megalodon von neuem und preßte ein zweites Junges mit dem Schwanz voraus aus seinem Leib. Diesmal war es ein Weibchen, knapp einen Meter länger als sein Geschwister. Das Junge schoß an seiner Mutter vorbei, um knapp dem tödlichen Biß zu entgehen, zu dem sich die gewaltigen Kiefer reflexartig schlossen.

Mit einer letzten Zuckung gebar das Megalodon in einer Wolke aus Blut und Embryonalflüssigkeit sein letztes Junges. Das kleinste Junge des Wurfs, ein 2,30 Meter langes Männchen, glitt zuckend auf den Meeresboden zu, stabilisierte sich und bewegte den Kopf hin und her, um seine Sicht zu klären.

Mit einem Schlag seiner Schwanzflosse stürzte sich das Muttertier auf das Neugeborene und trennte mit einem einzigen Zuschnappen seiner Kiefer dessen gesamte Schwanzflosse und Genitalien ab. Wild zuckend wand sich das sterbende Junge auf den Grund zu, Ströme von Blut hinter sich herziehend. Sofort schoß das Weibchen hinterher, um seinen Abkömmling mit einem letzten Biß zu verschlingen.

Das Megalodon verweilte dicht am Meeresgrund, erschöpft von den Anstrengungen der Geburt. Es öffnete das Maul und ließ die Strömung des Canyons durch seine Kiemen und über seinen Körper zirkulieren. Langsam schwang sein Kopf von einer Seite zur andern, um Wasser durch die Nasenlöcher ziehen zu lassen. Der Räuber erfaßte das gesamte Gebiet mit Hilfe seines Geruchssinns.

Wieder entdeckte der Hai die ihn rasend machenden Vibrationen der durchs Meer ziehenden Wale, aber auch etwas anderes: Blut! Das Megalodon schwang seine Schwanzflosse hin und her, um rasch höher zu steigen. Dann nahm es seinen Weg nach Norden wieder auf, den betonierten Kanal, der die Lagune des Tanaka-Instituts mit dem Pazifik verband, kaum zehn Meter zu seiner Rechten lassend.

BESUCHER

Sie kamen ohne jede Vorwarnung und trafen die gelangweilte Crew der ›Magnate‹ vollkommen unvorbereitet an. Kapitän Talbott war der erste, der die bleigraue Rückenflosse entdeckte, die sechs Meter von der Backbordseite der Jacht entfernt durchs dunkle Wasser des Pazifik schnitt. Innerhalb weniger Minuten erschienen zwei weitere Flossen, um in der vom blutigen Köder gesättigten Brühe zu kreuzen.

Rod Miller stöberte Maggie auf, die dabei war, ihren lumineszierenden weißen Schutzanzug für den nächtlichen Tauchgang anzulegen.

»Na, Maggie, du wolltest ja ein bißchen Action. Wie wär's mit einem Praxistest mit drei anständig großen weißen Haien?«

»Nur mit der Ruhe, Rodney«, sagte Maggie lächelnd. »Sind alle Mann bereit?«

»Die beiden ferngesteuerten Kameras sind im Wasser, die Scheinwerfer sind an, und deine Plastikröhre wartet schon auf dich. Ach ja, Bud schläft.«

»Wunderbar. Denk immer dran, daß es so aussehen soll, als ob ich mit den Haien allein im Wasser wäre. Wie lang ist eigentlich das Seil, an dem mein Käfig hängt?«

Rod dachte nach. »Ich glaube, du hast ungefähr 18 bis 21 Meter Seil, aber wir lassen dich nicht mehr als zwölf Meter runter, sonst bist du nicht mehr im Licht.«

»Okay, ich bin bereit«, verkündete Maggie. »Nimm meine Kamera, Rod, ich will im Wasser sein, bevor Bud wieder aufwacht.«

Die beiden eilten nach Steuerbord, wo der zylinderförmige Haikäfig aus Kunststoff wartete. Drei Meter lang und dreieinhalb Meter im Durchmesser, war der Behälter auf der Grundlage eines ursprünglich in Australien entworfenen Modells speziell für Maggie angefertigt worden. Im Gegensatz zu Haikäfigen aus einem mit Metallgitter bespannten Stahlrahmen konnte die Röhre weder zerbissen noch verbogen werden. In einer Tiefe von zwölf Metern schwimmfähig, gewährte sie den Insassen ungehinderte Sicht.

Ein an der oberen Luke der Röhre befestigtes Stahlseil führte zu einer Winsch an Bord der ›Magnate‹; am Rumpf der Jacht waren zwei ferngesteuerte Unterwasserkameras angebracht, die von Deck aus bedient werden konnten. Während Maggie das Megalodon vor dem Objektiv hatte, sollte die Crew Maggie filmen. Und wenn die Beleuchtung richtig eingestellt war, würde die Hairöhre im Wasser unsichtbar bleiben, um den grausigen Eindruck entstehen zu lassen, daß Maggie mit dem Hai allein im Wasser war.

Maggie setzte ihre Taucherbrille auf und überprüfte den Lungenautomaten. Sie tauchte nun seit zehn Jahren, hatte allerdings wenig Nachterfahrung. Das Training würde ihr guttun.

Die Röhre hing bereits über Bord der Jacht, damit das durch kleine runde Öffnungen eindringende Wasser sie zum Absinken bringen konnte. Maggie stieg mit der rechten Schwimmflosse auf das obere Ende des Behälters, hielt sich mit der Hand am Stahlseil fest und sah sich rasch um, um den Standort ihrer Akteure festzustellen. Als sie sicher war, daß kein Angriff drohte, hob sie auch ihr anderes Bein über die Reling, hockte sich auf den Rand der Röhre und streckte den Arm aus, um sich von Rod die 18 Kilo schwere Kamera reichen zu lassen. Maggie ließ zuerst das klobige Gehäuse durch die Öffnung sinken, dann glitt sie selbst ins Wasser, zog die Luke über sich zu und sank in die Mitte der Kunststoffröhre.

Die Strömung zog den Käfig von der Jacht weg. Miller und ein weiteres Mitglied des Teams ließen das Stahlseil langsam abrollen und sahen zu, wie die Röhre im Wasser versank und aufs Meer hinaustrieb.

»Bei zwölf Metern anhalten, Joseph!« kommandierte Miller. »Peter, wie steht's mit deinen Kameras?«

Peter Arnold sah von seinen beiden Bildschirmen auf. »Kamera A reagiert ein wenig langsam, ist aber nicht so schlimm. Kamera B ist absolut perfekt. Ich kann mit dem Zoom ganz an sie rangehen – zu dumm, daß sie nicht ihren Tanga angezogen hat.«

Maggie zitterte unter der überaus wirksamen Kombination von Adrenalin und 15 Grad kaltem Wasser. Sie befand sich in einer Welt aus Grau- und Schwarztönen; die Sicht war schlecht. Sie blickte sich um, und während sie die Position der beiden ferngesteuerten Kameras ausmachte, flammten die Scheinwerfer auf und erleuchteten ihren durchsichtigen Käfig samt dem ihn umgebenden Wasser in einem Radius von fünf bis sechs Metern. Wenige Augenblicke später erreichte der erste Räuber die Arena.

Es war ein männlicher Hai, von der Schnauze bis zum Schwanz über fünf Meter lang und eine Tonne schwer. Argwöhnisch umkreiste er die Röhre, während Maggie sich drehte, um ihn im Objektiv zu halten. Plötzlich sah sie am unteren Rand ihres Blickfelds eine Bewegung. Ein viereinhalb Meter langes Weibchen stieg aus dem Schatten, ohne daß Maggie darauf vorbereitet war. Sie vergaß, daß sie sich in einem Plexiglaskäfig befand, geriet in Panik und schlug hektisch mit den Flossen, um zu entkommen. Die Schnauze des Hais krachte gerade in dem Moment an die Unterseite der Röhre, in dem Maggies Kopf an die geschlossene Luke prallte. Sie lächelte, erleichtert und verlegen wegen ihrer Dummheit.

Auch Peter Arnold strahlte. Die Aufnahmen waren ebenso unglaublich wie gruselig. Maggie schien mit den drei Mordmaschinen ganz allein im Wasser zu sein, denn die künstliche Beleuchtung spielte perfekt mit dem weißen Tauchanzug zusammen. Der Zuschauer würde nicht in der Lage sein, die schützende Röhre zu erkennen.

»Rod, das ist einfach phantastisch«, sagte Arnold. »Die Leute werden sich im Sessel winden. Maggie hat echt Talent, das muß ich zugeben.«

Rod beobachtete, wie die drei weißen Haie begannen, sich an dem Walkadaver gütlich zu tun. »Nimm bloß alles auf, Pete. Vielleicht können wir sie überreden, abzuhauen, bevor dieses Megalodon wirklich auftaucht.«

Daran hatte Miller allerdings selbst seine Zweifel.

Jonas hielt sein Fernglas mit beiden Händen umklammert, um es gegen die Vibrationen des Helikopters zu stabilisieren. In 300 Metern Höhe flogen sie südwärts die Küstenlinie entlang.

»Mac, ich kann mich nicht daran erinnern, jemals so viele Wale auf einem Fleck gesehen zu haben!« brüllte Jonas.

»Wenn schon, Doc.« Mac starrte Jonas mit ausgebrannter Miene an. »Wir vergeuden unsere Zeit, und das weißt du auch. Die Batterien in dem Sender sind schon seit Tagen ausgelutscht, und das Meg könnte auch ganz woanders sein.«

Jonas blickte wieder auf den Ozean. Ihm war klar, daß Mac erwog, die Suche aufzugeben, und wenn er es nicht schon längst getan hatte, so lag das an ihrer

Freundschaft. Es war ihm schließlich nicht übelzunehmen: Wenn das Megalodon in diesen Gewässern jagte, mußten sie Reste von Walkadavern entdecken können. Aber sie waren bislang auf nichts gestoßen, und allmählich begann Jonas, an seiner eigenen Vermutung zu zweifeln. Ohne die Signale des Senders suchten sie tatsächlich nach der berühmten Stecknadel im Heuhaufen.

Mac hat recht, dachte Jonas, und zum ersten Mal in unzähligen Jahren fühlte er sich wirklich allein. Wie viele Jahre meines Lebens habe ich damit verbracht, diesem Monster hinterherzujagen? Was habe ich dabei erreicht? Eine Ehe, die schon seit Jahren bröckelt, ein ständiger Kampf um meine Existenz …

»Hey!« Er hatte nicht aufgepaßt, obwohl es sich direkt vor ihm abspielte.

»Was ist denn, Doc? Das Meg?«

»Nein … oder vielleicht doch; schau mal runter. Die Herden, Mac – fällt dir was auf?«

Mac blickte aufs Wasser. »Die sehen noch genauso aus wie vor fünf Minuten. Das heißt … Moment mal. Sie ändern ihren Kurs.«

Jonas strahlte. »Sie sind bisher allesamt nach Süden geschwommen, aber jetzt richten sich die Herden unter uns nach Westen.«

»Du glaubst, sie ändern ihren Kurs, um irgend etwas auszuweichen?« Mac schüttelte den Kopf. »Das ist doch wieder bloß dein letzter Strohhalm, Doc.«

»Wahrscheinlich hast du recht. Aber tu mir doch noch einen allerletzten Gefallen.«

Mac betrachtete die Wale wieder durch sein Wärmesuchgerät. Wenn sich das Megalodon nordwärts die Küste entlang bewegte, war es logisch, daß ihm die Walherden auswichen.

»Schön, Doc, ein letztes Mal.« Der Helikopter schwenkte herum.

Maggie überprüfte ihre Kamera und ihren Sauerstoffvorrat und stellte fest, daß sie nicht nur mehr als genug Magnetband übrig hatte, sondern auch weitere zwanzig Minuten unter Wasser bleiben konnte. Die Plexiglasröhre trieb nun knapp unterhalb des Walkadavers und ermöglichte ihr spektakuläre Blicke. Aber Maggie wußte, daß Aufnahmen von fressenden weißen Haien keine Besonderheit mehr darstellten. Sie war hinter etwas ganz anderem her.

Ich vergeude bloß Filmmaterial, dachte sie bei sich. Sie wandte sich um, um der ›Magnate‹ das Signal zu geben, sie hochzuholen, doch da bemerkte sie etwas überaus Seltsames.

Die drei großen weißen Haie waren allesamt verschwunden.

Bud Harris streifte das seidene Bettuch von seinem nackten Körper und griff nach der Flasche Jack Daniels. Leer.

»Verdammt!« Mit pochendem Schädel setzte er sich auf. Zwei Tage ging das nun schon so, ohne daß es ihm gelang, die Kopfschmerzen loszuwerden. »Das ist dieser verdammte Wal«, sagte er laut. »Dieser Gestank bringt mich noch um.«

Bud taumelte ins Badezimmer, griff nach der Flasche Schmerztabletten und mühte sich ab, den kindersicheren Verschluß aufzubekommen. »Scheiße!« brüllte er und warf die Flasche in die offene Toilette. Dann sah er sein Gesicht im Spiegel. »Dir geht's erbärmlich, Bud Harris«, erklärte er seinem Spiegelbild. »Und das gehört sich nicht für einen Millionär. Also sag schon, Kumpel, warum fühlst du dich denn so beschissen?«

Die Schmerzen in seinem Schädel nahmen zu, so daß ihm übel wurde. »Warum hab' ich mich von ihr breitschlagen lassen, so einen Mist zu machen? Jetzt reicht's!« Bud schlüpfte in Badehose und Bademantel und stolperte an Deck.

»Wo ist Maggie?« fragte er knapp.

Abby Schwartz saß auf dem Deck und überwachte die Tonaufnahme. »Sie ist in der Röhre, Bud. Hey, wir kriegen gerade ein paar tolle ...«

»Wir hauen ab. Rodney.«

Rod Miller sah auf. »Ehrlich? Das ist das Beste, was ich seit einer Woche höre. Wann geht's denn los?«

»Jetzt. Hol Maggie hoch und mach diesen verdammten Wal los, bevor uns die Coast Guard einkassiert.«

»Moment mal.« Peter Arnold hob seine Hand. »Da unten ist was los. Schaut mal auf meinen Bildschirm – es wird deutlich heller.«

Als erstes sah Maggie, wie ein Leuchten die Reste des Walkadavers überzog. Und dann erschien der Kopf, so groß wie der Wohnwagen ihrer Mutter und vollkommen weiß. Sie spürte ihren Herzschlag in den Ohren dröhnen, ohne wirklich die Größe des Wesens zu erfassen, das sich gemächlich auf den Köder zubewegte. Zuerst rieb sich die Schnauze an der dargebotenen Gabe, um sie zu untersuchen. Dann öffneten sich die Kiefer. Der erste Biß riß einen knapp zwei Meter breiten Fetzen aus dem Kadaver, mit dem zweiten verschwand der Brocken ganz. Die Bewegung der kraftvollen Kiefer ließ ein Zucken über die Kiemenspalten und die Muskeln am Unterbauch laufen.

Maggie spürte sich zum Boden der Hairöhre sinken. Unfähig, sich zu bewegen, war sie von einer heiligen Scheu vor dem Megalodon ergriffen, vor seiner Kraft, seiner Würde und Anmut. Langsam hob sie die Kamera, voller Angst, das Wesen auf sich aufmerksam zu machen. Der Hai fraß weiter.

»Um Gottes willen, hol sie hoch!« befahl Bud.

»Bud, genau deshalb sind wir doch hier.« Rodney war wie im Rausch. »Was für ein Monster, Menschenskind. Und was für irre Aufnahmen!«

»Jetzt hol sie endlich hoch, Miller.« Bud klang gereizt, aber das war nicht alles. Er hatte auf dem Monitor die Größe des Megalodons erkannt. Maggie war in Gefahr.

»Sie wird ganz schön toben«, meinte Peter Arnold.

»Jetzt hört mir mal schön zu, ihr beiden«, kommandierte Bud. »Das ist meine Jacht, und ich bezahl' die ganze Chose. Holt sie hoch, und zwar sofort!«

Rod schaltete die Winsch ein. Das Stahlseil straffte sich, und der Haizylinder bewegte sich durchs Wasser.

Das fressende Megalodon hielt inne, als seine Sinnesorgane die plötzliche Bewegung wahrnahmen. Da die Hairöhre aus Kunststoff bestand, hatte sie keine elektrischen Signale abgestrahlt und war dem Räuber nicht aufgefallen. Nun aber verließ er den Kadaver und glitt vorwärts, um den neuen Reiz zu erkunden.

Maggie sah, wie sich das Ungeheuer näherte. Verwirrt strich es mit der Schnauze an der Rundung der Röhre entlang. Dann drehte es bei und richtete sein linkes Auge auf das unbekannte Objekt.

Er sieht mich, erkannte Maggie.

Die Röhre bewegte sich weiter auf die ›Magnate‹ zu.

Diese Idioten werden mich umbringen, dachte Maggie und stemmte die Beine gegen die Wand.

Der Hai bewegte weiterhin sein Maul, fast so, als ob er mit ihr spräche. Dann klappte er seine Kiefer noch ein Stückchen auf und versuchte, sein Maul um die Röhre zu schließen. Vergeblich. Die Oberfläche war zu glatt, so daß seine Zähne einfach von dem Kunststoffzylinder abglitten.

Ein Lächeln huschte über Maggies Gesicht. »Zu groß für dich, hm?« Sie hatte sich allmählich wieder gefaßt, hob ihre Kamera und filmte das gewaltige Maul aus nicht viel mehr als einem Meter Entfernung. Das ist mein Oscar, schoß es ihr durch den Kopf.

Die Röhre war gerade noch sechs Meter von der ›Magnate‹ entfernt, als das Meg abdrehte. Maggie erwischte noch ein Aufblitzen seiner Schwanzflosse, bevor es im grauen Dunst verschwand. Strahlend atmete sie durch.

»Er ist weg«, bemerkte Peter Arnold.

»Gott sei Dank«, sagte Bud. »Holt sie bloß da raus, bevor er zurückkommt.«

»Ach du Scheiße!« schrie Arnold auf. Hastig kroch er auf allen vieren rückwärts von der Reling weg.

Das Meg hatte lediglich einen Haken geschlagen, um mit erhöhter Geschwindigkeit auf die Röhre zuschießen zu können. Mit einem Aufschrei biß Maggie in ihr Mundstück, als das tonnenschwere Ungeheuer seine bis zum Anschlag aufgesperrten Kiefer auf den Zylinder krachen ließ. Maggies Körper wurde an die Innenwand der Röhre geschleudert; ihr Kopf dröhnte von einer Druckwelle, die ihr den Schädel zerschmettert hätte, wäre sie nicht unter Wasser gewesen. Ihr Käfig kollidierte mit der ›Magnate‹, vom Maul des Megalodons erbarmungslos vorwärtsgetrieben. Selbst mit extrem überdehnten Kiefern konnte der Hai seine Beute nicht umfassen, doch dann verfingen sich einige Zahnspitzen in den Wasserdurchzugslöchern der Röhre. Nun konnte sich das Meg festbeißen, obwohl seine Kiefer trotz aller Anstrengung nicht genügend Hebelwirkung aufbrachten, um den Zylinder zu zermalmen.

In wilder Wut stieg das Ungeheuer an die Wasseroberfläche, den Kunststoffzylinder fest gepackt. Dann wandte es sich von der ›Magnate‹ ab, um seine Beute mit dem aufgerissenen Maul vorwärtszuschieben. Eine drei Meter hohe Flutwelle erhob sich aus dem Meer, während das nun komplett abgerollte Stahlseil einfach durchriß. Das Megalodon stieg senkrecht aus dem Wasser. In einer unfaßbaren Demonstration roher Kraft hob es die Hairöhre in die Luft, um sie wie in Zeitlupe hin und her zu schwenken, während Wasser aus ihren Öffnungen strömte.

Maggie preßte die Lider zusammen, als sie rasch nach unten glitt. Ihre Preßluftflaschen schlugen auf dem Boden der Röhre auf. Eine Sekunde später wirbelte sie in die andere Richtung, während jeder Aufprall sie der Bewußtlosigkeit näher brachte.

Die Anstrengung, die Hairöhre und ihren Inhalt emporzustemmen, hatte das Megalodon rasch erschöpft. Es löste die tödliche Umklammerung des Zylinders und umkreiste ihn, während er rasch in den Wellen versank.

KATZ UND MAUS

»Mac, ich sehe eine Köderspur!« brüllte Jonas. Mit seinem Fernglas hatte er einen grauen Schleier über dem dunkleren Pazifik ausgemacht.

Mac blickte auf seinen Bildschirm. »Ich kann sie auch erkennen.«

»Wo sind, wir, Mac?«

»42 Kilometer westlich von San Francisco. Du müßtest eigentlich die Farallon-Inseln sehen.« Mac bemerkte einen neuen hellen Fleck auf dem Monitor. Die von den zwei Motoren abgestrahlte Wärme war deutlich zu erkennen. »Hey, was macht die Jacht hier draußen?«

»Kannst du uns runterbringen?«

Der Helikopter sank auf 150 Höhenmeter ab.

Jonas hob sein Fernglas und stellte es auf das Deck des Boots scharf. »Moment mal ... die Jacht kenne ich doch. Die ›Magnate‹! Das ist das Boot von Bud Harris.«

»Ist das nicht der Kerl, der deine Frau bumst?« Mac umkreiste die Jacht. »Ich könnte mal schauen, ob ich's aus dieser Höhe schaffe, sein Deck mit meinem Werkzeugkasten zu bombardieren. Aber was treibt Dagobert Duck eigentlich dazu, Blut von seiner 20-Millionen-Dollar-Jacht zu kippen?«

Jonas ließ sein Fernglas sinken. »Maggie.«

Die Mannschaft der ›Magnate‹ war in Panik geraten. Kapitän Talbott hatte die Maschinen angeworfen, sie dann aber, aus Angst, mit ihrem Geräusch das Megalodon anzulocken, wieder abgeschaltet. Rod war in heller Aufregung und brüllte allen ins Ohr, daß sie unbedingt weiter filmen mußten. Bud hingegen stand unter Schock. Er kniete auf dem Deck, den Kopf in den Händen vergraben. Als der Hubschrauber erschien, geriet auch er in Panik. Die Coast Guard, dachte er, voll Angst, wegen des Walkadavers festgenommen zu werden.

»Bud«, brüllte Abby, »da will jemand aus diesem Helikopter mit dir sprechen. Er sagt, er heißt Jonas!«

»Hast du ›Jonas‹ gesagt?« Bud sprang auf und rannte ins Ruderhaus.

»Jonas, glaub mir, es ist nicht meine Schuld. Du kennst doch Maggie, sie macht einfach, was sie will.«

»Reiß dich zusammen, Bud«, befahl Jonas. »Wovon redest du überhaupt?«

»Das Meg. Es hat sie gepackt – sie ist in der verdammten Hairöhre gefangen. Bitte glaub mir, es ist nicht meine Schuld.«

Mac hatte das Megalodon entdeckt und zeigte auf den langsam kreisenden Fleck auf seinem Bildschirm. Der Hai befand sich in 15 Meter Tiefe, 300 Meter vor dem Bug der ›Magnate‹. »Von Maggie krieg' ich kein Signal – wahrscheinlich trägt sie einen Schutzanzug.«

Jonas stellte sein Fernglas scharf. Der Umriß ihres lumineszierenden weißen Anzugs war mit knapper Mühe auszumachen. »Ich glaube, ich kann sie erkennen«, sagte er und griff zum Mikrophon des Funkgeräts. »Bud, wieviel Sauerstoff hat sie noch?«

Rod Miller war am Mikrophon. »Jonas, hier spricht Rodney; sie dürfte wohl nicht mehr als fünf Minuten haben. Wenn wir das Meg ablenken können, schaffen wir es vielleicht, sie rauszuziehen.«

Jonas versuchte nachzudenken. Was würde die Aufmerksamkeit des Ungeheuers von Maggie ablenken? Der Helikopter? Doch da sah Jonas das Schlauchboot.

»Bud, wie steht es mit eurem Schlauchboot; funktioniert es?«

»Das Schlauchboot? Klar, das ist in Ordnung.«

»Macht euch bereit, es auszusetzen«, kommandierte Jonas. »Ich komme gleich an Bord.«

Maggie kämpfte gegen die drohende Ohnmacht an. Ihr ganzer Körper schmerzte, doch das war gut, denn das hielt sie bei Bewußtsein. Über ihre Taucherbrille lief ein schmaler Riß, durch den Wasser in ihre Augen drang. Ihre Ohren dröhnten, und es tat weh, zu atmen. Das Megalodon umkreiste sie gegen den Uhrzeigersinn, während es sie mit seinem linken Auge fixierte; in dem gespenstischen Schein, der von seiner Haut ausging, leuchtete auch Maggies Schutzanzug. Sie überprüfte ihren Sauerstoffvorrat; er reichte für gerade noch drei Minuten Atemluft.

Ich muß hier raus, sagte sie sich. Sie preßte die Videokamera fest an ihre Brust. Die würde sie auf keinen Fall zurücklassen.

Jonas hing an einem Seil von der Winde des Hubschraubers, das Gewehr mit dem Sender auf dem Rücken, den Kopfhörer um den Hals gelegt. »Denk dran, Mac«, brüllte er, »du mußt auf meine Anweisung warten, bevor du ihn mit dem Scheinwerfer triffst!«

Mac warf einen Blick auf die Vorrichtung zu seiner Linken. »Mach dir keine Sorgen, Doc. Paß bloß auf, daß du nicht verspeist wirst.«

Jonas hob den Daumen, und Mac ließ ihn aufs Deck der ›Magnate‹ hinab, wo Bud und Rodney ihn an den Hüften packten. Er schlüpfte aus seinem Gurtwerk. »Fertig?«

Bud deutete nach Steuerbord. »Das Schlauchboot ist im Wasser. Was sollen wir jetzt tun?«

»Ich werde das Meg ablenken. Sobald es mir folgt, fahrt ihr mit der Jacht zu Maggies Standort, um sie da rauszuholen, und zwar schnell.«

Bud half Jonas über die Reling. Er ließ sich in die Mitte des gelben Schlauchboots hinab und warf einen Blick auf den Johnson-Motor: 65 PS. Jonas warf ihn an und sah zu Bud hoch.

»Wartet, bis Mac euch mitteilt, daß das Meg verschwunden ist. Dann holt ihr Maggie, okay?«

Bud nickte, während das Boot davonraste.

Mit schrill kreischendem Motor schoß das Schlauchboot über die Wellen. »Mac, kannst du mich hören?«

Der Helikopter schwebte sechzig Meter über dem kleinen Boot. »Gerade noch, Kumpel. Fünfzig Meter, nicht zu nah... Jonas, jetzt bist du zu nah dran – er kommt hoch.«

Jonas steuerte scharf nach rechts, während die Rückenflosse fünf Meter vor ihm aus dem Wasser stieg. Er raste aufs offene Meer zu. »Wie steht's?«

»Scharf links!« schrie Mac. Das Schlauchboot folgte der Anweisung, gerade als die Kiefer des Hais in der leeren Luft zuschnappten.

»Doc, halt die Schnauze und schlag weiter Haken – und mach ja keine Pause! Geht's nicht noch schneller? Er ist direkt unter dir!«

Jonas duckte sich, drückte den Gashebel bis zum Anschlag durch und raste im spitzen Winkel durch die Flutwelle. Obwohl er das Megalodon nicht sehen konnte, spürte er seine Nähe. »Mac, sag Bud, er soll jetzt starten.«

Die ›Magnate‹ erbebte; ihre zwei Motoren stießen blauen Rauch aus, während die Jacht Fahrt aufnahm. Maggie hatte Brille und Flaschen abgeworfen und den Zylinder bereits verlassen. Heftig mit ihren Schwimmflossen schlagend, kämpfte sie sich an die Oberfläche, die Unterwasserkamera im Arm.

»Jonas«, brüllte Mac, »er ist weg!«

»Was? Sag das noch mal!«

Mac starrte nach unten. Das Megalodon hatte die Jagd aufgegeben.

Maggie strampelte in der Dunkelheit nach oben; in ihren Ohren raste das Blut. Dann stieg ihr Kopf aus dem Wasser, gerade drei Meter von der ›Magnate‹ entfernt. Sie atmete tief ein, während sie den Jubel ihres Filmteams hörte.

»Weiter so, Champ!« brüllte Peter.

»Maggie, komm bloß an Bord!« schrie Bud.

Erschöpft paddelte sie neben die Jacht. »Bud, nimm die Kamera.« Nur mit Mühe gelang es ihr, sie ihm entgegenzustrecken, aber das 18 Kilo schwere Gerät war zu schwer, um aus dem Wasser gehoben zu werden.

Bud hing über der Reling und streckte verzweifelt seine Hand aus. Keine Leiter war in Reichweite. »Verdammt, Maggie, ich krieg' sie nicht zu fassen.«

Maggie spürte, wie sie ein Schwindel überkam. »Nimm die verdammte Kamera, Bud!« schrie sie mit letzter Kraft.

Bud blieb keine Wahl. Er schwang sich über die Reling, an der er sich mit der linken Hand festklammerte, um mit der rechten ins Wasser zu greifen. Er packte die Kamera, riß sie hoch und schleuderte sie Rodney in die Arme, der sie fing – und aufschrie.

Maggie stieg aus dem Meer, vom offenen Maul des Ungeheuers in die Luft gehoben. Immer höher stieg der furchtbare Kopf mit Maggie, die in einen traumähnlichen

Zustand gefallen war und glaubte, von irgendwoher auf das obere Decke der Jacht zu blicken.

Abby stand an der Reling, die Hände auf den Mund gepreßt und grenzenloses Entsetzen im Gesicht. Wie warm es ist, dachte Maggie, als sie die etwas höhere Temperatur im Maul des Tieres spürte, noch immer unfähig, zu begreifen, wo sie war und was geschah.

Der weiße Koloß fiel ins Wasser zurück; langsam schlossen sich seine Kiefer und drückten die Luft aus Maggies Lunge. Als die dreieckigen Dolche ihren Brustkorb durchbohrten, brachte der Schmerz sie schlagartig zu Bewußtsein. Ein schrilles Heulen entrang sich ihrer Kehle, das abbrach, als ihr Kopf im Wasser verschwand.

Buds Atem raste, seine Glieder gerieten außer Kontrolle. Die Unterwasserscheinwerfer am Rumpf der ›Magnate‹ erleuchteten den Kopf des Ungeheuers. Reglos starrte Bud in das Gesicht des Teufels, der seinen Blick erwiderte, drei Meter unter der Wasseroberfläche schwebend. Das Tier schien zu lächeln. Maggie war immer noch am Leben und versuchte zu schreien, während sie in seinem Würgegriff ertrank. Ihr Oberkörper baumelte aus dem gewaltigen Maul, und es sah aus, als spielte das Megalodon mit ihr. Bud sah Blut aus Maggies offenem Mund quellen, als sie ein letztes Mal zusammenzuckte.

Der Räuber richtete den Blick auf Bud. Und dann öffnete sich sein Maul wieder, um ein Vakuum zu erzeugen, das Maggie in den schwarzen Schlund saugte, bis sie verschwunden war. Bud schrie gellend auf. Eine blutige Luftblase stieg auf und zerplatzte an der Oberfläche.

Bud war in einem Schockzustand, völlig unfähig, sich zu bewegen. Er schloß die Augen und wartete auf seinen Tod. Zur Antwort erhob das Ungeheuer sich aus dem Meer, die Kiefer weit geöffnet.

Wie von der Hand Gottes geleitet, schoß der Lichtstrahl durch die Finsternis. Er brannte sich in das noch intakte Auge des Megalodons, blendete das Tier für immer und sandte eine Welle glühender Schmerzen durch seinen Sehnerv. Von Krämpfen geschüttelt, zuckte das Ungeheuer seitwärts, während sich Jonas Taylor in seinem Schlauchboot erhob und den Sender aus nächster Nähe in den schutzlosen Bauch des Tieres feuerte.

Das Megalodon schnellte rückwärts ins Meer zurück; seine Flutwelle schleuderte Jonas aus dem Boot. Er kam wieder an die Oberfläche und schwang sich rasch über die Reling der Jacht.

Seine Eingeweide bebten – alles um ihn herum drehte sich. Er brach auf allen vieren auf dem Deck zusammen und übergab sich.

FRÜHER MORGEN

Kein Mond, keine Sterne. Keine Welle regte sich. Bud stand an der Reling und wartete, während die Unterwasserscheinwerfer der ›Magnate‹ den Schiffsrumpf und das ihn umgebende Meer in helles Licht tauchten. Da kam das Flüstern wieder und strich um seine Ohren.

»Bud … bist du da?«

»Maggie? Maggie, wo bist du nur?« Bud beugte sich über die Reling und starrte auf das schwarze Meer. Jetzt werde ich verrückt, dachte er.

»Bud, Liebling, hilf mir bitte.« Schmeichelnd drang das Flüstern in seine Ohren.

»Mein Gott, Maggie, wo bist du?« Heiße Tränen liefen über seine Wangen. Er sah, wie ein Tröpfchen in den Ozean fiel.

Bud wartete. Er spürte die geheimnisvolle Aura emporsteigen. Und dann das Leuchten, gefolgt von der Schnauze, noch immer unterhalb der Wasseroberfläche schwebend. Die Kiefer klappten auf, die Worte schnitten in Buds Herz … »Bud, bitte, ich will nicht sterben.«

»*Maggie!*«

Die Schwester stürzte ins Zimmer und packte seinen Arm.

»Maggie! Maggie, nein …« Das Ungeheuer wandte sich ab, um in der Finsternis zu verschwinden. Bud stieß einen Schrei aus, der das Blut in den Adern gerinnen ließ.

Der Krankenpfleger drückte ihn zurück ins Bett, während die subkutane Spritze ihr Serum ausstieß. »Es ist ja alles gut, Mr. Harris«, sagte die Schwester mit sanfter Stimme, »es ist ja alles gut.« Der Krankenpfleger legte

Schlaufen um seine Handgelenke und Knöchel; dann schnallte er ihn fest.

Bud fiel aufs Deck zurück und starrte hilflos in den Himmel, während der graue Dunst der Dämmerung heranzog.

Bud schwanden die Sinne, während sich die Sonne über den Horizont erhob und das Zwitschern der Vögel ihm die Erlaubnis zum Schlafen zu geben schien. Das Meer war grau, die Wogen warfen die ›AG-I‹ in der Gischt auf und nieder. Er sah den Schwimmer, sah sein schwarzes Haar, seine mandelförmigen Augen. Es war D. J.

Das Tauchboot lag umgedreht im Wasser, alle Systeme waren ausgefallen. Jonas hing mit dem Kopf nach unten in den Gurten und wartete darauf, daß D. J. ihn herauszog. Er blickte in den Dunst hinab.

Das Leuchten erschien, das Maul, die Zähne. Langsam stieg es auf. Reglos hing Jonas da, starr vor Angst. Er wandte den Kopf und sah … Terry. Ja, es war nicht D. J.; D. J. war tot.

»So flieh doch, Terry!« schrie er auf. Terry lächelte. Das Ungeheuer öffnete sein Maul.

»Terry, neiiiiin!«

Das Klopfen ließ ihn hochfahren. »Terry?«

Es klopfte wieder, dreimal.

Jonas rollte sich vom Sofa, wobei sich das Glas Jack Daniels auf den Teppichboden ergoß. Taumelnd öffnete er die Tür.

»Masao.« Das helle Licht des Tages brannte in Jonas' Augen.

»Jonas, du siehst ja wirklich schlimm aus. Laß mich rein.«

Jonas trat beiseite.

»Hast du Kaffee?« Masao ging in die Küche.

»Hm, ja, Mas, auf einem der oberen Regale, glaube ich.«

Masao goß Kaffee auf und reichte Jonas einen Becher. »Hier, trink das, mein Freund. Es ist drei Uhr. Die Nacht ist längst vorüber, und das gilt auch für die Zeit der Trauer.«

Kopfschüttelnd ließ sich Jonas auf einen Stuhl am Küchentisch fallen. »Es ist vorbei. Es tut mir leid, Masao, aber ich kann nicht mehr.«

»Du kannst nicht mehr?« Masao baute sich vor seinem Freund auf, Auge in Auge. »Was kannst du nicht mehr?«

Jonas sah zu Boden. »Zu viele Menschen sind gestorben. Ich kann einfach nicht mehr weitermachen.«

Masao setzte sich. »Jonas, wir tragen eine Verantwortung. Das spüre ich, und ich weiß, daß auch du dir dessen bewußt bist.«

»Ich hab' das Interesse verloren, dieses Monster weiter zu jagen.« Jonas sah Tanaka in die Augen.

»Hmmm.« Masao schwieg. »Jonas?«

»Ja, Mas.«

»Kennst du Sun Wu?«

»Nein.«

»Er hat vor über 2500 Jahren ein Buch mit dem Titel *Die Kunst des Krieges* geschrieben. Dort sagt er folgendes: Kennst du weder den Feind noch dich selbst, wirst du bei jedem Kampf unterliegen. Kennst du dich selbst, aber nicht den Feind, wirst du für jeden Sieg auch eine Niederlage erleiden. Kennst du jedoch den Feind und auch dich selbst, brauchst du den Ausgang von hundert Kämpfen nicht zu fürchten. Verstehst du das?«

»Ich weiß nicht recht, Masao. Ich kann jetzt nicht gut denken.«

Masao legte seine Hand auf Jonas' Schulter. »Jonas, wer kennt dieses Tier besser als du?«

»Masao, das ist etwas anderes.«

Der ältere Mann schüttelte den Kopf. »Feind ist Feind.« Er erhob sich. »Aber wenn du unserem Gegner nicht entgegentreten willst, wird meine Tochter es tun.«

Jonas sprang auf. »Nein, Masao. Nicht Terry.«

»Terry kann die ›AG-I‹ steuern. Sie ist meine Tochter, und sie ist sich ihrer Verantwortung bewußt. Sie hat keine Angst.«

»Vergiß es, ich will's ja tun.«

»Nein, mein Freund, du hast schon recht, dies ist etwas anderes. D.J.s Tod darf nicht sinnlos bleiben. Unsere Familie wird diese Sache selbst zu Ende bringen.«

»In fünf Minuten bin ich angezogen.« Jonas stürzte ins Schlafzimmer, wo noch immer der Fernseher lief; eingestellt war nur ein Nachrichtensender. Man zeigte gerade die Unterwasseraufnahmen, die Maggie von ihrem Zylinder aus gemacht hatte.

»... nie dagewesene Aufnahmen, die ihr kurz vor ihrem Tod in den Fängen des Tieres gelangen. Maggie Taylor hat ihrem Beruf ihr Leben geopfert, doch diese unglaublichen Szenen sind ihr bleibendes Vermächtnis. Gestern fand eine öffentliche Trauerfeier statt, und Channel 9 wird heute abend um acht Uhr ein spezielles Feature zu Ehren von Mrs. Taylor senden.

Bleiben wir beim Thema. Soeben hat ein Bundesrichter entschieden, das Megalodon offiziell auf die Liste der geschützten Tierarten im Bereich der Monterey Bay zu setzen. Wir schalten live zum Bundesgericht.«

Jonas setzte sich auf die Bettkante und drehte lauter.

»... und ich hoffe, ihn vors Mikrophon zu bekommen. Da kommt er... Mr. Dupont, Mr. Dupont, hat es sie überrascht, wie schnell der Richter entschieden hat, das

Megalodon zu schützen, besonders angesichts der neuesten Attacken?«

André Dupont von der Cousteau-Gesellschaft stand neben seinem Anwalt, mehrere Mikrophone vor dem Gesicht.

»Nein, wir waren nicht überrascht. Das Gebiet von Monterey ist ein durch Bundesgesetze geschützter Meerespark, der allen Lebewesen Zuflucht gewähren soll, vom kleinsten Otter bis zum größten Wal. Es befinden sich noch andere Meeresräuber im Park, wie etwa der Schwertwal und der weiße Hai. Jedes Jahr erleben wir Angriffe weißer Haie auf Sporttaucher und Surfer, doch sind dies isolierte Vorkommnisse. Untersuchungen haben gezeigt, daß der weiße Hai Surfer gelegentlich für Robben hält. Ansonsten steht der Mensch nicht auf dem Speisezettel des weißen Hais, und auch das Megalodon dürfte kein großes Interesse an uns haben. Nach dieser Entscheidung ist es für uns von noch größerer Bedeutung, *Carcharodon megalodon* umgehend auf die Liste der vom Aussterben bedrohten Tierarten setzen zu lassen, damit es auch in internationalen Gewässern geschützt ist.«

»Mr. Dupont, was hält die Cousteau-Gesellschaft vom Vorhaben des Tanaka-Instituts, das Megalodon zu fangen?«

»Unsere Gesellschaft ist der Meinung, daß alle Lebewesen das Recht haben, in ihrem natürlichen Habitat zu leben und zu gedeihen. Hier haben wir es jedoch mit einer Spezies zu tun, deren Kontakt mit dem Menschen von der Natur nie beabsichtigt war. Die Tanaka-Lagune ist sicherlich groß genug, um ein Tier dieser Dimension aufzunehmen, weshalb wir der Meinung sind, daß es im Interesse aller Beteiligten sein dürfte, das Megalodon einzufangen.«

Der Moderator erschien auf dem Bildschirm.

»David Adashek, unser Mann vor Ort, hat eine vorläufige Umfrage durchgeführt, um festzustellen, wie die Stimmung auf der Straße ist. David?«

»Unser Mann vor Ort?« Jonas stand auf und fühlte, wie er blaß wurde. »Dieser Typ arbeitet für Maggies Sender? Ach, Maggie…«

»… die Meinung scheint zugunsten des Planes auszuschlagen, das Ungetüm einzufangen, das das Leben so vieler mutiger Menschen vernichtet hat, darunter das meiner guten Freundin Maggie Taylor. Was mich betrifft, so habe ich den Eindruck, daß dieses Tier eine Bedrohung darstellt; ich habe auch mit mehreren Biologen gesprochen, die meinen, es habe einen Geschmack für Menschen entwickelt. Das aber bedeutet, daß wir weitere grausige Todesfälle zu erwarten haben, besonders nach der heutigen Gerichtsentscheidung. David Adashek, Channel 9 News.«

Ein Druck auf den roten Knopf der Fernbedienung, und der Bildschirm erlosch. Reglos saß Jonas auf der Bettkante und versuchte, die Bruchstücke zusammenzusetzen, die er gerade aufgenommen hatte.

Mein Gott, dachte er, was habe ich nur getan, daß du so bitter und so unglücklich geworden bist? Im Herzen aber wußte er es schon: die unzähligen Arbeitsstunden, die Reisen, die endlosen Nächte, die er allein in seinem Zimmer damit verbracht hatte, seine Bücher zu verfassen. Tränen strömten über seine Wangen. »Es tut mir ja so leid, Maggie, so unendlich leid.« In diesem Augenblick spürte Jonas mehr Liebe zu seiner Frau als je in den vorangegangenen zwei Jahren.

Das Geräusch der Autohupe riß ihn aus seinen Gedanken. Er wusch sich die Tränen vom Gesicht, griff seine Reisetasche und stopfte Kleidung für ein paar Tage hinein. Dann zog er seine Sporttasche heraus, in der schon sein Tauchanzug lag. Jonas sah hinein, um sicherzugehen, daß auch sein Amulett da war. Ein paar Sekunden wog er das dunkle, 18 Zentimeter lange Fossil in der Hand. Es war so lang und breit wie seine Handfläche. Er ließ den Zahn über seine Finger gleiten, um die scharfen, gezackten Ränder zu spüren.

»15 Millionen Jahre alt, und immer noch so scharf wie das beste Messer.« Jonas steckte den Zahn wieder in den Lederbeutel, ließ ihn in die Sporttasche fallen und schulterte die beiden Gepäckstücke.

Er sah in den Spiegel. »Na schön, Dr. Taylor. Die Zeit des Trauerns ist vorbei. Jetzt muß dein Leben weitergehen.«

Jonas trat aus der Tür. Masao Tanaka wartete.

VERGNÜGUNGSFAHRT

Zwei lange Tage und Nächte durchstreiften die ›Kiku‹, ihr Helikopter und drei Schiffe der Coast Guard das Schutzgebiet der Monterey Bay in der Hoffnung, das Signal des Senders aufzufangen. Das in die Haut des Megalodons implantierte Gerät besaß eine Reichweite von bis zu fünf Kilometern, wobei das Signal um so stärker wurde, je näher der Empfänger kam. Doch auch als über 600 Kilometer Küstengewässer durchkämmt waren, war kein Signal zu entdecken gewesen.

Hunderte von Walen zogen südwärts durchs Schutzgebiet, ohne daß die Herden irgendwelche auffälligen Kurswechsel vornahmen. Am dritten Tag gab die Coast Guard die Suche auf, weil die Verantwortlichen der Meinung waren, entweder habe das Megalodon die kalifornische Küste verlassen oder der Sender sei außer Funktion.

Zwei weitere Tage vergingen, und selbst die Mannschaft der ›Kiku‹ begann allmählich, jede Hoffnung zu verlieren.

Rick und Naomi Morton waren zur Feier ihres zehnten Hochzeitstags nach San Francisco gereist, froh, für eine Weile dem kalten Wetter von Pittsburgh und ihren drei Kindern entronnen zu sein. Die beiden hatten noch nie einen lebendigen Wal gesehen, so daß die Idee, den Jubiläumstag mit einer Wal-Safari zu verbringen, durchaus verlockend schien. Gehüllt in einen gelben Regenmantel und beladen mit Videokamera, Fernglas und seiner guten alten 35-Millimeter-Kamera, folgte Rick seiner Frau an Bord der ›Capt'n Jack's Whale-Watcher‹, einem 13 Meter langen Ausflugsboot, das am Pier der Monterey Bay lag. Das Ehepaar wählte einen Platz am Heck und wartete ungeduldig darauf, daß die 27 weiteren Passagiere ihre Plätze auf den Holzbänken einnahmen.

Das Erscheinen des Megalodons hatte den Wal-Safaris rund um die Monterey Bay anfänglich das Geschäft verdorben, doch allmählich waren die Touristen zurückgekehrt, vor allem, weil man den Räuber nahezu eine Woche nicht mehr gesehen hatte und weil er ohnehin ausschließlich bei Nacht aufgetaucht war. Was die Betreiber der Ausflugsboote betraf, so hatten sie einmütig beschlossen, lieber alle Fahrten bei Sonnenuntergang abzusagen, als eine Konfrontation mit dem Riesenhai zu riskieren.

»Meine Damen und Herren«, verkündete ein gutaussehender Rotschopf in einer weißen Seemannsuniform, »willkommen an Bord von Captain Jack's Boot. Heute wird Ihnen wirklich was geboten. Die Buckelwale haben uns schon den ganzen Vormittag eine tolle Show geboten, also halten Sie Ihre Videokameras bereit!«

Das Boot tuckerte aufs Meer hinaus. Blauer Abgasdunst brachte die am Heck sitzenden Passagiere zum Husten.

Eine Männerstimme dröhnte aus den Lautsprechern. »Leute, jetzt wird's wirklich aufregend! Zu Ihrer Linken sehen Sie ein Rudel Orcas.« Mit gezückter Kamera strömten alle nach Backbord. »Der Orca, auch als Schwert- oder Killer-Wal bekannt, ist ein außergewöhnlich intelligenter Jäger. Er schafft es, Wale zu töten, die ein Vielfaches seiner Größe erreichen. Sieht aus, als würden wir diese Orcas inmitten eines Beutezugs erwischen.«

Rick richtete sein Fernglas auf das Rudel schwarzer Rückenflossen, das in weniger als 200 Metern Entfernung parallel zum Boot durchs Wasser zog. Es waren mindestens 30 Schwertwale, von denen sich zehn um ein kleineres Objekt sammelten, während der Rest im Umkreis blieb, um auf seine Chance zum Angriff auf die Beute zu warten. Rick folgte der Meute mit den Augen, fasziniert von ihrer Kampftaktik. Und dann sah er das Opfer: vollständig weiß, die einen Meter lange Rückenflosse schon halb abgebissen, während das Rudel weiterhin an seiner Haut zerrte.

Das männliche Megalodon-Junge schoß an der Wasseroberfläche entlang, von den unter ihm schwimmenden Angreifern am Abtauchen gehindert. Ein Rudel von sechs Schwertwalen hatte das Tier beim Jagen vor den Farallon-Inseln aufgespürt. Seither hatten sich zwei größere Gruppen Wale angeschlossen. Das Ziel der Meeressäuger war simpel: Das Megalodon-Junge sollte nicht am Leben bleiben.

Mit furchterregender Geschwindigkeit und Kraft stürzten sich die Orca-Männchen auf das Junge, um mit scharfen Zähnen Fleischfetzen aus ihrem kleineren Opfer zu reißen. Das Junge wehrte sich mit seinen ihm eigenen Waffen und erwischte einen Wal an der Brustflosse, die es mitten durchriß. Dann aber war der Kampf vorbei: Zwölf Orca-Männchen, jedes gut über sieben Meter lang, zerfetzten den Leib des Megalodons, um die Herrschaft des zukünftigen Königs der Meere schon im Keim zu ersticken.

Bud Harris sammelte seine Habseligkeiten ein und stopfte sie in eine braune Papiertüte, die ihm der Krankenpfleger besorgt hatte. Unrasiert und ungewaschen, war der einst so selbstbewußte Unternehmer nur noch ein Schatten seiner selbst. Zutiefst betroffen vom Tod seiner Geliebten, den er aus nächster Nähe hatte mit ansehen müssen, litt Bud an einer durch Mangel an Tiefschlaf hervorgerufenen Erschöpfung. Die Erinnerungen an das furchtbare Erlebnis manifestierten sich in seinem Unterbewußtsein nun in Form von nächtlichen Halluzinationen. Erschreckender als der schlimmste Alptraum, waren diese Erscheinungen grausame Todesphantasien. In den vorangegangenen fünf Nächten hatte Bud schauderhafte Schreie ausgestoßen, die den vierten Stock im Westflügel des Krankenhauses erschütterten. Selbst wenn es die verzweifelten Schwestern geschafft hatten, ihn aufzuwecken, schrie er mit den Fäusten um sich schlagend weiter. Nach der zweiten Episode mußten ihn Krankenpfleger an seinen Handgelenken und Knöcheln ans Bett binden, während er schlief.

Bud Harris war es gleichgültig geworden, ob er lebte oder starb. Er fühlte sich in seinem Schmerz alleingelassen, zeigte keinerlei Interesse an Nahrung und hatte Angst, einzuschlafen. In ihrer Besorgnis hatten seine Ärzte einen Psychiater herangezogen, der vermutet hatte, ein Tapetenwechsel könnte dem Patienten wohl von Nutzen sein. Und so beschloß man, Bud zu entlassen.

Die Krankenschwester kam ins Zimmer, um ihren teilnahmslosen Patienten per Rollstuhl aus dem Krankenhaus zu geleiten. »Mr. Harris, wartet unten jemand auf Sie?« erkundigte sie sich.

»Nein.«

»Also, Sir, eigentlich darf ich Sie gar nicht entlassen, wenn niemand Sie abholt.«

»Wir holen Mr. Harris ab.« Ein älterer Mann trat ins Zimmer, gefolgt von seinem etwas jüngeren Begleiter. »Mr. Harris, es freut mich, Sie kennenzulernen. Ich bin Dr. Frank Heller, und das ist mein Partner, Marinekapitän a. D. Richard Danielson.« Heller streckte die Hand aus.

Bud ignorierte sie und sah statt dessen die Krankenschwester an. »Ich weiß nicht, wer diese Leute sind, und um die Wahrheit zu sagen, ist es mir auch scheißegal. Bringen Sie mich hier raus, verdammt noch mal.« Die Schwester schob Bud aus dem Zimmer, Danielson und Heller auf den Fersen.

»Warten Sie doch, Mr. Harris, wir haben über eine äußerst wichtige Angelegenheit zu sprechen …« Heller überholte den Rollstuhl und trat ihm in den Weg. »Nur eine Sekunde, Mr. Harris. Wie ich gehört habe, wurde Ihre Freundin Maggie Taylor von diesem Megalodon getötet. Mein Bruder Dennis ist von demselben Monster hingerichtet worden.«

Bud sah auf. »Mein Beileid. Aber im Moment bin ich selbst ziemlich beschissen dran. Wenn Sie mich also entschuldigen könnten …«

»Augenblick«, mischte sich Danielson jetzt ein. »Dieses Ding hat eine Menge Leute umgebracht, und wir brauchen Ihre Hilfe, um es zu erledigen. Wir dachten daher, Sie wären vielleicht daran interessiert, an einem kleinen Rachefeldzug teilzunehmen.« Danielson warf Heller einen Blick zu. »Aber vielleicht haben wir uns getäuscht.«

Der Gedanke, das Megalodon zu töten, schien in Bud einen Funken zu entzünden. Er sah Danielson zum ersten Mal ins Gesicht. »Hören Sie, Freundchen, dieses Monster hat mein Leben zerstört. Es hat mir den einzigen Menschen genommen, der mir jemals wichtig war, hat ihn direkt vor meinen Augen zu Tode gequält. Wenn Sie ernsthaft vorhaben, dieses Ding umzubringen, bin ich dabei.«

»Gut«, sagte Heller, »dann brauchen wir Ihr Boot.«

Bud schüttelte den Kopf. »So bin ich schon das erste Mal in diesen Schlamassel geraten.«

Der männliche Buckelwal sprang aus dem Wasser und drehte seinen 41 000 Kilo schweren Körper in der Luft, um sich unter donnerndem Getöse auf dem Rücken in den blauen Pazifik zurückfallen zu lassen. In 200 Metern Entfernung klatschten die Teilnehmer der Wal-Safari voll Begeisterung.

»Wahnsinn! Rick hast du das aufgenommen?« fragte Naomi.

»Klar.«

»Mach weiter, okay?«

»Naomi, ich hab' schon zwei Kassetten voll, jetzt laß mich mal verschnaufen.«

Mehrere Minuten lang erschienen keine weiteren Wale. Dann zeigten sich Strudel im Wasser, deren Bewegung das Boot hob und es auf und ab schaukeln ließ.

»Da kommt was nach oben«, verkündete die Tour-Begleiterin. »Halten Sie Ihre Kameras bereit.« Unisono hoben sich 20 Videokameras.

Der Meeressäuger durchbrach die Oberfläche, klatschte auf seinen Bauch und blieb bewegungslos im Wasser liegen. Stille. Nichts bewegte sich, während der Wal auf dem Wasser trieb. Dann aber drehte sich sein Körper und eine klaffende, dreieinhalb Meter breite Wunde wurde sichtbar.

Die Touristen hielten wie auf Kommando den Atem an.

»Ist er tot?«

»Was hat ihn umgebracht?«

»Ist das denn eine Bißspur?«

Und dann stieg etwas unter dem toten Buckelwal aus der Tiefe. Der Kadaver hob sich über einen Meter, dann wurde der gesamte, 41 Tonnen schwere Meeressäuger unter Wasser gezogen.

Auf dem Boot erklangen Schreie.

Der Kadaver kam wieder an die Oberfläche. Blut rauschte aus einer kratergroßen Wunde am Rücken des toten Wals. Das Meer färbte sich tiefrot.

Der Kapitän des Ausflugsboots geriet in Panik. Er ließ seine Motoren aufheulen und ging in eine scharfe Kurve, so daß die Fliehkraft die Hälfte seiner Passagiere von ihren Bänken schleuderte. Die Touristen schrien auf, ohne zu wissen, was geschah.

15 Meter unter ihnen spürte der Räuber die plötzlichen Vibrationen.

Die ›Kiku‹ lag 13 Kilometer östlich des Tanaka-Instituts vor Anker. Der größte Teil der Besatzung schlief noch, erschöpft von der Patrouille der vergangenen Nacht. Auf einem der Liegestühle des Oberdecks räkelte sich Terry Tanaka im weißen Bikini in der Sonne. Das Sonnenöl glänzte auf ihrer dunklen Haut. Jonas saß im Schatten und versuchte, seine Zeitung zu lesen, doch sein Blick wanderte ständig zu der jungen Frau zurück.

»Ist Ihnen nicht kalt, Terry?«

Sie lächelte. »Es ist ganz warm hier in der Sonne. Versuchen Sie's doch auch mal; ein bißchen Bräune würde Ihnen ganz guttun.«

»Wenn diese Sache hier vorbei ist, nehme ich vielleicht ein bißchen Urlaub, um mich irgendwohin zurückzuziehen. Vielleicht auf eine tropische Insel.« Jonas lächelte. »Wollen Sie mitkommen?«

Terry setzte sich auf. »Ja, klar.«

Jonas konnte sehen, daß es dem Mädchen ernst war. Sein Tonfall veränderte sich. »Würden Sie wirklich mitkommen?«

Terry nahm ihre Sonnenbrille ab und sah Jonas direkt in die Augen. »Versuch's einfach mal mit mir, Jonas. Du wirst nicht enttäuscht sein.«

»Jonas Taylor, sofort zur Kommandozentrale«, dröhnte eine metallische Stimme über das Schiff.

Jonas erhob sich, unsicher, was er erwidern sollte.

»Hey, wart auf mich.« Sie schlüpfte in einen Jogginganzug und lief vor ihm die Treppe hinunter. »Also, wo wollen wir in Hawaii wohnen?« hörte Jonas Terry über die Schulter rufen.

DeMarco erwartete ihn im Ruderhaus. »Jonas«, sagte er, »wir haben soeben einen Notruf von einem Ausflugsboot aufgefangen. Es liegt nicht weit von hier. Sieht aus, als sei das Meg wieder aufgetaucht!«

»Bei strahlendem Tageslicht? Wie ist denn so was möglich?« Die Antwort schoß ihm durch den Kopf, kaum daß er seine Frage beendet hatte. »Moment mal... es ist jetzt blind. Nun kommt es nicht mehr darauf an. Verdammt, wie hab' ich nur so blöd sein können?«

»Das Monster ist blind?« fragte Terry.

»Ja und nein, Terry. Seine Sicht könnte...«

»Jonas, Masao braucht dich in der Zentrale, und zwar sofort!« kommandierte DeMarco.

Jonas und Terry folgten dem Ingenieur in den dunklen Raum, während die ›Kiku‹ die Anker lichtete. Fast im selben Moment wühlten die beiden Schrauben das Wasser auf.

Masao beugte sich über den am Sonar sitzenden Mann und blickte angestrengt auf den grün fluoreszierenden Bildschirm. »Wo ist er?« wollte er zum vierten Mal in der vergangenen Viertelstunde von Pasquale wissen.

»Sir, tut mir leid, aber wir sind noch immer nicht in Reichweite des Senders.«

»Wie weit ist es noch?«

Der Angesprochene drückte seine Nasenflügel zusammen, um sich zu beruhigen. »Wir befinden uns ungefähr zwölf Seemeilen südwestlich des Orts, von dem der Notruf ausging. Wie schon gesagt, Sir, hat das Signal nur eine Reichweite von drei Meilen.«

»Jonas!« In Masaos Gesicht war die Anstrengung der letzten Tage erkennbar. »Jonas, was geht da vor sich? Du hast doch gesagt, das Monster könnte nur bei Nacht nach oben kommen.«

»Ich habe mich geirrt, Masao. Ich hatte nicht damit gerechnet, daß das Megalodon womöglich völlig erblindet ist. Es war mir zwar bewußt, daß Mac mit seinem Scheinwerfer ein Auge verletzt hat, aber nicht, daß ich schon damals im Sturm das andere Auge geblendet haben könnte.«

»Also ist das Ungeheuer blind. Das ist gut«, sagte Masao lächelnd. »Oder etwa nicht?«

»Eher nicht«, erwiderte Jonas. »Wenn das Meg tatsächlich hochgekommen ist, bedeutet das, daß es nicht nur blind ist, sondern auch seine Angst vor UV-Strahlen überwunden hat. Und wenn ein Megalodon die Sicht verliert, ist das etwas ganz anderes, als wenn du oder ich das Augenlicht verlieren würden. Du mußt dir klar machen, daß dieses Tier über sieben weitere Sinnesorgane verfügt, die alle außerordentlich leistungsfähig sind. Es kann niedere Frequenzen – besonders klatschende Geräusche – auf eine Entfernung von zumindest mehreren Kilometern hören. Und es kann einen Tropfen Blut, Schweiß oder Urin in hundertmillionenfacher Verdünnung riechen, und zwar bis zu 80 Kilometer vom Ursprungsort entfernt. Seine Nasenlöcher sind richtungssensibel, was bedeutet, daß das Meg in die Richtung schwimmt, aus der der stärkste Geruchsreiz kommt. Dazu kommen das Seitenlinienorgan und die Lorenzinischen Ampullen, mit denen der Hai Druckwellen und elektrische Impulse auffangen kann. So kann er sich besser auf ein Ziel hin orientieren als der modernste Torpedo. Und schließlich kann er Objekte auch berühren und schmecken. Angesichts der Tatsache, daß dieses Megalodon-Weibchen den größten Teil seines Lebens in vollkommener Dunkelheit verbracht hat, dürfte es mit seinem Augenlicht wahrscheinlich seinen unwichtigsten Sinn verloren haben. Wenn überhaupt, wäre das eine ziemlich geringfügige Behinderung. Mit anderen Worten«, fuhr Jonas fort, »haben wir es noch immer mit dem furchterregendsten Räuber zu tun, den die Natur je hervorgebracht hat und der sich jetzt nicht mehr darauf beschränken muß, bei Nacht an die Oberfläche zu kommen. Ich würde sagen, die Sache ist nur noch schlimmer geworden.«

»Sir, jetzt hab' ich ein Signal auf dem Sonar!« rief Pasquale aufgeregt. Jonas, DeMarco und Masao stürzten an seine Konsole. »An dieser Linie hier, ganz schwach. Moment, jetzt kann ich ihn auch hören ... wiederum ganz schwach.« Er legte die Hand über seinen Kopfhörer. »Jetzt wird es lauter ... Da ist er ja, auf meinem anderen Monitor.« Er deutete auf einen zweiten Bildschirm. Der rote Punkt erschien, während das fluoreszierende grüne Wellenband gegen den Uhrzeigersinn über den Monitor kreiste.

»Wo will er hin, Pasquale?« Nun beugte sich auch Kapitän Barre gespannt über die Konsole.

»Sieht aus, als würde er von uns wegschwimmen. Jetzt ist er ungefähr zwei Meilen östlich von hier«, antwortete der Mann am Sonar.

»Gut gemacht; bleib dran.« Barre schlug ihm anerkennend auf die Schulter. »Ruder: fünf Grad nach Steuerbord, runter auf zehn Knoten. Wo ist Ihr Pilot, Dr. Taylor?«

»Da bin ich schon.« Mac kam hereingetaumelt, noch halb im Schlaf.

»Mac, wir haben das Megalodon geortet. Bist du bereit zum Abflug?« fragte Jonas.

Mac rieb sich die Augen. »Klar, Doc. Laß mir bloß 30 Sekunden für 'nen Schluck Kaffee.«

»Jonas, Alphonse, auf eure Posten!« kommandierte Masao. »Mac ...«

»Bin schon unterwegs.« Mac verschwand durchs Ruderhaus. Wenig später hob sein Hubschrauber vom Deck der ›Kiku‹ ab.

Die Teilnehmer der Wal-Safari konnten nun deutlich die noch immer gut drei Kilometer entfernte Küste erkennen. Die Tour-Begleiterin saß deprimiert auf ihrem Stuhl, ihr rotes Haar nach dem Manöver des Kapitäns klatschnaß.

»Miss, warum fahren wir zurück?« fragte Naomi. »Bekommen wir unser Geld wieder?«

»Ma'am, ich bin nicht sicher, was …«

Rummms. Ein Aufprall schleuderte das rothaarige Mädchen von seinem Stuhl brutal aufs Deck. Schreie erhoben sich. Naomi packte Ricks Arm und klammerte sich mit beiden Händen daran so fest, daß sich ihre Fingernägel in sein Fleisch gruben.

Das Megalodon hatte seine potentielle Beute mit einem kräftigen Stoß gegen den Rumpf erforscht. Es wußte nun, daß es sich nicht um Nahrung handelte. So stieß es wieder ins offene Wasser vor, um zu den Resten des erlegten Wals zurückzukehren. Von diesem großen Tier ging wohl keine Bedrohung aus.

Dem Kapitän war klar, daß sein Boot angegriffen worden war. Er packte sein Steuerrad und begann, einem wilden Zickzackkurs zu folgen. Der Bug des Boots krachte abwechselnd links und rechts in die knapp einen Meter hohen Wellen.

Das Megalodon wurde langsamer. Die neuen Vibrationen waren etwas anderes. Jetzt war das Tier verwundet. Instinktiv warf sich der Hai herum, stieg an die Oberfläche und stürzte sich erneut auf seine Beute.

»Jonas, kannst du mich hören?«

»Nur weiter, Mac!« brüllte Jonas in sein Funkgerät. Er stand mit DeMarco am Heck, bereit, das auf dem Deck montierte Harpunengeschütz einzusetzen.

»Ich bin jetzt ungefähr 60 Meter über dem Boot. Die Sicht ist schlecht, weil das Wasser spiegelt. Moment, ich werde mal 'nen anderen Winkel ausprobieren.« Mac drehte den Helikopter südwärts, um auf die rechte Seite des Boots zu gelangen. Sein Wärmesuchgerät war jetzt am Tage nutzlos. »Ach du Scheiße, da ist er...«

»Wo, Mac?«

»Direkt hinter dem Heck des Ausflugsboots. Verdammt, er muß doppelt so groß sein wie der Kahn da unten.«

Die ›Kiku‹ fuhr nun im Kielwasser des kleineren Boots, zu dem sie immer weiter aufschloß.

»DeMarco«, brüllte Jonas in den Wind, »sag Barre, er soll uns längsseits bringen. Aus diesem Winkel kann ich keinen Schuß riskieren – wenn ich danebentreffe, erwischt es einen Passagier!«

DeMarco wiederholte den Befehl in sein Telefon, das ihn direkt mit dem Ruderhaus verband. Die ›Kiku‹ drehte hart nach Steuerbord und begann, das kleinere Boot zu überholen.

Jonas schwenkte das Harpunengeschütz auf dem Sockel gegen den Uhrzeigersinn und stellte die Zielvorrichtung scharf. Das Deck der ›Kiku‹ lag gut sieben Meter höher als das des Touristenboots. Gerade als dieses seinen Zickzackkurs aufnahm, löste Jonas die Sicherung.

»Mac, wo ist er?« brüllte er in sein Mikrophon.

»Er kommt in einem irren Tempo hoch. Mach dich bereit.« Die ›Kiku‹ raste längsseits des Touristenboots durchs Wasser, sechs Meter von der Beute des Megalodons entfernt.

Rick Morton sah von seinem Platz am Heck aus, wie die einstige Marinefregatte auf das Ausflugsboot zuschoß. Der weiße Bug der ›Kiku‹ erhob sich neben dem kleineren Boot riesenhaft aus dem Meer und warf eine meterhohe Flutwelle gegen den Rumpf der ›Capt'n Jack‹.

»Laß los, Naomi, ich will das Schiff da filmen.« Seine Frau lockerte ihren Griff um seinen Arm und umklammerte die Hüften ihres Mannes, während das Boot einen neuen Haken schlug.

Gerade als Rick die Videokamera hob, erschien ein neues Objekt im Sucher. Zuerst glaubte Rick, den hoch aufragenden Bug der Fregatte vor dem Objektiv zu haben, so weiß und dreieckig war das Ding. Dann stellte sich sein Autofokus scharf, und die Kamera fiel ihm aus den Händen.

Naomi schrie auf. Weitere Passagiere drehten sich um und stimmten ein. Kopf und Rumpf des Megalodons hatten sich fünf Meter über die ›Capt'n Jack‹ erhoben, um mit voller Wucht auf ihr Heck herabzudonnern. Die beiden Schraubenwellen brachen wie morsche Zweige, das Heckwerk zerschellte in tausend Splitter Fiberglas.

Rick und seine Frau wurden von ihrer Bank gerissen und an der dem Rumpf der ›Kiku‹ abgewandten Seite in den Pazifik geschleudert. Das kalte Wasser schnitt schmerzhaft in ihre Haut, während das Kielwasser über ihre Köpfe hinwegtoste.

Rick zog Naomi nach oben, bis ihre Köpfe aus dem Wasser ragten. Seines Antriebs beraubt, war das Ausflugsboot nahezu zum Stillstand gekommen. Gelähmt vor Angst und Entsetzen sahen die beiden, wie das Ungeheuer den Kopf vom Bootsdeck rollte, um sich ihnen zuzuwenden.

Naomis Schrei zerriß die Luft. Rick hielt sie fest umarmt und schloß die Augen.

Jonas drückte ab. In einer Rauchwolke schoß die Harpune aus der Kanone, das daran befestigte Stahlseil mit sich reißend. Dann bohrte sich das Projektil gut einen Meter tief ins Fleisch des Megalodons, nur Zentimeter von der Rückenflosse entfernt. Ein Schauer durchlief das

Ungeheuer. Es bäumte sich auf und peitschte mit dem Kopf gegen die anpreschende ›Kiku‹, die nach Steuerbord schlingerte. DeMarco spürte, wie er in die Luft gehoben wurde und über Bord flog. Jonas stürzte ihm nach und konnte gerade noch rechtzeitig mit beiden Händen seinen rechten Knöchel fassen, bevor er über der Reling verschwand. Zu allem entschlossen hielt er fest, während er selbst übers Deck schlidderte.

Die Reling hielt ihn auf. Er zog DeMarco nach oben und drehte ihn, so daß er seine Kniekehlen um das Geländer schließen konnte. Eine von DeMarcos Händen erschien, schloß sich um die eiserne Stange und zog an.

DeMarcos Gesicht war hochrot, die Augen quollen aus den Höhlen. »Verdammte Scheiße«, keuchte er, »das war 'ne gute Reaktion.«

Rummms. Das Meg rammte seinen Kopf von Backbord in den Rumpf der ›Kiku‹, so daß sich die Stahlplatten verformten. Jonas und DeMarco fielen taumelnd aufs Deck.

»Hart Steuerbord«, knurrte Kapitän Barre, während er sich vom Boden der Kommandozentrale aufrappelte. »Masao, wann macht dieser Hai denn endlich schlapp, verdammt noch mal?«

»Ich habe keine Ahnung, Léon. Bring uns auf jeden Fall von diesem Ausflugskahn da weg.«

»Dann also raus aufs Meer!« brüllte Barre.

Wild mit den Beinen tretend, zerrte Rick seine Frau auf das ramponierte Ausflugsboot zu. Ein Passagier packte ihn am Handgelenk, weitere Hände zogen ihn und Naomi an Bord. Dann fielen Decken über das Paar, das sich fest umklammert hielt.

90 Meter über dem Pazifik sah Mac, wie die ›Kiku‹ aufs offene Meer zuraste, das Megalodon im Kielwasser. Dann verschwand der Hai in der Tiefe. Einen Augenblick lang war das im Wasser schwebende Stahlseil noch zu sehen, doch dann wurde es nach unten gerissen. Von neuem stieg der dreieckige Kopf empor, um in den Bug der Fregatte zu krachen.

»Jonas, ist bei euch drunten alles in Ordnung?«

»Ja, Mac, aber das Ding setzt uns ganz schön zu.«

»Ich hab' die Coast Guard angefunkt, sie soll die Touristen da hinten aufnehmen. Wie wär's, wenn ihr den Hai weiter aufs offene Meer hinaus locken würdet?«

»Okay. Kannst du ihn denn noch sehen?« fragte Jonas.

Schweigen.

»Mac, hörst du mich?«

»Jonas, er ist verschwunden.«

Jonas stürzte in die Kommandozentrale, während DeMarco an der Winsch blieb. »Pasquale, siehst du, wo er ist?« brüllte Jonas.

Der Mann am Sonar horchte angestrengt auf das Signal in seinem Kopfhörer. »Ich glaube, er ist abgetaucht.«

Jonas sah auf den Herzmonitor, der seine Daten von dem noch immer im Leib des Megalodons implantierten Sender erhielt. »Verdammt, 212 Schläge pro Minute. Sieht ganz so aus, als würde er nicht allzu gut auf das Beruhigungsmittel reagieren.« Er hob das Schiffstelefon ab.

»DeMarco, wieviel Seil hat er schon abgespult?«

»Ungefähr 120 Meter. Soll ich die Winsch schon …«

»Jetzt kommt er hoch«, schrie der Mann am Sonar. »Festhalten!«

Sekundenlange Stille.

Rummms! Von unten getroffen, hob sich die ›Kiku‹, um schauderhaft schlingernd zurück ins Meer zu krachen.

»Ich hab' den Eindruck, daß wir ihn verärgert haben«, flüsterte Jonas.

»Er wird mein Schiff in Stücke reißen!« schrie Barre. Er griff zu seinem Telefon. »Maschinenraum ...«

»Captain, wir haben hier Probleme«, meldete sich sein Maschinist. »Können Sie runterkommen?«

»Bin schon unterwegs.« Barre winkte ein anderes Besatzungsmitglied ans Steuer. Er hielt kurz inne, um Jonas einen wütenden Blick zuzuwerfen, bevor er im Treppenschacht verschwand.

»Jonas!« Terry tauchte von unten auf und drückte sich am Kapitän vorbei. »Werden die Drogen jemals Wirkung zeigen?«

Jonas starrte auf den Monitor. »Das haben sie wohl schon getan.«

Das Hirn des Megalodons loderte, sein Blut kochte. Längst war sein Pulsschlag außer Kontrolle geraten. Die Sinnesorgane des Räubers waren überwältigt von dem Irrsinn, den die gewaltige Dosis Pentobarbital verursacht hatte. So konnte er nicht anders, als seinem letzten Instinkt zu folgen – und der befahl ihm, seinen Feind zu attackieren.

Nachdem er 450 Meter in die Tiefe geschossen war, wirbelte der Riesenhai herum und raste wieder auf die Wasseroberfläche zu. Der sichelförmige Schwanz peitschte hin und her, so daß das Ungeheuer wie ein weißer Schatten emporstach. Als es die Vibrationen des durch die Wellen schneidenden Bugs der ›Kiku‹ spürte, korrigierte das Megalodon seinen Kurs und rammte den Feind – das Vorderteil des Schiffsrumpfs.

Hätte das Megalodon den flachen Kiel der ›Kiku‹ getroffen, wäre das Schiff fraglos innerhalb weniger Minuten gesunken. Sein Angriff galt jedoch dem Bug, so daß die Energie der Kollision nach außen gelenkt wurde. Der Aufprall raubte dem Koloß die Sinne und ließ seinen Pulsschlag so stark absinken, daß sowohl Pentobarbital wie Ketamin rasch Wirkung zeigten und sein zentrales Nervensystem blockierten.

»Herzfrequenz soeben auf 83 Schläge pro Minute gefallen«, meldete Jonas. »Ich kann nicht sicher sagen, ob das normal ist, aber die Mittel zeigen Wirkung.« Er stand auf und griff zum Telefon. »Wir haben nicht viel Zeit.«

»Was sollen wir jetzt tun, Jonas?« fragte DeMarco.

»Hol sofort das Seil ein. Das Meg verliert sein Bewußtsein, und die ›Kiku‹ muß es rasch ins Schlepptau nehmen, bevor es absinkt und erstickt. Terry, laß entlang des Hecks das Netz ins Wasser; ich nehme jetzt den Gleiter, um es unter unserem neuen Passagier durchzuführen.«

Terry runzelte die Stirn. »Jonas, wie kannst du dir bloß sicher sein ...«

»Terry, wir haben nicht viel Zeit.« Er packte ihre Schultern und sah ihr direkt in die Augen. »Es wird mir nichts geschehen. Komm jetzt.«

Terry folgte ihm aufs Deck.

Das Megalodon verlor allmählich jedes Gefühl in seiner Schwanzflosse. Es wurde langsamer, bis es schließlich fast bewegungslos 350 Meter unterhalb der ›Kiku‹ im Wasser trieb.

DeMarco und sein Assistent Steve Tabor standen am Heck, den Blick auf die Winsch geheftet, die das Stahlseil aufspulte.

»Mach langsamer, sobald wir auf 300 Meter sind«, ordnete DeMarco an, »wenn wir Widerstand spüren, sicherst du das Seil. Dann holen wir das Monster ein!« De-

Marco blickte nach rechts. Die ›AG-I‹ hing in ihrer Halterung, und Jonas machte sich im Schutzanzug bereit, hineinzuklettern.

»Jonas!« Terry trat nah an ihn heran, zog seinen Kopf an ihren Mund und flüsterte ihm ins Ohr: »Vergiß bloß unseren Urlaub nicht, okay?«

Jonas lächelte sie an, dann kroch er auf allen vieren in das Ein-Mann-Tauchboot. Er schob sich vor, bis sein Kopf in der durchsichtigen Lexan-Kuppel sichtbar wurde. Noch während er in das Gurtwerk schlüpfte, spürte er, wie das Boot vom Deck gehoben wurde, über die Reling schwang und im Pazifik versank. Jonas schnallte sich fest, in seinen Gedanken noch bei Terry und ihrem Bikini.

»Laß jetzt den Quatsch, du Idiot«, befahl er sich knurrend.

Als der Gleiter aus seiner Halterung rutschte, schob Jonas den Gashebel nach vorne. Der Motor reagierte sofort, und das Tauchboot schoß in die blaue Weite.

»Jonas, kannst du mich hören?« Masaos Stimme drang in seine Gedanken.

»Ja, Masao, laut und deutlich. Tiefe 150 Meter. Begrenzte Sicht.«

»Kannst du das Meg schon sehen?«

Jonas kniff die Augen zusammen. Tief unter sich sah er ein schwaches Leuchten, das jedoch nicht so groß war, wie er erwartet hatte. »Noch nicht. Vorläufig Ende.« Jonas beschleunigte den Gleiter und schoß in einem 45-Grad-Winkel nach unten. Er spürte, wie die Innentemperatur fiel, und blickte auf den Tiefenmesser. 260 Meter. Und dann sah er das Megalodon.

Es hing mit der Schnauze nach oben im Wasser; seine reglose Schwanzflosse verschwand in einem spitzen Winkel aus Jonas' Blickfeld.

»Masao, das Meg ist absolut bewußtlos. Es wird ersticken, wenn wir es nicht gleich schaffen, Wasser durch sein Maul zu spülen. Ihr müßt es sofort ins Schlepptau nehmen. Hörst du mich?«

»Ja, Jonas. Ende.« Die Maschinen der ›Kiku‹ sprangen an, und Jonas war von einem metallischen, stampfenden Dröhnen umgeben. Das Stahlseil spannte sich, so daß der Riesenhai nach oben gerissen wurde.

Jonas geriet einen Moment in Panik, da er den Gleiter unvorsichtigerweise direkt über das bewußtloseTier manövriert hatte. Er steuerte sein Boot in eine scharfe Kurve und sah, wie sich der gewaltige Körper auspendelte. Während das Tauchboot neben die Kiemen des Megalodons glitt, beobachtete Jonas aufmerksam die fünf senkrechten Spalten. Sie waren geschlossen und zeigten vorerst keinerlei Bewegung. Erst als das Tier ein Stück vorwärts gezogen wurde, begannen sie zu zucken und dann leicht zu flattern. Das Megalodon atmete wieder, weil Wasser durch sein Maul und von dort durch die Kiemen strömte.

»Saubere Arbeit, Masao; er atmet wieder. Ich werde dann das Netz anbringen, aber der Hai ist noch zu tief. DeMarco soll noch 150 Meter Seil einholen, und zwar schön langsam. Wir müssen darauf achten, daß sich die Harpune nicht lockert.«

»Verstanden, Jonas.«

Einige Augenblicke vergingen, dann hob sich das Megalodon langsam weiter, während die Winsch das Stahlseil einzog. Jonas folgte dem Koloß, voll Staunen über seine Größe und Schönheit, seine wilde Anmut. Der Paläontologe erkannte, daß er den Riesenhai nun endlich als das ansah, was er im Grunde war: ein Wunderwerk der Evolution, über den Zeitraum von mehr als 100 Jahrmillionen von der Natur perfektioniert. Er war der wahre Herr der Meere, und Jonas war froh, daß sie ihn retteten, anstatt ihn zu vernichten.

In 70 Metern Tiefe endete die Aufwärtsbewegung des Tieres. Jonas stieg bis zur Oberfläche, um das am Kiel der ›Kiku‹ treibende Netz auszumachen, das als Geschirr des Megalodons dienen sollte. Dann fuhr er den mechanischen Arm des Tauchboots aus und ließ den Greifer um den Rand des Netzes zuschnappen. Ganz langsam, um die Leine nicht zu verwirren, tauchte er wieder ab, das ausgebreitete Netz unter dem Gleiter herziehend.

Die Vorrichtung war nicht mehr als ein einfaches Fischnetz, für den Thunfischfang auf ein gleichmäßiges Absinken ausgelegt. An seinen Rändern hatte Jonas Bojen anbringen lassen, die von der ›Kiku‹ aus mit Luft gefüllt und auch wieder geleert werden konnten. War das Megalodon erst einmal in der Lagune angekommen, konnte es problemlos freigelassen werden, indem man das Netz durch das Leeren der Bojen zu Boden sinken ließ.

Jonas brachte die ›AG-I‹ auf 240 Meter, ein gutes Stück unter das schlafende Ungeheuer. Zufrieden mit seinem Standort, beschleunigte er bis hinter die Schwanzflosse des Tieres. »Masao, jetzt bin ich in Position. Füllt die Bojen.«

»Wird gleich geschehen, Jonas.« Das Netz straffte und hob sich, während es sich um das Megalodon schmiegte. Langsam stieg das 20000 Kilo schwere Ungetüm empor, wodurch die Spannung des Harpunenseils beträchtlich abnahm.

»Schon gut, das reicht!« rief Jonas ins Mikrophon. »Sehr gut so, Masao. Er soll nicht allzu weit nach oben gelangen. Ich komme jetzt an Bord.«

»Moment mal, Jonas. Captain Barre läßt fragen, ob du vor dem Auftauchen noch den Schaden am Schiffsrumpf untersuchen kannst?«

»Kein Problem; Ende.« Jonas löste den Greifer vom Netz, fuhr den mechanischen Arm ein und glitt in einem engen Halbkreis unter dem gefangenen Megalodon hindurch. Er fühlte sich schwindlig, war überaus zufrieden mit der Lage und wollte rasch an Bord, um Terry zu sehen.

Und da erblickte er den Rumpf.

»Das Ding ist ungefähr zweieinhalb bis drei Meter breit«, beschrieb Jonas das Loch, das beim Aufprall des Megalodons im Rumpf der ›Kiku‹ entstanden war. Das Schiff hatte schon eine gewaltige Wassermenge aufgenommen und zeigte nun eine Schlagseite von 15 Grad nach Steuerbord.

»Und das ist erst der Anfang, Masao«, sagte Léon Barre. »Wir haben das vordere Schott dichtgemacht, aber die verdammte Backbordschraube ist total verbogen.«

»Werden wir sinken?« fragte Masao.

Barre überdachte die Frage. »Nee, die Schotten werden den Schaden vorläufig begrenzen, aber wir sollten es nicht übertreiben. Wenn wir das Monster da drunten schleppen, ist das ein ganz schönes Gewicht, und das heißt viel Arbeit für bloß eine Schraube. Die ›Kiku‹ wird nach Hause kriechen müssen.«

»Wie lange brauchen wir bis zur Lagune, Léon?« meldete sich DeMarco.

»Hmmm, mal sehen. Jetzt ist es kurz nach sieben. Ich würde sagen, wir schaffen es bis morgen früh, kurz vor der Dämmerung.«

DeMarco sah Barre an, dann sagte er zu Jonas: »Verdammt, Jonas, wird der Hai so lange bewußtlos bleiben?«

»Ehrlich gesagt, ich habe keine Ahnung. Man kann es einfach nicht sagen. Die Dosis, die ich ihm verpaßt habe, sollte ihn meiner Meinung nach für zwölf bis 16 Stunden außer Gefecht setzen.«

»Können wir ihm nicht noch etwas injizieren?« schlug Masao vor. »Vielleicht warten wir einfach, bis er gute zehn Stunden weg war, und dann drücken wir ihm noch eine Ladung rein?«

»Dann stirbt er«, sagte Jonas sachlich. »Man kann ein derart großes Tier nicht so lange bewußtlos halten, ohne daß sein Nervensystem bleibenden Schaden nimmt. Das Meg muß wieder aufwachen und von sich aus atmen, sonst wird es nie mehr zu Bewußtsein kommen.«

Masao kratzte sich unsicher am Kopf. »Wir haben nicht gerade viele Möglichkeiten. Captain, wie viele Männer brauchen Sie, um das Schiff auf Kurs zu halten? Vielleicht können wir einen Teil der Leute evakuieren …«

»Vergiß es, Masao. Da vorne klopft das Meer ans Tor, und dazu kommt der Schaden an der Schraube. Ich brauche jeden Mann, und das sind noch zuwenig. Wenn wir das Schiff aufgeben, tun wir das gemeinsam.«

»Masao, ich habe einen Vorschlag«, sagte Jonas. »Der Herzmonitor müßte uns eigentlich warnen, sobald sich das Meg regt. Aber zur Sicherheit kann ich ja wieder in den Gleiter steigen, um unseren Freund im Auge zu behalten. Wenn es so aussieht, als ob er aufwacht, machen wir die Leine los und verschwinden. Selbst wenn wir dann noch nicht in der Lagune sind, dürften wir verdammt nah dran sein. Und ohne das zusätzliche Gewicht des Megs müßten wir es ziemlich schnell hineinschaffen.«

»Was wird denn überhaupt geschehen, wenn das Megalodon aufwacht?« fragte Masao.

»Es wird ’nen üblen Kater haben und ganz schön toben. Und deshalb würde es mich gar nicht wundern, wenn es uns schnurstracks in die Lagune folgt.«

»Die Vorstellung, daß es uns reinjagt, ist irgendwie realistischer«, bemerkte DeMarco.

»Und was ist mit dir?« fragte Terry.

»In der ›AG-I‹«, sagte Jonas grinsend, »werde ich womöglich sicherer sein als ihr hier.«

Masao überlegte. »Na schön, Jonas, du steigst am frühen Morgen in den Tiefengleiter, um unseren Fisch zu überwachen. DeMarco, du übernimmst die erste Wache am Herzmonitor. Wenn sich was ändert, meldest du dich auf der Stelle bei Jonas.« Er hielt inne und lauschte auf ein Donnern in der Ferne. »Zieht da ein Sturm heran?«

Mac, der soeben auf dem Deck gelandet war, trat in die Kommandozentrale. »Nein, Masao. Was Sie da hören, sind Hubschrauber. Fünf Stück, um ganz genau zu sein, und offensichtlich alle im Besitz von Fernsehsendern. Und das ist noch nicht alles. Ich würde sagen, bis zur Morgendämmerung wird hier ganz schön was los sein.«

Frank Heller legte sein Werkzeug beiseite und starrte zum vierten Mal in dieser Stunde auf den Bildschirm, um ungeduldig die neuesten Meldungen zu verfolgen.

»... 60 Meter unter uns liegt das prähistorische Megalodon im Koma. Das 18 Meter lange Ungeheuer ist für mindestens zwei Dutzend schauderhafter Todesfälle verantwortlich, die sich im letzten Monat zugetragen haben. Aus unserer Perspektive ist deutlich der schneeweiße Leib des Tieres zu sehen, der im Schein des Vollmonds leuchtet. Mit ihrer derzeitigen Geschwindigkeit wird die schwer angeschlagene ›Kiku‹ den Eingang der Tanaka-Lagune voraussichtlich kurz vor Anbruch der Morgendämmerung erreichen. Von nun an werden wir die ganze Nacht auf unserem Posten sein, um Ihnen über die neuesten Entwicklungen dieses sensationellen Rettungsmanövers zu berichten. Mein Name ist David Adashek, Action 9 News, live vom ...«

»Jetzt mach doch endlich aus, Frank«, knurrte Danielson. Die beiden Männer hockten im Fitneßraum der ›Magnate‹ und waren dabei, eine selbst entworfene Wasserbombe zusammenzusetzen. Danielson bemühte sich, den Zünder auf dem gut 120 mal 60 Zentimeter großen Stahlzylinder anzubringen. »Du schaust dir schon die ganze Nacht dasselbe an.«

»Du hast mir schließlich aufgetragen, herauszufinden, wie tief das Meg im Wasser liegt«, verteidigte sich Heller. »Glaubst du vielleicht, ich würde mich mit einem Maßband in die Fluten stürzen?«

»Na schön, dann sag schon.« Danielson sah von seiner Bombe hoch. »Wie tief liegt das Monster?«

»Aus dem Winkel, den die Kamera hatte, würde ich auf eine Tiefe von 45 bis 60 Metern schließen. Wie groß wird denn die Reichweite deiner Wasserbombe sein?«

»Auf jeden Fall ausreichend. Der Zünder dürfte problemlos bis zu dieser Tiefe halten. Und was die Bombe selbst betrifft, so hab' ich eine anständige Portion Amatol verwendet. Das Zeug ist ziemlich primitiv, aber hochexplosiv. Glaub mir, Frank, wir haben alles, um diesen Fisch sauber zu erledigen. Das einzig Problematische wird sein, uns nah genug heranzupirschen, um unsere Bombe zielgenau werfen zu können. Was das anbetrifft, müssen wir uns auf Harris verlassen. Wo ist er überhaupt?«

»Auf Deck. Ist dir schon aufgefallen, daß der Kerl bei Nacht kein Auge zumacht?«

»Allerdings. Ich muß dir was sagen, Frank«, bekannte Danielson. »In letzter Zeit hab' ich auch nicht viel geschlafen.«

Bud Harris stand an der Reling und starrte auf das Spiegelbild des Mondes, das ruhig auf dem schwarzen Wasser lag. Die ›Magnate‹ ankerte 300 Meter südlich der Tanaka-Lagune, so daß Bud gerade noch die Betonmauer des riesigen Kanaleingangs erkennen konnte.

»Maggie«, flüsterte Bud laut zwischen zwei Schlucken Gin. Er sah, wie sich kleine Wellen am Bootsrumpf brachen. »Maggs, sieh doch nur, was du mit mir angerichtet hast. Jetzt hänge ich hier mit zwei hirnlosen Marine-Typen rum und spiele Krieg gegen irgendein gottverdammtes Monster. Ist das denn zu glauben?«

Bud nahm noch einen Schluck. »Ach, Mag«, stöhnte er, während ihm Tränen über die Wangen flossen, »warum hast du die verdammte Kamera nicht einfach fallen lassen?« Er warf das leere Glas in hohem Bogen in den Ozean. Das Wasser kräuselte sich und ließ das Bild des Mondes verschwimmen.

»Scheiß drauf. Morgen werde ich dieses Monster umbringen und ihm die Augen aus dem Kopf schneiden.« Er wandte sich um und stolperte die Wendeltreppe zur Gästekabine hinunter, denn in seiner eigenen Suite konnte er nicht mehr schlafen. Maggies Parfüm hing immer noch in der Luft, ihr Bild war noch viel zu lebendig. Bud brach auf dem Doppelbett zusammen und schlief sofort ein.

Dreißig Sekunden, nachdem Bud die Reling verlassen hatte, schnitt die knapp einen Meter lange, fluoreszierend weiße Rückenflosse durchs Wasser. Sie umkreiste das weggeworfene Glas, das langsam im schwarzen Wasser des Schutzgebiets versank.

Jonas schlug die Augen auf. Sein innerer Wecker hatte sich wenige Augenblicke vor seiner Armbanduhr gemeldet. Er lag noch immer auf dem Liegestuhl, während sich Terry unter der Wolldecke an seine Brust schmiegte und ihn warm hielt. Sanft streichelte er mit seinen schwieligen Fingerspitzen ihr weiches Haar.

Sie bewegte sich. »Schlaf wieder ein, Jonas«, murmelte sie mit geschlossenen Augen.

»Das geht nicht. Es ist Zeit.«

Sie öffnete die Augen und drehte sich so, daß sie ihm ins Gesicht sehen konnte. Dann räkelte sie sich, legte die Arme um seinen Hals und drückte ihn. »Es ist so wunderbar gemütlich, Jonas. Laß uns doch wenigstens noch fünf Minuten schlafen.«

»Terry, ich würde gern die ganze Nacht hier liegenbleiben, aber wir wissen beide, daß das absolut nicht geht.«

»Jetzt werd' ich aber eifersüchtig. Du willst wohl deine Zeit lieber mit diesem anderen Weibchen da drunten verbringen, was?«

»Komm schon, steh auf, Schatz.« Er zog sie hoch. »Ich muß jetzt dringend in meinen Anzug steigen. DeMarco wundert sich wahrscheinlich schon, wo ich geblieben bin.« Jonas sah auf seine Uhr. Kurz nach halb fünf.

»Na schön, ich gehe schnell in die Kombüse und hole mir was zu essen. Das solltest du eigentlich auch tun.«

»Nee, ich verzichte lieber. Mein Magen ist ein bißchen durcheinander. Aber sag DeMarco, daß ich am Gleiter auf ihn warte.«

DeMarco warf wieder einen Blick auf seine Armbanduhr. Wo blieb der Mann nur? Die Digitalziffern des Herzmonitors zeigten stabile 85 Schläge an. Am Himmel erschien erstes Grau, während die Hubschrauber noch immer über der ›Kiku‹ kreisten.

»Verdammtes Fernsehen«, knurrte er.

Terry kam strahlend herein. »Morgen, Al.«

»Wo zum Teufel ist Jonas?«

»Schon in der ›AG-I‹. Er wartet darauf, daß du ihn ins Wasser setzt.«

»Er wartet? Verdammt, ich sitze hier schon seit neun Stunden und warte.« DeMarco verließ die Kommandozentrale und trat durch das Ruderhaus aufs Deck.

Jonas lag schon lang ausgestreckt im Innern des Tauchboots. DeMarco klopfte zweimal auf die durchsichtige Schnauze, worauf der Pilot den Daumen hob. Der Ingenieur kletterte in den Führerstand des Krans, setzte sich und schoß im selben Moment wieder in die Höhe.

»Au! Menschenskind, was ist denn das?« Er nahm das seltsame Ding vom Sitz und untersuchte es.

»Ein Zahn?« Er war schwarz vom Alter, doch immer noch extrem scharf und mindestens 18 Zentimeter lang. DeMarco ging zum Tauchboot zurück und klappte die hintere Luke auf. »Hey, Jonas, hast du zufällig was verloren?«

»Was? Mein Gott, der Meg-Zahn. Entschuldige, Al, gib ihn mir bitte.«

DeMarco reichte ihn nach vorne. »Wieso in aller Welt hast du denn ausgerechnet so was bei dir?«

Jonas zuckte die Achseln. »Ich hab' vor ungefähr zehn Jahren damit angefangen. Es war als Amulett auf allen meinen Tauchfahrten dabei. Ich bin ein wenig abergläubisch, schätze ich.«

»Na schön, und ich hab' mich ein wenig geärgert, schätze ich. Gerade hab' ich mich nämlich direkt auf das verdammte Ding gesetzt!« bellte DeMarco. »Tu mir von jetzt an einen Gefallen und vergiß den Mist nicht wieder in meinem Kran. Ich bin doch nicht dein Kindermädchen.«

»Tut mir leid.«

DeMarco schlug die Luke zu, schwang sich wieder auf seinen Kran und senkte die ›AG-I‹ in den Pazifik.

Noch während Jonas parallel zum Rumpf der ›Kiku‹ entlang tiefer glitt, schaltete er den Scheinwerfer an. Es sah jetzt noch schlimmer aus – das Schiff hatte gewaltig Schlagseite. Jonas beschleunigte geradeaus, dann sank er scharf auf neunzig Tiefenmeter, um sich seinem Ziel von links zu nähern.

Die weiße Haut des Megalodons erleuchtete das schwarze Meer gut 50 Meter weit in alle Richtungen. Fischschwärme schossen an dem Koloß entlang, im Netz hatten sich Quallen verfangen. Jonas schaltete den Scheinwerfer wieder ab und manövrierte den Gleiter neben den Kopf des Tieres, dessen Schädelumfang nahezu dreimal größer war als die Längsseite seines Tauchboots.

Das Maul war leicht geöffnet, so daß Wasser hindurchströmen konnte. Als Jonas neben das rechte Auge des Megalodons schwebte, sah er, daß die Pupille rückwärts im Kopf des Ungeheuers verschwand. Jonas erkannte dies als natürlichen Reflex, mit dem das Hirn des Hais das wertlos gewordene Organ schützen wollte.

»Jonas!«

Jonas schnellte vor; sein Gurtwerk schnitt schmerzhaft in seine Schultern. »Verdammt, Terry, hast du mich erschreckt.«

Im Kopfhörer konnte er ihr Lachen hören. »Entschuldigung.« Ihre Stimme wurde ernst. »Wir haben noch immer stabile 85 Schläge pro Minute. Wie sieht das Meg denn aus?«

»Nicht schlecht.« Jonas ließ sein Boot drehen, um neben die rechten Kiemenspalten des Tieres zu gleiten. »Terry, wie weit ist es noch bis zur Lagune?«

»Weniger als vier Meilen. Barre meint, es dürfte noch zwei Stunden dauern. Hey, du verpaßt gerade einen tollen Sonnenaufgang.«

Jonas lächelte. »Klingt ganz wie der Beginn eines wunderschönen Tages.«

DER TAGESANBRUCH

Sie hatten schon die ganze Nacht gewartet. Nahe der Küste lag sie vor Anker, eine Gemeinschaft von Jüngern, die sich wie auf Befehl des unheimlichen Wesens ganz von selbst versammelt hatten. Manche waren Wissenschaftler, die meisten jedoch Schaulustige und Menschen, die den Nervenkitzel liebten. Durchaus nicht ohne Angst, waren sie bereit, Risiken einzugehen, um Teil der Geschichte zu werden. Ihre Fahrzeuge waren unterschiedlich groß, Schnellboote oder Jachten, kleine Außenborder oder große Fischerboote. Jede Wal-Safari der Umgebung war vertreten, Die Bootsbesitzer verlangten Preise, die dem Großereignis angemessen waren. Über 300 Videokameras lagen griffbereit, mit frisch aufgeladenen Akkus und nagelneuen Kassetten ausgerüstet.

André Dupont lehnte an der Reling des 15 Meter langen Trawlers und starrte durch sein Fernglas, während sich der graue Dunst des Winterhimmels am Horizont hob. Der Bug der ›Kiku‹ war undeutlich zu erkennen, noch immer eine gute Seemeile nordwestlich des Kanaleingangs. Dupont trat ein Stück zurück.

»Etienne, sie sind ganz in der Nähe«, flüsterte er seinem Assistenten zu. »Wie nahe wird uns unser Captain bringen?«

Etienne schüttelte den Kopf. »Tut mir leid, André. Er weigert sich, die flachen Gewässer zu verlassen, weil das Monster jetzt schon so nah ist. Er will sein Schiff nicht in Gefahr bringen. Familienbesitz, hm?«

»Ja. Ich nehme es ihm nicht übel.« Dupont sah sich in alle Richtungen um. Im Morgenlicht waren nun mehrere hundert Boote sichtbar. Der Wissenschaftler schüttelte den Kopf. »Ich fürchte, unsere Freunde da draußen sind nicht so vorsichtig wie wir.«

Auch Frank Heller sah die ›Kiku‹ in quälend langsamem Tempo auf die Lagune zukriechen. Im Gegensatz zu André Dupont verspürte er keine freudige Erregung. Blanke Wut stieg in ihm hoch. Sein Magen verkrampfte sich, seine Glieder begannen zu zittern. Er fühlte, wie sich seine Halsmuskeln verhärteten, pochend vor anschwellender Wut.

»Es ist Zeit, Mr. Harris«, sagte er, ohne den Blick vom Horizont zu wenden.

Bud legte den Gashebel um. Die beiden Motoren der ›Magnate‹ sprangen an, und die Jacht begab sich auf Abfangkurs.

Das erste Licht der Morgendämmerung drang gedämpft durchs Wasser. Jonas sah nach und nach den ganzen Leib des Tieres und mußte an ein tödliches Luftschiff denken, das zu seinem neuen Hangar geleitet wurde. Er brachte die Lexan-Schnauze des Gleiters nah an das rechte Auge des Megalodons. Die blaugraue Pupille war noch immer in den Kopf gerollt, so daß das Licht nur eine blutunterlaufene weiße Membran sichtbar werden ließ.

»Jonas«, drang Terrys Stimme durch das Knistern des Kopfhörers, »ich glaube, mit dem Meg geschieht etwas.«

Der Adrenalinstoß machte Jonas hellwach. »Sprich, Terry.«

»Der Puls des Tieres steigt ganz langsam an. Es sind jetzt 87, das heißt schon 90 Schläge ...«

»Jonas, hier DeMarco. Ich habe das Harpunengeschütz nach achtern verlegen lassen, wie Masao inzwischen angeordnet hat. Wenn das Monster aufwacht, bevor wir die Lagune erreichen, setze ich es ein, ob es den Fisch umbringt oder nicht. Sei also gewarnt.«

Jonas wollte erst etwas einwenden, überlegte es sich dann aber doch anders. DeMarco hatte recht. Wenn das Meg zu Bewußtsein gelangte, bevor die ›Kiku‹ es sicher in die Lagune bugsiert hatte, waren das Schiff und seine gesamte Besatzung in höchster Gefahr. Er starrte auf die leicht geöffneten Kiefer. 100 Millionen Jahre Instinkt waren in der DNA des Tieres gespeichert. Der Räuber konnte weder denken noch eine Wahl treffen, sondern nur reagieren. Jede Zelle war seiner Umgebung angepaßt, jede Reaktion vorausbestimmt. Denn die Natur hatte entschieden, daß diese Spezies die Meere beherrschen sollte, indem sie unablässig jagte, um zu überleben. »Wir hätten dich in Ruhe lassen sollen«, flüsterte Jonas.

»Jonas!« Terrys Stimme riß ihn aus seinen Gedanken. »Hast du mich nicht gehört?«

»Tut mir leid, ich ...«

»Die ›Magnate‹ rast auf uns zu.« Terrys Stimme wurde lauter. »Sie ist gerade noch 500 Meter entfernt und kommt rasch näher!«

»Die ›Magnate‹?«

Was machst du denn da, Bud, überlegte Jonas, während sich seine Gedanken überschlugen.

DeMarco richtete sein Fernglas auf die Jacht, bis er schließlich die Aktivität am Heck im Blickfeld hatte. Zwei Männer hievten einen Stahlzylinder hoch und schleppten ihn aufs Heckwerk.

»Was soll denn das, zum Donnerwetter?« murmelte der Ingenieur.

300 Meter, dann 200 – und da erkannte DeMarco endlich ein Gesicht: Heller! Er richtete sein Fernglas wieder auf den Stahlzylinder, und schlagartig war ihm alles klar.

»Jonas, Jonas!« DeMarco riß Terry das Mikrophon aus der Hand. »Da kommt 'ne Wasserbombe auf dich zu! Tauch ab!«

Jonas drückte mit aller Macht den Gashebel nach unten, kurvte nach rechts und ließ sein Tauchboot unter dem Leib des Megalodons verschwinden.

Mac riß das Steuer zurück, und der Helikopter erhob sich ruckartig vom Deck der Fregatte. Er schwenkte scharf nach links und raste auf die herannahende ›Magnate‹ zu, als führte er einen Luftangriff auf ein nordvietnamesisches Patrouillenboot an.

Bud sah auf. Wie aus dem Nichts tauchte der Helikopter auf und schoß frontal auf seine Jacht zu. Mit einem Aufschrei riß der Millionär das Steuerrad nach links, Sekunden, bevor die Hängeplattform mit dem Wärmesuchgerät in die Radarschüssel der ›Magnate‹ krachte und sie von ihrem Aluminiumpodest riß.

Trümmer regneten auf das Deck nieder. Als sei soeben eine Granate über ihren Köpfen explodiert, warfen sich Danielson und Heller zu Boden, ohne weiter auf die Wasserbombe zu achten. Sie schmissen sich der Länge nach auf das Deck und legten schützend die Arme über den Kopf, um den umherfliegenden Splittern zu entgehen. Keines Blickes mehr gewürdigt, schwankte die 500 Pfund schwere Wasserbombe gefährlich auf dem Heckwerk. Als die Jacht scharf nach links schwenkte, rollte der Stahlzylinder über den Rand und stürzte in den Ozean. Das Meerwasser drang rasch in die sechs Löcher des Behälters ein, füllte die Zündungskammer und brachte die Bombe zum Sinken.

Die Aluminiumpartikel des Radarturms regneten auf Danielson und Heller nieder, während sich die Jacht von der ›Kiku‹ entfernte. Heller setzte sich auf und sah, wie der Helikopter abkippte, im Sturzflug auf den Wasserspiegel zuraste und dann rasch wieder hochzog. Diesmal würde der Angriff vom Heck her kommen.

»Das Arschloch ist verrückt geworden!« brüllte Heller.

»Kopf runter!« schrie Danielson.

Mac schob den Gashebel vor. »Mac-Attacke!« brüllte er in den Wind, ein breites Grinsen auf dem Gesicht.

Bumm!!

Die Explosion erwischte den Piloten völlig unvorbereitet. Er riß verzweifelt am Steuer, während das Heck seines Helikopters zur Seite fuhr. Mit einem üblen Knirschen krachten die Kufen des Hubschraubers ins Oberdeck der ›Magnate‹ und rissen das Dach von der luxuriösen Hauptkabine. Als sich gleichzeitig der Unterbau des Helikopters löste, geriet dieser endgültig außer Kontrolle. Die Rotorblätter blieben ohne Auftrieb. Bevor Mac reagieren konnte, trudelte seine Maschine seitwärts in den Ozean.

In einer Tiefe von 95 Metern hatte sich die Feder der Zündvorrichtung gelöst und den Aufschlagzünder gegen die Sprengkapsel gejagt. Die primitive Waffe war implodiert, um sogleich mit einem Blitz und einem Unterschallknall zu explodieren. Obwohl der tödliche Radius der Bombe lediglich acht Meter betrug, war die entstehende Druckwelle verheerend.

Die unsichtbare Kraft der Strömung erfaßte die ›AG-I‹ an ihrer Breitseite und ließ das geflügelte Fahrzeug wieder und wieder um seine eigene Achse kreiseln. Jonas wurde gegen die Lexan-Schnauze geschleudert. Sein Kopf prallte so brutal auf der harten Oberfläche auf, daß er um ein Haar das Bewußtsein verloren hätte.

An Bord der ›Kiku‹ zerplatzten die Glühbirnen. Menschen flogen durch die Luft, während sich die Beschläge des Schiffs durch die Erschütterung lockerten. Kapitän Barre brüllte Befehle, den Maschinenraum abzudichten, doch das Knattern der Fernsehhubschrauber erstickte seine Stimme.

Terry Tanaka kniete benommen auf Deck. Ihr erster Gedanke galt Jonas. Sie fand das Mikrophon. »Jonas. Jonas, bitte melden.« Rauschen. »Al, ich bekomme keine Antwort…«

»Terry…« Masao schleppte sich die Treppe herauf und brach auf der obersten Stufe zusammen. Terry stürzte zu ihm.

»Ruf den Arzt!« schrie sie, die Hände vom Blut ihres Vaters bedeckt.

DeMarco erwischte das Mikrophon des Lautsprechersystems und beorderte den Schiffsarzt auf Deck. Er dachte nicht mehr daran, den Herzmonitor zu beobachten, dessen Digitalanzeige nun rasend schnell über 100 kletterte.

Der eiskalte Pazifik brachte Mac zu Bewußtsein. Er öffnete die Augen und stellte mit Bestürzung fest, daß er mitsamt seinem Helikopter in einem 45-Grad-Winkel im Wasser hing. Verzweifelt versuchte er, seinen Sicherheitsgurt zu lösen, während die demolierte Maschine seitlich in den Wellen verschwand.

Jonas wartete, bis die Nachwehen der Druckwelle nachgelassen hatten; dann versuchte er, sein Tauchboot wieder aufzurichten. Die Motoren waren ausgefallen. Er fluchte vor sich hin, um sogleich zu beginnen, sich kräftig hin und her zu rollen. Allmählich gewann er an Schwung, und das Boot drehte sich gegen den Uhrzeigersinn. Dann spürte er, wie die Schwimmfähigkeit des Boots zum Tragen kam. Langsam begann es aufzusteigen.

»Terry, kommen!« Wie alles an Bord war auch das Funkgerät tot.

Ein Leuchten erschien zu Taylors Rechten und erfüllte den Innenraum seines Tauchboots. Jonas drehte den Kopf und stellte fest, daß er gerade einen Meter von der basketballgroßen Pupille des Megalodons entfernt war.

Das blaugraue Auge war offen. Blind starrte es in Jonas' Richtung.

CHAOS

Bud Harris rappelte sich auf, ohne ganz begriffen zu haben, was soeben geschehen war. Die ›Magnate‹ driftete mit abgestorbenen Motoren seitwärts. Als er aufs Wasser blickte, sah er gerade die Rotorblätter des Helikopters in den Wellen versinken.

»Geschieht ihm recht«, murmelte er. Dann drückte er den Anlasser, um die Motoren wieder in Gang zu bringen. Nichts.

»Scheiße. Danielson, Heller! Wo seid ihr denn, verdammt noch mal?« Bud stürzte an Deck und sah die beiden Männer am Heckwerk stehen.

»Na? Ist das Monster tot?«

Danielson und Heller sahen sich an. »Scheint so«, sagte Danielson, ohne allzu zuversichtlich zu klingen.

»Sieht nicht so aus, als ob Sie sich Ihrer Sache sicher wären«, bemerkte Bud.

»Leider«, erklärte Danielson, »mußten wir die Bombe zu früh abwerfen, weil der Irre angegriffen hat.«

»Wir müssen schleunigst weg von hier«, sagte Heller.

»Tja, Jungs, da dürfte sich ein kleines Problem ergeben«, sagte Bud. »Die Maschinen sind mucksmäuschenstill. Eure verdammte Bombe hat wahrscheinlich eine Verbindung gelockert, und ich bin nicht gerade ein begabter Heimwerker.«

»Verdammt, soll das etwa heißen, daß wir hier draußen mit dem Meg festsitzen?« Heller schüttelte den Kopf, die Zähne fest aufeinandergebissen.

»Frank, das Monster ist erledigt, glaub mir«, sagte Danielson. »Wir werden es gleich mit dem Bauch nach oben im Wasser treiben sehen.«

Heller sah seinen früheren Vorgesetzten an. »Dick, das ist ein gottverdammter Hai. Er treibt mit Sicherheit nicht nach oben – wenn er wirklich tot ist, sinkt er auf den Grund.«

Im selben Moment hörten sie ein klatschendes Geräusch zu ihrer Linken. Die Jacht neigte sich leicht, und dann erschien eine Hand an der Leiter. Es war Mac, der sich an Bord der ›Magnate‹ hievte.

»Entzückender Morgen heute, was?« sagte er, bevor er auf dem Deck zusammenbrach.

Jonas lag auf dem Bauch, seine Klaustrophobie hatte ihn in Atemnot gebracht. Die linke Tragfläche des Tiefengleiters hatte sich im Netz verfangen und hielt das Boot auf Augenhöhe des Megalodons. Von Faszination und Schrecken erfüllt, sah Jonas, wie das blaugraue Auge des Ungeheuers sich instinktiv auf das winzige Gefährt richtete.

Er ist blind, dachte Jonas, aber er weiß, daß ich hier bin. Er spürt meine Gegenwart.

Jetzt begann die Schwanzflosse schwerfällig von einer Seite zur anderen zu schlagen, und der Koloß bewegte sich langsam vorwärts. Die riesigen Kiemenspalten zogen rasch vorbei. Und dann peitschte die vorstehende Schnauze plötzlich hin und her. Die Tragfläche des Gleiters löste sich aus den Maschen, während das furchterregendste Tier der Erde unvermittelt zu Bewußtsein kam.

Das Tauchboot stieg weiter aufwärts. Jonas blickte nach unten und sah, wie das Megalodon versuchte, sich vorwärts zu bewegen. Sofort umfing das Netz seine

Brustflossen. Tobend vor Wut rollte sich das Tier einmal und noch einmal herum, um sich nur enger in die Falle zu verstricken.

Die ›AG-I‹ wurde von der Flutwelle der Bewegungen mitgerissen. Ohne eingreifen zu können, verlor Jonas das Ungeheuer aus dem Blickfeld. Doch als sich das Tauchboot wieder aufrichtete, sah er sekundenlang das tobende Megalodon, von den Kiemenspalten bis zu den Bauchflossen ins Netz verwickelt.

»Es wird ersticken«, flüsterte Jonas vor sich hin.

Die unzähligen Schaulustigen, die auf ihren Booten vor der Tanaka-Lagune warteten, hatten beobachtet, wie sich eine Luxusjacht aus ihrer Formation löste, um den herannahenden Ehrengast zu begrüßen. Sie hatten miterlebt, wie der Helikopter sie abzufangen versuchte und nach der Explosion der Wasserbombe ins Meer stürzte. Nun wurden die Zuschauer nervös. Hatte die Explosion etwa das Tier getötet, für dessen Anblick sie teures Geld gezahlt hatten? Fast gleichzeitig begannen mehrere Dutzend der größeren Fischerboote, sich langsam auf die dümpelnde ›Kiku‹ zuzubewegen, begierig, das Tier zu filmen, ob es nun tot oder lebendig war.

Neun Fernsehhubschrauber schwebten über der ›Kiku‹, wobei sie ständig ihre Position veränderten, um eine bessere Kameraperspektive zu bekommen. Die Unterwasserexplosion hatte dem Ereignis eine neue Wendung gegeben, und die Sendezentralen forderten von ihren Hubschrauberbesatzungen, sofort festzustellen, ob das Megalodon überlebt hatte.

David Adashek hockte im hinteren Teil der von Channel 9 gecharterten Maschine und versuchte angestrengt, über die Schulter seines Kameramanns zu blicken. Das weiße Leuchten des Tieres war gut zu sehen, doch konnte man unmöglich sagen, ob der Riesenhai tot oder lebendig war. Der Pilot tippte auf seinen Arm, um seine Aufmerksamkeit auf die entgegengesetzte Seite der Kanzel zu lenken.

Eine Armada von Ausflugsbooten raste auf das Megalodon zu.

Von der Schnauzenspitze bis zum Ansatz der Schwanzflosse enthielt die Haut des Megalodons kleine, zahnartige Dornen, die man als Dentikel – Hautzähne – bezeichnete. Scharf und dazu rauh wie Sandpapier, waren diese Dornen ein weiterer Bestandteil des natürlichen Waffenarsenals des Räubers. Während der Hai wie wahnsinnig in seinem Netz zuckte, begannen sie, die Stricke durchzuscheuern. Langsam verwandelte sich das Netz in Fetzen.

Jonas sah, wie sich das Meg aus seinen Fesseln löste, während er verzweifelt die Sicherungen seines Boots kontrollierte. Schließlich wandte sich das Ungeheuer in seine Richtung, die Kiefer nicht ganz geschlossen, die dreieckigen Zähne entblößt.

Verzweifelt legte Jonas den Hauptschalter um. Das Tauchboot zeigte keine Reaktion, während sich das Monster nach oben katapultierte.

Bud und Mac waren im Maschinenraum verschwunden, so daß nur Danielson und Heller an Deck zurückgeblieben waren. Frank beugte sich über das Heckwerk und starrte ins grüne Wasser, als die weiße Masse erschien.

»Verdammter ...«

Rummms! Das Heckwerk zerbarst in einem Regen aus Fiberglas. Die beiden Männer fielen auf das abschüssige Deck und rollten unerbittlich aufs Wasser zu.

DeMarco stand am Harpunengeschütz und richtete den Lauf auf sein Ziel. Als das Megalodon an die Oberfläche stieg, löste er rasch die Sicherung. Er sah, wie das Ungeheuer mit nach unten gekehrtem Rücken an der Wasseroberfläche entlangzog. Kraftvoll strömte Wasser durch das riesige Maul, während der Hai seinem Publikum den glänzenden weißen Bauch entgegenstreckte. DeMarco drückte ab.

Ein Klicken.

»Verdammt!« Die Explosion hatte den Mechanismus der Kanone blockiert.

Inzwischen war die gesamte Mannschaft an Deck und fieberhaft damit beschäftigt, die orangefarbenen Rettungswesten anzulegen. Im Ruderhaus versorgte der Schiffsarzt den wieder zu Bewußtsein gelangten Masao. Terry und Pasquale beugten sich über die beiden.

»Er hat einen Schädelbruch erlitten, Terry«, sagte der Arzt. »Wir müssen ihn so schnell wie möglich in ein Krankenhaus bringen.«

Das Rattern der über der ›Kiku‹ kreisenden Fernsehhubschrauber bohrte sich in Terrys Hirn. »Pasquale, geh ans Funkgerät und schau, ob du einen dieser Helikopter dazu bringst, auf Deck zu landen. Sag ihnen, wir hätten einen Notfall. Doc, bleiben Sie bei meinem Vater; ich gehe nach achtern.«

Sie rannte aus dem Ruderhaus.

David Adashek sah sie als erster auf dem Hubschrauberlandeplatz der ›Kiku‹ stehen. Sie ruderte fieberhaft mit den Armen. »Das Mädchen kenne ich doch«, sagte er. »Das ist die Tochter von Tanaka. Captain, können Sie Ihren Vogel auf dem Schiff da landen?«

»Kein Problem.«

»Moment mal«, protestierte der Kameramann. »Mein Produzent brüllt mir ständig in den Kopfhörer, daß ich eine Nahaufnahme von dem Meg hinkriegen soll. Der reißt mir den Kopf ab, wenn wir auf dem Schiff da unten landen.«

»Hör mal«, sagte David, »das Meg attackiert die ›Kiku‹, und …«

»Ein Grund mehr, warum wir nicht landen sollten.«

»Hey«, meldete sich der Pilot, »ich empfange einen Notruf von der ›Kiku‹. Sie bitten uns, einen Verletzten zur Küste zu bringen. Der Funker sagt, es ist Masao Tanaka. Sein Zustand ist kritisch.«

»Landen Sie!« befahl Adashek.

Der Kameramann warf ihm einen giftigen Blick zu. »Scheißkerl.«

Adashek riß dem Mann die Kamera aus den Händen und hielt sie aus der offenen Tür neben dem Pilotensitz. »Entweder wir landen, oder ich werfe das dem Meg in den Rachen.«

Wenige Augenblicke später kam der Hubschrauber auf dem Landeplatz zum Stehen.

Rasend kreiste das Megalodon unterhalb der ›Kiku‹. Der entblößte Rumpf des Schiffs schuf im Meerwasser Strömungen, deren elektrische Impulse die Lorenzinischen Ampullen des Tieres wie über eine Schiefertafel kratzende Fingernägel stimulierten. Die Botschaft war simpel: Attackieren!

Schweißgebadet spürte Jonas, wie ihn seine Klaustrophobie zu übermannen drohte, während er sich bemühte, die Batteriekabel am Heck seines Tauchboots zu erreichen. Blind tastete er nach den Steckern in den Schalttafeln, doch die Suche nach einer losen Verbindung war vergeblich.

Eine plötzliche Strömung wirbelte die ›AG-I‹ ein Stück nach oben. Vor seinen Augen spielte sich eine Szene ab, die ihn vor Angst erschaudern ließ: Das Megalodon trieb seine Schnauze machtvoll in den Rumpf der ›Kiku‹.

Die Kollision ließ die gesamte Mannschaft in die Knie gehen. Mit dem Knirschen des Metalls entfuhr dem Rumpf ein tiefes Ächzen.

»Verdammte Scheiße«, fluchte Kapitän Barre. »Das gottverdammte Monster frißt mein Schiff. Alle Mann in die Rettungsboote! Und Sie, bringen Sie Masao jetzt von Bord. Sein Blut im Wasser fehlt uns jetzt gerade noch!«

Der Pilot des Fernsehhubschraubers sah Adashek und den Kameramann an. »Einer von euch muß hierbleiben, wenn wir den Verletzten mitnehmen wollen.«

Der Kameramann grinste Adashek böse ins Gesicht. »Ich hoffe, du kannst schwimmen, Kumpel?«

David spürte seinen Magen zucken, während er die Sicherheit des Helikopters aufgab, damit der Arzt und Terry Tanaka Masao an Bord hieven konnten. Dann stand er auf dem geneigten Deck und sah der aufs Festland zufliegenden Maschine nach. »In was für einen Schlamassel hast du dich da bloß gebracht?« hörte er sich laut fragen.

Von der Backbordreling aufgefangen, rappelte sich Dick Danielson qualvoll hoch, packte Heller unter den Achseln und zog ihn auf die Beine. »Wir sinken.«

»Tatsächlich.« Heller sah sich um. »Wo sind Harris und Mac?«

»Wahrscheinlich tot. Wenn ja, dann haben Sie wahrscheinlich Glück gehabt.«

»Sieh mal.« Heller zeigte auf das Schlauchboot. »Los, mach schon.«

Die ›Magnate‹ zog rasch Wasser. Sie begann, sich zu drehen und seitwärts zu schlingern, was es nicht einfacher machte, das motorisierte Rettungsboot anzuheben und über die Reling zu schieben. Als es mit einem Klatschen auf dem Wasser aufschlug, sah Danielson Heller an.

»Los geht's.«

Heller schwang sich über die Reling, gefolgt von seinem einstigen Kapitän. Danielson ließ den 65 PS starken Außenbordmotor aufheulen und legte den Gang ein. Der leichte Bug erhob sich hoch aus dem Wasser, während das Schlauchboot über die Wellen glitt, aufs Festland und das Rudel sich nähernder Boote zu.

»Dick, gib auf diese Kerle acht!« brüllte Heller, dem der Wind scharf in die Ohren schlug.

Danielson hatte wenig Raum zum Manövrieren – die Armada von Motorbooten war zu breit aufgefächert, um sie in weitem Bogen zu umfahren. Er drosselte das Tempo, während er einen Haken um die erste Formation von Booten schlug.

Das Megalodon stieg senkrecht aus dem Pazifik. Sein offenes Maul verfehlte das Schlauchboot, das statt dessen auf seinen breiten Rücken stürzte und von dort fünf Meter in die Luft geschleudert wurde. Heller und Danielson flogen wie Marionetten in den Ozean, einer zur Rechten, einer zur Linken des Hais.

Der Angriff des Ungeheuers löste eine Kettenreaktion aus. Zwei herannahende Trawler schwenkten scharf um und rammten dabei die neben ihnen fahrenden Boote, so daß zwei Kollisionen entstanden. Auch unter den anderen Booten herrschte Chaos, da die Schiffahrtsregeln dem Selbsterhaltungstrieb geopfert wurden. Schreie zerrissen die Luft, während die Steuerleute hektisch zu wenden versuchten, jedoch nur mit den ahnungslosen Booten hinter ihnen kollidierten.

Die verbliebenen acht Fernsehhubschrauber sanken auf eine Höhe von 15 Metern über der Armada ab, was die Verwirrung noch verstärkte.

Danielson kam an die Oberfläche, Salzwasser aus seinen Lungen hustend. Er schwamm auf das nächste Schiff zu, ein knapp zehn Meter langes Speedboot, mit 17 Passagieren und einem riesigen Jagdhund völlig überladen. Als er den Rumpf erreichte, war er nicht in der Lage, hoch genug zu greifen, um sich an Bord zu ziehen. Die Passagiere sahen ihn nicht, und seine Hilferufe gingen im Knattern der Helikopter unter. Dann sah er die Leiter und schwamm mit wilden Stößen darauf zu.

Das gewaltige Maul stieg ohne Vorwarnung aus der Tiefe und zog Danielson unter Wasser. Gerade noch rechtzeitig krallte er sich in Todesangst an der Leiter fest, spürte das warme Aluminium, um es für nichts auf der Welt wieder loszulassen. Die Stümpfe seiner in Kniehöhe amputierten Beine glitten aus dem Maul des Ungeheuers. Blut strömte aus den offenen Wunden und wurde von den Schrauben des Boots in alle Richtungen verteilt.

Die Sinnesorgane des Megalodons verloren die Ortung der Beute. Irritiert durch den brodelnden Blutstrom, tauchte es ab, um sich neu zu orientieren.

Schreiend hing Danielson noch immer an der Leiter. Jetzt hörten ihn die am Heck sitzenden Passagiere, faßten nach unten, zogen ihn an den Handgelenken hoch und legten ihn aufs Heckwerk.

Der Kopf des Megalodons erhob sich senkrecht aus dem Wasser; seine weit aufgesperrten Kiefer schoben sich seitlich übers Heck. Fast behutsam packte es Danielson mit den Zähnen, um seinen verstümmelten Leib hoch in die Luft zu werfen. Wie ein Hund, der einen Keks auffängt, schnappte der gigantische Hai seine Beute aus der Luft. Dann klappten die Kiefer zu. Bevor den versteinerten Zeugen des grausigen Spektakels erste Entsetzensschreie entfuhren, war das Ungeheuer wieder in den Wellen verschwunden.

Die acht Helikopter schwebten eng formiert nur noch zwölf Meter über dem Getümmel. Als die Piloten zum ersten Mal erkannten, wie groß das Megalodon tatsächlich war, gerieten sie sofort in Panik. Ihre erste Reaktion bestand darin, auf eine wesentlich sicherere Höhe zu gehen. Acht Steuerknüppel wurden gleichzeitig zurückgerissen, acht Rotoren stiegen auf dieselbe Höhe.

Vom Anblick des Ungeheuers unter ihnen waren die Piloten so schockiert, daß sie die ihnen oben drohende Gefahr vollständig ignorierten. Zwei der Hubschrauber stiegen schräg aufeinander zu, ihre Rotorblätter krachten ineinander und schufen eine neue Kettenreaktion. Die umherfliegenden Splitter schossen in die Kreisbahn weiterer Rotoren, und binnen weniger Sekunden waren alle acht Helikopter entweder miteinander kollidiert oder von Splittern getroffen worden, so daß ihre Rotorblätter auseinanderbrachen. Paarweise stiegen Feuerbälle in die Luft, während Metallteile, Benzin und Körperteile auf die mit Booten überfüllte Wasseroberfläche niederregneten.

15 Meter unterhalb des Gemetzels zog der Räuber langsam seine Kreise. Er schnappte nach den herabsinkenden Trümmern und versuchte, mit seinen scharfen Sinnen die als Nahrung verwertbaren Teile auszumachen.

Das Megalodon war gereizt; es raste vor Hunger.

FRESSGIER

Die einst so stolze Fregatte der US-Marine kippte auf die Seite, da sie ihr vom eindringenden Wasser aus dem Gleichgewicht gebrachter Rumpf unaufhaltsam in die Tiefe zog. Eng aneinandergedrängt kauerten die 23 Mitglieder der Mannschaft in zwei Rettungsbooten und ruderten verzweifelt, um dem Strudel des sinkenden Schiffs, der sie von unten zu ergreifen schien, zu entkommen. Sie hatten vermieden, die Außenbordmotoren anzuwerfen, um die Aufmerksamkeit des Ungeheuers nicht zu wecken.

Mit Tränen in den Augen sah Léon Barre den Bug seines Schiffs lautlos im Pazifik versinken. Terry Tanaka ließ den Blick über die Wogen gleiten, um ein Zeichen von Jonas oder seinem Tiefengleiter zu entdecken, während David Adashek wie der Großteil der Crew sichtlich zitterte. Neben ihm hockte der nervöse Al DeMarco und wartete nur darauf, daß der abscheuliche Riesenhai wieder aus den Wellen stieg.

Barre erhob sich über die Rudernden, um das knapp einen Kilometer weit entfernte Chaos aus Booten und Hubschrauberteilen zu studieren. »Verdammter Mist«, fluchte er, »sollen wir die Motoren jetzt schon anwerfen, oder warten wir?« Er blickte in die Augen seiner Männer und sah nackte Angst. »DeMarco?«

»Ich weiß nicht recht. Man sollte meinen, daß diese Schiffe da die Aufmerksamkeit des Megs auf sich ziehen. Wie schnell fahren unsere Boote denn?«

»So überladen, wie wir sind, brauchen wir vielleicht zehn bis fünfzehn Minuten, um an Land zu kommen.« Die Männer sahen zu ihm auf und nickten.

»Moment«, sagte Terry zu Barre, dann blickte sie in die Runde. »Wie Jonas gesagt hat, kann das Tier die Vibrationen von Motoren spüren. Wir sollten also warten, bis das Megalodon von hier verschwunden ist.«

»Und was ist, wenn das nicht geschieht?« fragte Steve Tabor. »Ich hab' eine Frau und drei Kinder.«

Ein zweiter Mann erhob die Stimme. »Erwarten Sie von uns, daß wir hier hocken und untätig darauf warten, bei lebendigem Leib aufgefressen zu werden?«

DeMarco hob beruhigend die Hände. Dann sah er Terry an. »Terry, hör mal gut zu. Jonas ist tot, und uns anderen könnte es genauso gehen, wenn wir einfach hier rumsitzen und hoffen, daß uns das Meg nicht entdeckt.« Zustimmendes Gemurmel. »Sieh doch, was da drüben vor sich geht. Das Monster ist beim Mittagessen. Wenn wir hier bleiben, könnten wir der Nachtisch sein.«

Die Köpfe wandten sich dem Konglomerat aus Booten zu. Schwache Schreie gellten über das Wasser.

Terry spürte einen Kloß im Hals. Sie versuchte zu schlucken, um ihre Tränen zu unterdrücken. Jonas war entweder verletzt oder tot, und sie würden ihn einfach im Stich lassen. Sie starrte geradeaus und sah, wie ein Speedboot aus dem Wasser gehoben wurde und umstürzte. Erneut zerrissen Schreie die Luft. Terry erkannte, daß sie keine andere Wahl hatten, als zu fliehen.

Die beiden Außenbordmotoren heulten auf, und Léon Barres Boot übernahm die Führung. Es steuerte nach Süden, um das vor ihnen liegende Getümmel zu umfahren.

Frank Heller hatte es geschafft, auf eines der Boote zuzuschwimmen. Erschöpft und wahnsinnig vor Angst klammerte er sich an das Thunfischnetz des Trawlers. Mit geschlossenen Augen erwartete er den Tod. Die Minuten vergingen.

»Hey!«

Frank Heller schlug die Augen auf und sah, wie sich ein muskulöser Schwarzer übers Heckwerk beugte. »Das dürfte kaum der rechte Zeitpunkt sein, um ein Bad zu nehmen, Mann. Hiev deinen Arsch ins Boot.« Eine große Hand packte Heller an der Schwimmweste und zerrte ihn an Bord.

Als Bud Harris zu Bewußtsein kam, lag er bis zur Brust im stark zur Seite geneigten Ruderhaus seiner Jacht. Er rappelte sich auf und fiel fast wieder in Ohnmacht, als er den unerträglichen Schmerz in seinem Kopf spürte. Aus irgendeinem unerklärlichen Grund war die ›Magnate‹ noch nicht untergegangen. Bud sah, wie Mac am Funkgerät hantierte.

»Was ist passiert?« fragte er und preßte seine Hände an den Schädel.

»Ich schätze, das Meg hat sich ein wenig über eure Wasserbombe geärgert«, erwiderte Mac. »Wir waren im Maschinenraum, als es uns angegriffen hat. Ich hab' Ihren Arsch rausgezogen, aber die Jacht hier ist ganz schön am Sinken.«

»Das Schlauchboot?«

»Verschwunden. Ihre Kumpel drehen wohl gerade eine Runde.«

»Arschlöcher. Hoffentlich krepieren sie.« Die Jacht war mit mehreren Lenzpumpen ausgerüstet. Bud erreichte die Konsole und legte die entsprechenden Kippschalter um. Die Pumpen sprangen an und ließen das gesamte Boot erbeben, während Meerwasser aus den Rohren strömte.

Mac schaltete die Pumpen sofort wieder ab. »Zu laut, viel zu laut«, sagte er. »Ich hab' gerade mit der Coast Guard verhandelt. Wir stehen auf ihrer Warteliste.«

»Warteliste?«

»Seh'n Sie sich doch mal um, Kumpel«, sagte Mac. »Das Monster tobt sich gerade richtig aus.«

Bud tappte durch den Kontrollraum zur Treppe, die zu seiner Suite hinabführte. Die Kabine stand fast vollends unter Wasser. Er hielt den Atem an und tauchte unter, um eine halbe Minute später keuchend wieder hochzukommen. In der Hand hielt er eine unangebrochene Flasche Jack Daniels. Vor Kälte zitternd kehrte er in den Kontrollraum zurück. An der gegenüberliegenden Wand hing ein gerahmtes Foto seines Vaters. Bud nahm es ab, und es kam ein kleiner Wandsafe zum Vorschein. Er stellte die Zahlenkombination ein, öffnete die Tür und holte eine geladene 44er Magnum heraus. Dann kehrte er nach oben ins Ruderhaus zurück.

Mac sah die Pistole und gluckste. »Hey, Dirty Harry, wollen Sie den Hai damit etwa abknallen?«

Bud richtete den Lauf auf Macs Kopf. »Nein, du Bruchpilot, aber vielleicht dich.«

Hilflos schaukelte der Tiefengleiter einen Meter unter der Wasseroberfläche. Die schwerere Schnauze des Boots zeigte direkt zum Meeresgrund. Jonas war schweißgebadet und hatte zunehmend Atemschwierigkeiten, da sein Luftvorrat zur Neige ging. Er hatte die losen Kabel gefunden und sie wieder angebracht. Nun zog er mit aller Kraft an der rostigen Flügelmutter, um die Verbindung mit bloßen Fingern zu fixieren. Die Mutter machte eine Drehung und fraß sich fest.

»Das muß reichen«, knurrte er, drehte sich kopfüber und ließ sich wieder in die Pilotenposition gleiten. Er spürte, wie ihm das Blut in den Kopf stieg. »Mach schon, Baby, zeig, wieviel Saft du hast.«

Die Elektromotoren der ›AG-I‹ sprangen an. Kühle Luft strömte aus der Ventilation und blies direkt in

Jonas' Gesicht. Er zog den Steuerknüppel zurück, richtete das Tauchboot auf und brachte es an die Oberfläche. Dann sah er sich um.

Die ›Kiku‹ war verschwunden. Zu seiner Rechten sah er die ›Magnate‹, verwüstet, doch zumindest noch auf dem Wasser dümpelnd. Und dann erblickte er die Armada.

Im Gewässer nahe der Tanaka-Lagune, unter sich die Schlucht des Monterey Canyon, sahen André Dupont und mehrere Hundert weiterer Bootsinsassen voller Entsetzen, wie das Megalodon immer wieder aus dem Meer stieg, um Verderben über ihre unglücklichen Kameraden zu bringen, die einen Blick auf das zuvor betäubte Tier gewagt hatten. Selbst über die Entfernung eines knappen Kilometers schockierten die Größe und die Präsenz des Ungeheuers die zurückgebliebenen Video-Amateure. Die Lage hatte sich gewandelt – dies alles war kein Spiel mehr; hier starben Menschen!

Ein einziger Gedanke beherrschte die Leute auf den Booten: Wenn sie im Wasser blieben, konnten auch sie gefressen werden! Ohne sich darum zu kümmern, in welcher Richtung ihr Heimathafen lag, warfen die Steuerleute ihre Boote herum und rasten aufs Land zu. Ohne nachzudenken ließen sie ihre Fahrzeuge durch die Untiefen schlingern und auf dem sandigen Ufer der Monterey Bay stranden.

André Dupont beobachtete die Massenflucht. Innerhalb weniger Minuten war sein Trawler das einzige im Wasser verbliebene Boot. Etienne kam zur Reling und stieß ihn in die Seite. »André, der Captain ist einverstanden, hier im seichten Wasser zu bleiben.«

Dupont starrte unbeirrt weiter durch sein Fernglas. »Dann will er das Boot also nicht wie die andern auf den Strand setzen?«

Etienne grinste. »Der Captain meint, er hätte eben erst den Rumpf anstreichen lassen. Jetzt will er ihn natürlich nicht gleich zerkratzen.«

Dupont sah seinen Assistenten an. »Die Menschen da draußen werden alle sterben. Wir sollten etwas tun.«

»Der Captain sagt, die Coast Guard sei schon unterwegs.«

Mit einem Mal erzitterte der Trawler. Seine Maschinen waren angesprungen.

Dupont führte das Fernglas wieder an die Augen und richtete es auf die beiden Rettungsboote der ›Kiku‹, die rasch näherkamen. »Mein Freund, geh doch zum Kapitän und bitte ihn, seine Maschinen wieder abzustellen, wenn er nicht auch aufgefressen werden will.«

Jonas beschleunigte auf 30 Knoten, wobei er konstant eine Tiefe von sechs Metern beibehielt. Wenige Augenblicke später kam er in Sichtweite des Gemetzels.

Drei kleinere Speedboote sanken mit zerborstenen Fiberglasrümpfen zu ihrer letzten Ruhestätte hinab. Jonas umkreiste die Fahrzeuge; ihre Passagiere waren entweder entkommen oder verschlungen worden. Dann ließ er sein Tauchboot an die Oberfläche gleiten, voll banger Vorahnung auf das, was ihn erwartete.

Die kleine Flotte aus ursprünglich 20 Booten bestand nur noch aus einem Durcheinander von umherdümpelndem Fiberglas und den Resten zerstörter Kabinen, geborstener Decks und zerbrochener Rümpfe. Jonas zählte acht Fischerboote, die weiterhin intakt aussahen; ihre Decks waren mit panischen Menschen überladen. Ein Hubschrauber der Coast Guard schwebte über einem der Boote, in seiner herabgelassenen Rettungsvorrichtung zappelte eine hysterische Frau. Ihre an Bord des Schiffs verbliebenen Gefährten schienen sich darum zu prügeln, als nächster in den rettenden Hubschrauber zu gelangen.

Wo war das Megalodon?

Jonas ließ seinen Gleiter auf neun Meter absinken und durchstreifte das Gebiet. Die Sicht war schlecht, überall schwammen Trümmer im Wasser. Er spürte, wie sein Herz raste, während er den Kopf fieberhaft in jede mögliche Richtung drehte.

Und dann sah er die Schwanzflosse.

Das Megalodon entfernte sich rasch von Jonas, der den Schwanz mit einem Zucken im grauen Dunst verschwinden sah. Jonas ließ den Gleiter an die Oberfläche schießen und sah die hoch aufragende Rückenflosse durch die Wogen schneiden.

Das Ungeheuer raste aufs Land zu.

Die beiden Rettungsboote waren nicht mehr als 700 Meter von der Küste entfernt, als die Rückenflosse hinter dem zweiten Fahrzeug auftauchte und rasch näherkam. Dann verschwand sie plötzlich.

Barre erhob sich und sah zu dem zweiten Boot zurück. Er hob seinen Arm und wies mit heftigen Bewegungen nach Süden. Dann klopfte er dem am Ruder sitzenden Pasquale auf die Schulter und zeigte nach Norden. Die Schiffbrüchigen mußten sich trennen.

In 25 Metern Tiefe warf das Megalodon verwirrt den Kopf hin und her. Seine Sinne hatten ein Opfer registriert; jetzt waren unvermittelt zwei daraus geworden. Es stieg zum Angriff empor.

Terry und DeMarco sahen für einen Sekundenbruchteil das weiße Leuchten aus der Tiefe steigen, bevor sich die ganze Welt drehte wie ein Kreisel. Die Eruption, der helle blaue Himmel, fliegende Körper, dann eiskaltes

Wasser. Das Boot trieb mit nach oben gekehrter Unterseite, der Motor war verstummt.

Prustend und stöhnend durchstießen zwölf Köpfe die Wasseroberfläche; zwei Dutzend Hände griffen nach dem gekenterten Rettungsboot, dessen hölzerner Rumpf in der matten Sonne glänzte. In Todesangst klammerten sie sich fest.

Die monströse Rückenflosse umkreiste sie in nicht mehr als sechs Metern Entfernung, während das Ungeheuer seine nächsten Bissen taxierte. Gemächlich kreuzte der gigantische Hai an der Oberfläche, während seine Masse eine Strömung schuf, die das Rettungsboot mitsamt seiner Mannschaft in eine Kreisbewegung riß. Der Kopf des Tieres erschien, schräg durchs Wasser stoßend. Dann öffneten sich die Kiefer, und Wasser strömte ins Maul. Gebannt starrten die Schiffbrüchigen auf das Ungeheuer, während sie sich langsam im Strudel drehten.

Terry stockte der Atem, als sich einer der Männer nicht mehr am glitschigen Rumpf des Boots halten konnte. Mit einem Aufschrei trieb sein Körper in den Sog des Megalodons. Mit letzter Kraft gegen die Strömung kraulend, schrie er erneut auf, als er das offene Maul erblickte.

Das Meg hielt inne und hob den Kopf aus dem Wasser, während es seine Beute näherkommen ließ. Als der Mann spürte, daß sich die Strömung abschwächte, verdoppelte er seine Anstrengungen. Dann hörte er seine Gefährten schreien und warf einen Blick zurück.

Die dreieckige Spitze der Schnauze verdunkelte die Sonne. Gelähmt stammelte der Mann ein Gebet und zog den Kopf ein, während das furchtbare Maul ihn im ganzen verschluckte.

Wie ertrinkende Ratten versuchten die elf Überlebenden, sich auf das kieloben treibende Boot zu retten. Adashek packte die Halterung des Motors und zog sich hoch. Mit wunden, blutüberströmten Fingern klammerte sich DeMarco an den Rumpf. Er wußte, daß er sich nicht mehr lange würde halten können. Der Jäger umkreiste sie langsam, sein Sog zerrte an DeMarcos Körper. Diesmal wehrte sich der Ingenieur nicht mehr. Er dachte an seine Frau – sie würde auf dem Parkplatz auf ihn warten. Er hatte ihr versprochen, daß dies seine letzte Fahrt sein würde. Sie hatte ihm nicht geglaubt.

Terry sah DeMarco und schrie auf.

»Al! Al, schwimm doch!« Sie stieß sich vom Bootsrumpf ab und kraulte auf ihn zu. Es gelang ihr, von hinten seinen Arm zu packen und ihn zu sich heranzuziehen.

»Nein, Terry, laß mich! Schwimm zurück zum Boot...«

»Nein, verdammt noch mal!«

»Terry... o mein Gott...«

Das Meg kam auf die beiden zu. Wie ein todbringendes Kriegsschiff trieb es behäbig in den Wellen. Wieder neigte sich der Kopf zur Seite, so daß Wasser ins Maul strömte. Terry merkte, daß sie auf die klobige, mit schwarzen Lorenzinischen Ampullen bedeckte Schnauze starrte. Dann öffneten sich die Kiefer ein Stückchen weiter, und glänzend weiße Zähne wurden sichtbar. In manchen Zwischenräumen hing noch Menschenfleisch.

Terry und DeMarco kraulten hektisch, während die Kiefer immer weiter aufklappten, um die neue Beute aufzunehmen. Aus dem lachsroten Zahnfleisch starrten die gezackten Zähne.

Gelähmt sah Terry Tanaka zurück. Sie spürte, wie sie das Bewußtsein verlor, und konnte das vertraute Surren des Elektromotors nicht mehr hören.

Das Tauchboot schoß aus dem Meer und krachte direkt in den entblößten Oberkiefer des Megalodons. Der dreieckige Kopf hob sich aus dem Wasser, Blut strömte aus der linken Augenhöhle.

Die ›AG-I‹ rollte ins Meer, beschleunigte nach unten und schoß hinter das Ungeheuer.

»Komm schon«, brüllte Jonas, »komm schon, fang mich, wenn du kannst!«

Wütend wie ein Stier verschwand das Megalodon in den Wellen, um die Verfolgung aufzunehmen. Jonas drehte den Kopf, sah das garagentorgroße Maul vor sich aufragen und riß den Tiefengleiter scharf nach Backbord, um seitlich an den Kiefern vorbeizuschießen.

Das Maul schnappte ins leere Wasser, während seine Beute entkam. Sofort stellte sich das Megalodon auf die neue Lage ein, um wie ein übergroßer Torpedo auf sein Ziel zuzurasen.

Jonas sah auf den Geschwindigkeitsmesser: 34 Knoten, und dennoch kam das Meg rasch näher. Wo sollte er hin? Auf jeden Fall mußte er das Tier von Terry und den anderen weglocken. Er spürte einen Stoß von hinten: das Megalodon rammte sein Heck. Jonas wendete hart nach Steuerbord, um mit Höchstgeschwindigkeit emporzusteigen.

Wie ein fliegender Fisch schoß der Gleiter in die Luft. Direkt dahinter sprang das Megalodon bis zur Rumpfmitte aus den Wellen. Die Kiefer schnappten leeren Raum, während das Tauchboot schwer auf den Wellen aufschlug. Dahinter warf sich der Räuber seitwärts in den Ozean; das donnernde Klatschen erinnerte an den größten Buckelwal.

Jonas drückte den Steuerknüppel nach vorne, um auf Tauchgang zu gehen, doch nichts geschah. Die Landung mußte das Batteriekabel erneut gelockert haben. Gehetzt kugelte er sich herum, tastete nach der Verbindung und stellte sie wieder her. Die Motoren summten auf.

Taylor wußte, daß ihm keine Zeit blieb. Er stieß seinen linken Fuß zurück, um mit den Zehen den Gashebel zu erreichen. Das Tauchboot sprang vorwärts, den drei Meter weit aufgerissenen Kiefern um Millisekunden entgehend. Jonas rollte sich in der engen Kapsel wieder nach vorne und betete, daß die Batteriekabel hielten.

Das Megalodon stürzte sich auf ihn, hatte die Kiefer schon fast um das winzige Fahrzeug gelegt. Jonas riß das Boot nach Backbord, und die Schnauze des Untiers schoß rechts an ihm vorbei. Auf der Konsole erschien ein rotes Flackern. Die Batterien standen kurz vor dem Versagen!

Jonas führte sein Tauchboot in eine enge Kurve, ohne den Standort des Megalodons ausmachen zu können. Er wurde langsamer, während er in der Ferne das Brummen eines Dieselmotors hörte.

André Dupont hatte zehn Minuten gebraucht, um den Kapitän des Trawlers davon zu überzeugen, daß seine Gesellschaft für alle entstehenden Schäden aufkommen würde. Schließlich hatte der Kapitän nachgegeben, und das Boot fuhr mit Höchstgeschwindigkeit auf die Überlebenden des umgekippten Rettungsboots zu.

Terry Tanaka wurde von Dupont an Bord gezogen. Sie versuchte aufzustehen, brach aber auf dem Deck zusammen. Adashek übergab sich vor Erschöpfung. DeMarco und mehrere seiner Gefährten fielen auf die Knie und dankten ihrem Schöpfer dafür, daß sie verschont geblieben waren.

Das Megalodon stieg acht Meter hoch aus dem Pazifik, packte das leere Rettungsboot mit seinen überdehnten Kiefern und zermalmte den hölzernen Rumpf wie ein Zündholz. Splitter regneten auf das Deck des Trawlers nieder, gefolgt von einer drei Meter hohen Flutwelle, als das Ungeheuer seinen Leib wieder ins Meer krachen ließ.

André Dupont blieb keine Zeit, zu reagieren. Mit voller Wucht erfaßte ihn die Welle und spülte ihn ins Meer. Terry schrie auf. Dann sah sie die ›AG-I‹ an die Wasseroberfläche gleiten. Zehn Meter vom Trawler entfernt blieb das Tauchboot mit verstummten Motoren liegen.

Jonas trat auf die Batterien ein, obwohl er wußte, daß es nutzlos war. Der Spannungsmesser stand auf Null; sein Boot hatte keinerlei Energie mehr. Langsam senkte sich die schwerere Lexanschnauze tiefer ins Wasser, so daß der Gleiter mit dem Heck nach oben wie ein Korken im Wasser tanzte.

Kopfunter in seinem Gurtwerk hängend, starrte Jonas in den grauen Schleier, der sich vor ihm ausbreitete. In seinen Schläfen pochte das Blut. Nun wurde eine Bewegung zu seiner Linken sichtbar – eine kleine Gestalt schwamm auf den Trawler zu.

»Wo bist du?« flüsterte Jonas. »Ich muß hier raus und auf das Boot da drüben.«

Langsam stieg das Ungeheuer aus der Tiefe. Es spürte, daß sein Herausforderer verwundet war. In 30 Metern Tiefe beschleunigte es. Seine Kiefer öffneten sich weiter, die Nüstern brannten nach der schwachen Geruchsspur.

Jonas sah das weiße Gesicht mit dem satanischen Grinsen in der Dunkelheit erscheinen. Ja, es war wie vor sieben Jahren. Er war wieder in der ›Sea Cliff‹, doch diesmal gab es keinen Rückzug, keine Flucht. Ich werde sterben, dachte er, doch seltsamerweise spürte er keine Furcht.

Und da kamen ihm Masaos Worte in den Sinn: »Kennst du den Feind und auch dich selbst, brauchst du den Ausgang von hundert Kämpfen nicht zu fürchten.«

»Ich kenne meinen Feind«, sagte er laut. Gerade 15 Meter war der Kopf nun noch entfernt; die Kiefer dehnten sich.

Zwölf Meter.

Neun. Jonas schob die rechte Hand vor, umfaßte den Hebel, drehte ihn gegen den Uhrzeigersinn.

Sechs Meter. Er atmete tief ein, um sein unregelmäßig schlagendes Herz zu beruhigen.

Drei Meter! Die Kiefer überdehnten sich.

Unwillentlich schrie Jonas auf, als er den Hebel auf sich zu zog. Der Wasserstoff entzündete sich und verwandelte die ›AG-I‹ in eine Rakete, die durch die geöffneten Kiefer des Megalodons schoß.

Die schwarze Grotte sprang auf Jonas zu. Er richtete das Tauchboot in ihre Mitte, sah kurz die fast gotisch erscheinenden, weiten Bögen der Knorpelrippen. Dann absolute Finsternis, während die ›AG-I‹ an der Zunge des Räubers entlangglitt, um tief in die Speiseröhre vorzustoßen.

Die Tiefenruder des Gleiters schnitten scharf in die Wände des Schlunds und rissen meterlange Streifen des weichen Gewebes mit sich, bevor sie vom Rumpf des Boots gerissen wurden. Mit seinem torpedoförmigen Umriß drang das Tauchboot immer weiter vor, angetrieben von der Wasserstoffverbrennung.

Um nicht bedrohlich aufzuschlagen, schob Jonas den Hebel zurück. Das Triebwerk erlosch, während der Gleiter in eine fleischige, dunkle Masse stieß. Dann drang ihm ins Bewußtsein, daß er noch immer am Leben war, und er atmete tief aus.

Jonas Taylor war durch das Tor in die Hölle geschritten.

IN DER HÖLLE

Das Megalodon schoß so hoch aus dem Pazifik, daß seine sensenförmige Schwanzflosse fast das Wasser verließ. Einen starren Moment lang hing das 20 Tonnen schwere Ungeheuer wie ein Speerfisch in der Luft; dann stürzte es in sein Reich zurück, das Maul geöffnet und voll wilder Gier, das in seinem Innern brennende Feuer zu löschen.

Obwohl die Batterien der ›AG-I‹ leer waren, konnte der kleine Notgenerator des Tauchboots die lebensnotwendigen Systeme nahezu eine Stunde lang in Betrieb halten. Jonas schaltete den Scheinwerfer ein.

Der Tiefengleiter befand sich im vorderen Magenbereich des Megalodons. Lachen warmen Meerwassers ließen das Lexanglas beschlagen, während bräunliche Objekte zwischen den engen, rosafarbenen Wänden umherglitschten. Jonas sah auf das Außenthermometer: 32 Grad.

»Erstaunlich«, sagte er laut, während er mit aller Macht versuchte, sich zu konzentrieren und Gedanken fernzuhalten, die ihn mit Sicherheit in Panik versetzt hätten. Große Brocken Walfett klatschten auf die Lexanschnauze. Jonas spürte Übelkeit in sich aufsteigen, doch es gelang ihm nicht, den Blick abzuwenden. Er sah die Überreste eines Tümmlers, eines Schlauchboots, mehrere Holzstücke. Geschmolzene Fetzen halb verdauten Glibbers glitten an der unsichtbaren Peripherie entlang. Und dann war da noch etwas anderes.

Ein menschliches Bein, amputiert am Knie. Und eine Gestalt, ein Oberkörper, stark verstümmelt. Er hatte einen Kopf und ein Gesicht, noch kenntlich ... Danielson!

Ein Gurgeln entrang sich Jonas' Kehle, während sein aufsteigender Mageninhalt den Schrei erstickte. Die Wände schlossen sich um ihn, und vor Angst verkrampfte sich sein Körper. Das Tauchboot schlingerte auf die Seite und drehte sich in der gähnenden Magenhöhlung, während die Überreste von Taylors einstigem Vorgesetzten außer Sicht schwappten. Sein Mörder warf sich immer wieder in die Luft, um in den Ozean zurückzustürzen, zuckend vor rasendem Schmerz.

André Dupont saß keuchend auf dem Deck und sah voller Staunen und Angst, wie das furchtbarste Wesen, das je die Meere bewohnt hatte, sich haltlos zuckend durch die Wellen warf. Mit zitternden Beinen stand Terry neben ihm; über ihre Wangen liefen Tränen. Sie hatte den Blitz des sich entzündenden Wasserstoffs gesehen, und sie wußte, was Jonas getan hatte. In diesem Augenblick erkannte sie, wie tief ihre Gefühle für ihn waren.

Léon Barre debattierte mit dem Kapitän des Trawlers und warnte ihn, daß die Maschinen seines Boots das Ungeheuer anlocken würden. Der ältere Mann fluchte auf Barre, dann auf Dupont, kam aber zu dem Schluß, daß es am besten war, die Maschinen wieder abzustellen.

Das Megalodon schoß in die Tiefe. Die Flammen des Raketentriebwerks hatten sein Inneres versengt, und jetzt versuchte der Hai, das fremdartige Gebilde, das er verschluckt hatte, wieder auszuwürgen. Zwei eineinhalb Meter breite Platten aus Aluminiumoxid kamen hervor, begleitet von blutigen Gewebefetzen aus der Wand der Speiseröhre. Als die abgetrennten Tragflächen des Tiefengleiters aus seinem Maul schwebten, schnappte er zu, um sie samt seinem eigenen Gewebe wieder zu verschlingen, unfähig, den Instinkt von 100 Millionen Jahren zu überwinden.

Ein unbeherrschbares Zittern hatte Jonas ergriffen, und seine Nerven bebten angesichts des Horrors, dessen Dimension einfach unvorstellbar war. Ob Klaustrophobie, ob Angst und Schrecken – erst jetzt erfuhr er, was diese Gefühle wirklich bedeuteten.

Dann dachte er an Terry. Denn wenn es etwas gab, was ihm noch Hoffnung geben konnte, dann war sie es. »Sie lebt«, stieß er hervor, »genau wie ich. Konzentrier dich, verdammt noch mal! Denk nach! Wo bist du?«

Er zwang sein Hirn, sich an die sauberen, nüchternen Diagramme der Anatomie des weißen Hais zu erinnern, die er doch so gut kannte. Das Tauchboot war durch die Speiseröhre gedrungen, und Jonas wußte, daß er sich im vorderen Teil des Magens befinden mußte. Was konnte er tun? War es möglich, das Megalodon von innen her zu töten?

Dann fiel ihm auf, daß die rationalen Gedanken seinen Atemrhythmus verlangsamten. »Ganz ruhig«, sagte er, »ich bin ganz ruhig.« Sein Herzschlag dröhnte ihm in den Ohren, lauter, immer lauter. Er stellte fest, daß er sich kaum selbst sprechen hörte.

»Das ist gar nicht mein Puls«, stieß er mit einem Mal hervor. Wieder erschien das Diagramm in seinem Kopf, die Speiseröhre, der Magen … »Es ist sein Herz.« Ja, das Herz mit den zwei Kammern mußte hinter den Kiemen liegen, noch vor der gewaltigen Leber und – direkt unterhalb des Magens.

Eine ruhige Entschlossenheit begann sich in Jonas auszubreiten. Er hatte einen Plan, einen Hoffnungsschimmer. Er würde Terry wiedersehen. Jonas drehte sich auf die Seite und tastete nach der kleinen Kammer unter der Polsterung. Dort fand er eine Taucherbrille, einen Lungenautomaten und eine kleine Preßluftflasche. Er holte alles heraus, setzte die Maske auf und überprüfte die Sauerstoffzufuhr. Sie funktionierte. Dann suchte er nach seinem Tauchermesser.

Es war verschwunden. Was nun? Wie konnte er noch hoffen, das dicke Muskelgewebe durchzuschneiden, das die inneren Organe des Megalodons umgab? Während er in seiner Kapsel umhertastete, stießen seine Finger auf das Ledersäckchen. Er zog den versteinerten Zahn aus seiner Schutzhülle und steckte ihn in den Gürtel seines Schutzanzugs. Dann legte er eine Stablampe zurecht und befestigte die kleine Preßluftflasche mit Klettbändern um seine Brust. Er war bereit.

Jonas öffnete die Luke am Heck des Tauchboots. Als sich die Gummidichtung mit einem Zischen löste, drückte er die runde Tür ganz auf. Eine dicke, warme Flüssigkeit begann ins Boot zu sickern. Schon durch den Lungenautomaten atmend, schob Jonas den Kopf aus der Luke und richtete seine Lampe in die beißende Dunkelheit.

Der Magen des Megalodons entpuppte sich als eine fest umschlossene, zuckende Muskelkammer, die in ständiger Bewegung war, um die aufgenommene Nahrung in einem ätzenden Milieu aus feuchtem Dunst, scharfen Sekreten und Meerwasser umherzuschieben. Mit hohen, gurgelnden Geräuschen, die sich mit einem tiefen, hallenden Knurren abwechselten, empörte sich das Verdauungsorgan gegen die Gegenwart des Eindringlings. Das konstante Schlagen des gewaltigen Herzens vibrierte durch Jonas' Körper.

Ohne daß oben und unten zu unterscheiden war, schien der Magen einfach aus einer von ständig arbeitenden Muskeln umgebenen Höhle zu bestehen. Jonas schwang vorsichtig sein rechtes Bein aus der Luke und spürte, wie sich das Tauchboot dadurch verlagerte. Sein rechter Fuß berührte die Magenwand und gab ihm das Gefühl, auf eine Oberfläche aus flüssigem Kitt zu treten. Aus den Poren rann eine zähe Flüssigkeit, die zwischen seine Zehen trat und ihm den Fuß verätzte. Jonas zog sein anderes Bein nach. Ohne Vorwarnung blähte sich die Wand unter ihm auf, während die ganze Höhle sich um 270 Grad drehte. Jonas wurden die Beine weggerissen, so daß er hilflos auf den Rücken fiel. Er spürte, wie die Sekrete der Schleimhaut seinen Schutzanzug angriffen. Würgend drehte er sich auf alle viere und kroch auf Händen und Knien über die unebene, muskelbepackte Oberfläche.

Seine Hände fingen an zu brennen, während seine Maske langsam beschlug. Mit angehaltenem Atem erhob er sich auf die Knie, nahm die Maske ab, spuckte hinein und rieb das Glas sauber. Wieder brachte der beißende Geruch ihn zum Würgen und brannte sich allmählich auch in seine Augen.

Jonas saugte kräftig am Mundstück des Lungenautomaten und setzte die Maske wieder aufs Gesicht. Ja, das war besser. ›Ruhig bleiben; langsam atmen‹, befahl er sich. Wo aber war die Unterseite des Hais? Er spürte eine Druckveränderung und packte den Heckflügel des Gleiters, kurz bevor er wieder auf den Rücken geschleudert wurde. Beinahe hätte sich das Tauchboot über ihn geschoben. Als er ihm auswich, sah er eine Bewegung. Er richtete seine Lampe auf ein Objekt, nein, es waren zwei Objekte, die glänzten … die abgebrochenen Tragflächen des Gleiters! Sie wanderten tiefer in den Magen, befördert von den muskulösen Wänden des Verdauungstrakts.

Jonas überlegte, während sich das Megalodon wieder aufrichtete. Er legte den Kopf auf die geschwollene Masse und hörte, wie das dröhnende Pochen lauter wurde. Dann stemmte er sich gegen das schwere Tauchboot, packte den gezackten Zahn wie ein prähistorisches Messer und drückte die scharfe Spitze in die Magenwand.

Der Zahn prallte von der dicken, muskulösen Oberfläche ab und fiel ihm aus der Hand. Hektisch tastete er umher, bis er die Waffe wiedergefunden hatte. Ein dunkles Gefühl des Grauens erschütterte seine Ruhe. Ich werde hier drin sterben, dachte er.

Noch immer auf allen vieren, packte er den Zahn mit beiden Händen und drückte ihn mit seinem gesamten Körpergewicht nach unten. Diesmal benutzte er die gezackten Ränder wie eine Säge. Das dicke, fasrige Gewebe platzte auf, aber er kam nur mühsam weiter, als schnitte er mit einem Buttermesser in rohes Fleisch. Langsam grub Jonas einen gut einen Meter langen Schnitt in das unnachgiebige Gewebe, dann sägte er mit dem Rand des Zahnes an dem elastischen Muskel, der darunter lag.

Das Megalodon spürte nichts von der Wunde, die Jonas in seinem Magen verursachte, doch die Schnitte entlang der Speiseröhre ließen es wiederholt würgen. Tobend stieg der Räuber an die Wasseroberfläche, bereit zum Angriff.

Mit seiner linken Hand legte Bud Harris den Kippschalter um, so daß die Pumpen der ›Magnate‹ wieder ansprangen. Mit seiner Rechten hielt er die entsicherte Magnum auf Macs Kopf gerichtet.

»Sie lassen die Pumpen laufen?« fragte Mac. »Das wird das Meg anlocken.«

»Ich *will* das Meg anlocken. Los geht's.« Bud steckte Mac den Lauf des Revolvers in den Mund, schloß seine

Linke um Macs Kehle und führte ihn hinaus. Die tiefstehende Nachmittagssonne brannte auf das verwüstete Deck.

»Das Monster da unten hat mir den einzigen Menschen genommen, der mir je etwas bedeutet hat!« schrie Bud. »Diese Bestie verfolgt mich wie ein weißer Alptraum, raubt mir den Schlaf, verhindert, daß ich lebe. Und du?« Bud brachte sein Gesicht ganz nah an das des Piloten. »Du mußtest dich einmischen, mußtest den Helden spielen.«

Bud trat zurück, um Mac mit einer Handbewegung zu bedeuten, daß er zur Reling gehen sollte. »Mach schon.«

»Was?« Mac lauschte auf das Geräusch des Rettungshubschraubers, um Zeit zu gewinnen.

Bud drückte ab und blies ein acht Zentimeter großes Loch ins Deck. »Du wolltest dieses Monster retten, jetzt darfst du es füttern.« Wieder feuerte er, und diesmal streifte die Kugel Macs rechten Wadenmuskel. Mac fiel auf die Knie und sah das Blut aus seiner Wunde rinnen.

»Der nächste Schuß trifft dich in den Magen. Du solltest also schleunigst springen.«

Mac kroch zur Reling und kletterte darüber. »Du bist total meschugge, Kumpel.« Er ließ sich ins Wasser fallen.

Bud sah ihn von der ›Magnate‹ wegschwimmen. »Bis später in der Hölle.«

Der Magen des Megalodons brannte wie Feuer und jagte spastische Muskelzuckungen über seine Bauch- und Brustflossen. Es mußte fressen, mußte die Flammen ersticken, die in seinem Innern loderten. Die von der ›Magnate‹ verursachten Vibrationen wirkten wie ein Magnet, das aus Macs Wunde strömende Blut war berauschend. Der Hai stieg in die wärmere Wasserschicht, beschleunigte und schoß auf den Rumpf der ›Magnate‹ zu. Die Kollision ließ einen über vier Meter langen Riß am Heck entstehen. Innerhalb weniger Sekunden begann die Jacht, sich langsam zu drehen, ein erstes Anzeichen für ihr endgültiges Versinken.

Bud fläzte in seinem Clubsessel, den Blick zum Bug gewandt. Die Flasche Jack Daniels war leer, sein Kopf schmerzte, und jetzt begann sich auch noch die Welt um ihn zu drehen. Wird wohl der Schnaps sein, dachte er und ließ den Kopf wieder zurücksinken. Erst der zweite Aufprall ließ ihn zusammenfahren.

»Ach du Scheiße!« Er packte die Magnum und setzte sich unbeholfen auf.

Während sich das Heck rasch mit Wasser füllte, drehte sich die ›Magnate‹ immer schneller. Bud taumelte gegen die Reling. Dann sah er die Rückenflosse. Er drückte ab und verfehlte sein Ziel um gute drei Meter.

»Du kannst mich mal. Mich kriegst du nicht. Vergiß es.«

Durch Duponts Fernglas sah Léon Barre die Rückenflosse neben der havarierten Jacht auftauchen. »Ich glaube, jetzt sollten wir mal los, Capt'n.«

Die beiden Maschinen des Trawlers sprangen an. Blauen Qualm ausstoßend, raste das Boot auf die Küste zu. Achthundert Meter entfernt riß das Megalodon seinen Kopf herum. Mit seinen völlig aus den Fugen geratenen Instinkten nahm es die Verfolgung auf.

Bud schloß die Augen. Die Welt um ihn drehte sich nun zu schnell, als daß er noch hinsehen konnte. Er spürte, wie sich das Vorderdeck hob. Von Übelkeit ergriffen, sank er auf die Knie und mühte sich, einen letzten Blick zu tun. Das Boot kreiste um ihn, während es immer rascher in den Strudel gerissen wurde. Mit benebeltem Blick konnte er gerade noch die Gestalt des Ungeheuers erkennen, konnte sehen, wie sich das gewaltige weiße Dreieck des Kopfes über ihn erhob. Das Maul schien sich zu öffnen, gierig nach Nahrung zu suchen.

Er sah auf. »Ich komme, Maggie«, brabbelte er, dann suchten seine Augen nach dem Ungeheuer. »Fahr zur Hölle ... du Scheißding.« Bud steckte sich den Lauf der Magnum in den Mund, drückte ab und blies sich das Hirn aus dem Schädel.

Immer höher stieg der dreieckige weiße Bug der ›Magnate‹ empor, während das Heck im Meer versank.

Das Megalodon war schon lange verschwunden.

Jonas war erschöpft. Walfett und andere Nahrungsbrocken klumpten sich im Magen des Tieres zusammen und drückten schwer gegen seinen Rücken. Endlich drang der Zahn durch die 15 Zentimeter dicke Magenwand, und Jonas schob seinen Kopf durch den Schlitz. Hier, außerhalb des Magens, fand er sich in einer ganz anderen Umgebung wieder.

Der Herzbeutel war sehr eng, ein fleischiger, gerade 30 Zentimeter breiter Spalt. Jonas schob sich liegend hinein und drückte den Rücken gegen eine Lage gestreifter Muskeln. Sie gab nach. Er kroch vorwärts, in der einen Hand die Stablampe, in der anderen den Zahn, immer in Richtung der Baßtrommel, die nun lauter und lauter in seinem Hirn dröhnte.

Die Kammer begann sich zu weiten, und der Herzschlag wurde stärker, so daß die fleischigen Wände um Jonas vibrierten. Und dann sah er es im Lichtkegel: eine eineinhalb Meter große, runde Muskelmasse, aufgehängt an den dicken Strängen der Blutgefäße.

Der Trawler war noch 100 Meter vom Strand entfernt, als das Megalodon ganze sechs Meter hinter ihm auftauchte. Die Passagiere klammerten sich fest, ohne die mentale Kraft aufzubringen, einen weiteren Angriff überleben zu wollen.

Mit einem furchtbaren Stoß rammte der Hai die Quelle der Vibrationen und zermalmte die beiden Schraubenwellen. Sofort setzten die Propeller aus, so daß der ramponierte Trawler ganze 50 Meter von der Küste entfernt hilflos im Wasser trieb.

»Du verdammter Scheißkerl!« brüllte der Kapitän. »Das ist bloß Ihre Schuld, Dupont. Dafür werden Sie mir büßen!«

Das Meg stieg an die Oberfläche, um das Schiff in sechs Metern Entfernung zu umkreisen. Es kam näher, schoß auf die Backbordseite zu und drückte seine Schnauze gegen den Rumpf.

Das Schiff stieg in einem 30-Grad-Winkel aus dem Wasser. Adashek, Terry, und vier weitere Schiffbrüchige rutschten über das Deck, ohne an etwas anderem als aneinander Halt zu finden. Der Hai drückte weiter, hob die linke Seite des Trawlers höher und höher, während er das Schiff wieder aufs Meer hinausschob. Zwei der Männer gelang es, sich am Thunfischnetz festzuklammern, aber Terry, Adashek und die anderen beiden Männer fielen über Bord.

Das Megalodon hörte das Klatschen und spürte die unregelmäßigen Vibrationen an seinem Seitenlinienorgan. Es hielt inne und ließ den Rumpf des Trawlers wieder ins Wasser krachen. Dann schraubte es sich in einer engen Kreisbewegung in die Tiefe der Schlucht hinab, um im kühleren Wasser das Brennen in seinem Innern zu lindern, während es sich auf den erneuten Angriff vorbereitete.

Jonas klammerte sich an die dicken Stränge, die vom Herzen des Megalodons ausgingen. Er spürte die warme Flüssigkeit durch die Aorta schießen, während das ungeheure Herz gegen seine Brust hämmerte, lauter nun, schneller. Plötzlich stieß das Tier in die Tiefe, so daß Jonas vornüberfiel.

Terry war zu erschöpft, um schwimmen zu können. Sie trieb im Wasser, nur von ihrer Rettungsweste getragen. Adashek schwamm neben ihr und versuchte, sie in Richtung des Boots zu ziehen.

Das Megalodon schoß an die Oberfläche. Noch immer brannte sein Magen, noch immer zwang sein grenzenloser Hunger es zum Angriff. Es öffnete die Kiefer, um das kühle Meerwasser hineinströmen zu lassen, während es sich seiner Beute bis auf 300 Meter näherte.

Adashek riß an Terrys Schwimmweste, um sie näher ans Boot zu ziehen. Dupont warf den beiden einen Rettungsring zu, während die zwei anderen Männer bereits an Bord kletterten.

180 Meter.

Jonas hackte auf die Aorta ein, ohne viel Widerstand zu spüren. Warmes Blut sprühte in alle Richtungen, bedeckte seine Stablampe und seine Maske. Die gerade einen Meter breite Kammer verdunkelte sich, und Jonas erzitterte unwillkürlich. Wieder kamen die Wände näher.

120 Meter.

Terry und Adashek hatten den Trawler erreicht. Mehrere Hände streckten sich ihnen entgegen und zogen den Reporter als ersten heraus. Terry hob den Arm und mühte sich, ihre Retter zu erreichen. Dabei schlug sie so kräftig mit den Beinen, wie sie konnte, um nicht weiter zu versinken.

60 Meter.

André Dupont starrte ins Meer und sah das gespenstische Leuchten näherkommen. »Zieht sie doch raus, schnell!« brüllte er. Terry wandte den Kopf und sah die fluoreszierende Gestalt in der dunklen Tiefe erscheinen. Das Meg stieg direkt unter ihr empor! Adrenalin schoß durch ihren Körper, und sie zuckte nach oben, streckte ihre Hand aus, packte das Handgelenk eines Retters.

30 Meter.

Der Oberkiefer des Ungeheuers schob sich mit seinen starrenden Zähnen unter der Schnauze vor. In einem Schutzreflex rollten die blinden Augäpfel in den Kopf zurück. Das Meg würde seine Beute mit einem gewaltigen Biß verschlingen.

15 Meter.

Terry Tanaka spürte ihre nasse Handfläche am Arm ihres Retters entlanggleiten. Verzweifelt faßte sie mit der anderen Hand nach oben, verlor das Gleichgewicht und stürzte rücklings ins Meer zurück.

Jonas Taylor war es nicht gelungen, an den glitschigen Strängen Halt zu finden. Am Winkel der Kammer erkannte er, daß das Meg emporstieg, wahrscheinlich zum Angriff. Er dachte an Terry. Dann legte er seine linke Armbeuge um das Gefäßbündel und stemmte die bloßen Füße in das weiche Gewebe der Wände. Kopfüber in der Kammer hängend, zog er den pulsieren Muskel mit aller Kraft nach unten. Seine rechte Hand schloß sich fester um den Zahn, so daß Jonas mit einem kraftvollen Hieb in die Stränge schneiden konnte.

Vier Meter von der Wasseroberfläche entfernt, den Oberkiefer bereits furchterregend überdehnt, wurde das Megalodon langsamer. Seine Muskeln erstarrten. Die einzige Bewegung kam von der mächtigen Schwanzflosse, die noch unwillkürlich zuckte.

In völliger Dunkelheit lag Jonas, von warmem Blut bedeckt, auf dem Rücken. Auf seiner schwer arbeitenden Brust lastete wie ein gewaltiger Baumstumpf das abgetrennte Herz des tonnenschweren Megalodons. Jonas versuchte verbissen, gleichmäßig in den Lungenautomaten zu atmen, obwohl er vor Anstrengung keuchte. Das Schlagen der Trommel war verhallt, doch die Kammer war nun von Blut überschwemmt.

Jonas wand sich unter dem gewaltigen Organ hervor und tastete nach seiner Stablampe. Seine Finger spürten etwas Hartes; ja, es war die Lampe. Er wischte das Glas ab, doch der Lichtstrahl war kaum sichtbar. Auf allen vieren kroch Jonas durch eine Kaskade von Blut zum Magen zurück.

Terry Tanaka hatte erwartet, zu sterben. Als der Tod immer noch nicht eingetroffen war, schlug sie die Augen auf. Das Maul des Megalodons hing geöffnet unter ihr … und sank. Blutfontänen stiegen empor und sammelten sich um Terrys Körper.

»Terry, halt dich am Seil fest!« rief DeMarco.

»Laß mich, Al. Werft mir eine Maske runter, schnell!«

Dupont griff nach einer Taucherbrille und warf sie ihr zu. Sie zog die Brille über den Kopf, richtete den Schnorchel ein und spähte in die Tiefe. Durch das scharlachrote Wasser sah Terry einen breiten Blutstrom aus dem Maul des Megalodons fließen, während das Tier immer tiefer sank. Nun zuckte auch die Schwanzflosse nicht mehr.

Jonas hatte die Magenwand wiedergefunden, nicht jedoch den Einschnitt, den er gemacht hatte. Panik stieg in ihm auf. Er kniff die Augen zusammen, um den schmalen Lichtstrahl zu erkennen, der aus seiner Lampe drang. Als er die Lampe gegen seine Handfläche schlug, wurde der

Strahl geringfügig stärker. Endlich entdeckte er den Einschnitt. Jonas schob seinen rechten Arm hinein, dann seinen Kopf, und ließ sich schließlich hinabfallen. Wo war der Gleiter?

Er landete auf alle vieren, und die scharfe Magensäure brannte an seinen bloßen Händen und Füßen. Die Stablampe war nutzlos geworden, doch Jonas hatte erwartet, den Scheinwerfer des Tauchboots sehen zu können. Er betete, daß das Fahrzeug nicht schon im Darm verschwunden war.

Die Magenwand war nun zu abschüssig, das Gewebe zu glitschig. Jonas verlor das Gleichgewicht und stürzte in eine Trümmermasse am unteren Ende des Magens. Sein Kopf traf auf etwas Hartem auf – es war das Heck des Gleiters.

Die Schnauze des Tauchboots war durch den Darmeingang geglitten, doch der Rumpf war zu breit, um zu folgen. Jonas packte das Heck mit beiden Händen und ließ sich zurückfallen. Das Fahrzeug bewegte sich kaum. Er stemmte die Füße in den Boden, spürte Adrenalin durch seinen Körper schießen und warf sich noch einmal mit aller Macht zurück. Wie durch ein Wunder rutschte die Schnauze des Boots aus der blockierten Öffnung, zum Teil auch von Hunderten von Litern halb verdauter Nahrung, die aus dem Darm aufstieg, emporgedrückt.

Der Scheinwerfer der ›AG-I‹ ließ den Magen gespenstisch aufleuchten und offenbarte die Vorgänge in dem sterbenden Tier. Die muskelbepackte Wand kontrahierte nicht mehr, so daß der unverdaute Inhalt des Darms wieder in den Magen floß. Dabei entstand ein Haufen, der langsam die Schnauze des Tauchboots anhob. Jonas sah nach oben. Sechs Meter über ihm war der Mageneingang, in den die Speiseröhre mündete – sie war der einzige Weg nach draußen!

Jonas sank auf die Knie und schob die Schultern unter die Schnauze des Gleiters. Unter Aufbietung aller Kräfte erhob er sich und schob das torpedoförmige Boot seitwärts, bis es schräg an der nun senkrechten Magenwand lehnte.

Blind tastete Jonas nach dem Heck, das jetzt in einer bereits einen Meter dicken Schicht deformierten, halb verdauten Walfetts steckte. Er schob die Arme hinein, um ein Loch auszuheben, bis seine Hände die Luke finden und aufzerren konnten. Jonas schob sich durch zähe Masse, um seinen Kopf und dann auch seine Arme in die trockene Kapsel zu zwängen. Sein schleimbedeckter Schutzanzug war so schlüpfrig, daß es Jonas schließlich gelang, seinen ganzen Körper in das enge Tauchboot zu winden. Er verschloß die Luke unter seinen Füßen, stellte sich in der zweieinhalb Meter hohen Kapsel auf und suchte mit dem Scheinwerfer den Mageneingang. Er wußte, daß der Gleiter es mit einem letzten Energiestoß in die Speiseröhre schaffen mußte.

Jonas verlagerte seinen Körper nach links, um die Position des Fahrzeugs zu verändern, so daß die Schnauze so präzise wie möglich auf ihr Ziel zeigte. Dann schnallte er sich fest und griff nach dem Hebel, der den Treibstoff zum Entzünden brachte. Er drehte ihn gegen den Uhrzeigersinn und zog.

Der geringe Rest Treibstoff explodierte und ließ das Tauchboot an der Magenwand entlangschießen wie eine an einer Mauer emporsteigende Rakete. Jonas packte den Steuerknüppel und richtete die Schnauze auf die Mündung der Speiseröhre. Tatsächlich glitt das Vorderteil des Boots durch den glitschigen Mageneingang, um in den wassergefüllten Tunnel vorzustoßen, der sich dahinter öffnete.

Rummms! Die ›AG-I‹ kam ruckartig zum Stehen. Ihr Scheinwerfer zeigte eine mit Meerwasser und Blut gefüllte Kammer. Das Maul des toten Räubers stand noch offen, doch das Wasser in seinem Schlund bewegte sich nicht mehr. In einiger Entfernung sah Jonas die gähnende Öffnung des Rachens.

Der Gleiter war nicht in der Lage gewesen, in die Speiseröhre einzudringen. Jonas erkannte, daß sich das breitere Heck an der muskelbepackten oberen Magenwand festgefressen haben mußte. Dann spürte er, wie das Tauchboot allmählich in den Verdauungstrakt zurückglitt, aus dem es gekommen war. Verzweifelt zog er noch einmal am Hebel des Triebwerks ... nichts. Der Treibstoff war endgültig verbraucht. Nichts hielt die ›AG-I‹ mehr davon ab, in den Magen zurückzurutschen.

Niedergeschmettert stieß Jonas mit der rechten Faust nach unten und traf einen Metallkasten. Die Rettungskapsel! Er riß den Deckel auf, ergriff den Hebel und zog.

Der Tiefengleiter erbebte von der Detonation, die die torpedoförmige Rettungskapsel aus Lexan vom schwereren Heck des Tauchboots trennte. Der durchsichtige Zylinder schoß durch die mit Wasser gefüllte Speiseröhre.

Der Tunnel wurde breiter, während der Scheinwerfer an der Unterseite der Kapsel die Bögen im Rachen des Megalodons beleuchtete – sie stützten die gewaltige Kammer wie die Wände einer Unterwasserkathedrale. Höher und höher stieg Jonas, während seine Kapsel durch einen wirbelnden Trichter aus Wasser und Blut trudelte. Das offene Maul des toten Ungeheuers kam näher.

Nur eines konnte Jonas Taylors Flucht aus seinem 20 Tonnen schweren Gefängnis noch verhindern. Über ihm starrten noch immer die leblosen Kiefer mit den mehrfachen Reihen todbringender Zähne.

Um den tanzenden Außenscheinwerfer herum herrschte vollkommene Dunkelheit. Die Kiefer waren geöffnet, jedoch nicht überdehnt, so daß das Tor der Hölle nur zur Hälfte aufgeklappt war. Jonas klammerte sich fest, als zahllose urtümliche Zähne auf ihn zuschossen.

Rummms!

Jonas verzog das Gesicht zu einer Grimasse, als sich die Lexankapsel zwischen die halb geschlossenen Kiefer schob. Sie lag nun waagrecht, gehalten von den messerscharfen Spitzen der oberen und unteren Zahnreihen. Wenn sie das offene Maul nicht durchstoßen konnte, waren die Kapsel und ihr widerstrebender Insasse zwischen den starren Kiefern des toten Ungeheuers gefangen, während dessen gigantischer Leib unaufhaltsam in die Tiefe sank.

AUS DEN FÄNGEN DES TODES

Mit der Schwanzflosse voraus schwebte die leblose Gestalt des Megalodon-Weibchens hinab, während das schwarze Wasser des Monterey Bay Canyon ihr Leuchten aufsog. Zwischen den Kiefern gefangen, klemmte die gut zwei Meter lange Rettungskapsel des Tiefengleiters zwischen den dreieckigen Spitzen. Bald konnte der Gefangene in ihrem Innern das Licht der oberen Wasserschichten nicht mehr sehen.

Jonas warf einen raschen Blick auf seinen Tiefenmesser. 330 Meter, rasch sinkend.

Er mußte die Kapsel losbekommen. Jonas stützte sich auf die angewinkelten Arme, um sich wie bei einem ruckartigen Liegestütz emporzuschnellen und seinen Rücken an die Wand der Kapsel prallen zu lassen. Sie erzitterte zwischen den Zähnen des Ungeheuers und konnte den tödlichen Kiefern tatsächlich gut 15 Zentimeter abgewinnen. Erfüllt mit neuem Mut stieß Jonas seinen Oberkörper wieder und wieder nach oben, und jedesmal kam die Kapsel der Freiheit ein winziges Stück näher.

Mit einem furchtbaren Knirschen der Zahnspitzen auf dem kugelsicheren Kunststoff entrang sich die Rettungskapsel schließlich der tödlichen Umklammerung des Megalodons und stieg wie ein Heliumballon auf die Wasseroberfläche zu.

Jonas entfuhr ein gewaltiger Seufzer der Erleichterung. Die Kapsel würde mit einer Geschwindigkeit von 18 Metern pro Minute steigen, so daß die notwendige Dekompression gewährleistet war.

Dann aber sah er, wie sich die Risse ausbreiteten. Wasser sickerte durch die beschädigte Hülle der Rettungskapsel.

Mac konnte nicht mehr schwimmen. Keuchend und mit tauben Beinen spürte er, wie ihn das Tier umkreiste, fühlte die von seiner Masse geschaffene Strömung, noch bevor er die einen Meter lange, dreieckige Rückenflosse sah.

»Mach, daß du hier wegkommst, du Zwerg!« brüllte er dem vier Meter langen Räuber zu. Er sah die Rückenflosse hin und her schlagen, als ein Gegenstand unsanft seinen Kopf berührte.

Überrascht legte Mac den Kopf zurück und sah den Marinehubschrauber. Er ließ einen Arm in den Rettungsgürtel gleiten und gab der Crew hektisch winkend zu verstehen, daß man ihn hochziehen sollte. Der dreieckige Kopf des Hais erhob sich aus dem Wasser, gerade als Mac emporgerissen wurde.

Mac blickte zu seinen Rettern empor, ein Lächeln im Gesicht und Tränen in den Augen. »Die gute alte US-Marine. Das ist doch nicht zu glauben. Da retten die nach so vielen Jahren noch meinen Arsch.« Er schüttelte den Kopf. »Der liebe Gott muß Sinn für Humor haben.«

Der Lexan-Torpedo stieg weiter in die Höhe, doch war die Integrität seiner Hülle nun in ernster Gefahr. In 160 Metern Tiefe hatte sich ein ursprünglich winziger Riß über Jonas' Kopf plötzlich verlängert. Körperlich und geistig erschöpft, konnte Jonas nur zusehen, wie der Riß begann, den gesamten Zylinder zu umlaufen.

Die satanische Fratze des Megalodons sank weiter in die Schlucht hinab. Jonas sah, wie das Leuchten schwächer wurde und schließlich vollständig von der

Dunkelheit geschluckt wurde. Schon zweimal war er dem Tod entkommen, doch um diesen Tag zu überleben, mußte noch ein weiteres Wunder geschehen.

Druck. Sauerstoff. Druck und Sauerstoff. Das über allem stehende Mantra schoß ihm in den Kopf. Aus irgendeinem Grund stieg die Kapsel zu rasch empor, und Jonas wußte, daß sich in seinem Blut Stickstoffbläschen bilden mußten.

120 Meter. Die gut zwei Meter lange Lexanröhre schoß aufwärts wie eine gläserne Rakete. Die Risse im Kunststoff hatten sich in mehrere Richtungen verzweigt, und feine Fontänen durchnäßten das Innere der Kapsel. Wenn der Riß die gesamte Rundung erfaßt hatte, mußte das Gebilde unter dem gewaltigen Außendruck zusammenbrechen.

Krackkkks. Weniger als einen Meter waren die Enden des Risses noch getrennt. Jonas begann, fieberhaft zu rechnen. Wie tief war er schon frei getaucht? Was war die größte Tiefe, die ein Mensch überleben konnte? 36 Meter? 39 Meter? Er überprüfte die noch immer um seine Brust geschnallte Preßluftflasche. Das Ergebnis war wenig erfreulich: Er hatte für weniger als drei Minuten Luft.

In 90 Metern Tiefe begann die Kapsel zu vibrieren.

»Terry, verdammt, komm aus dem Wasser, und zwar sofort!« brüllte DeMarco.

Terry achtete nicht auf ihn. Durch den Schnorchel atmend, hielt sie das Gesicht unter Wasser. Das Megalodon war tot, das wußte sie, doch ihr Herz sagte ihr, daß Jonas überlebt hatte. Sie sah das weiße Leuchten entschwinden.

André Dupont saß auf dem Heckwerk, während Léon Barre und der Kapitän des Trawlers einen der Motoren auseinandernahmen. Er fühlte sich benommen und deprimiert. All seine Bemühungen, das Tier zu retten – die Verhandlungen, die Ausgaben – alles umsonst. Der größte Räuber aller Zeiten … verloren.

»Ich hätte heute sterben können«, flüsterte er vor sich hin. »Und wofür? Um meinen Mörder zu retten? Was hätte die Gesellschaft meiner Frau und meinen Kindern gesagt? Marie, du kannst eine stolze Witwe sein. André ist auf so edle Weise ums Leben gekommen – er hat sich als Futter einer bedrohten Spezies geopfert.«

Dupont stand auf und streckte seinen steifen Rücken. Die Strahlen der untergehenden Sonne waren noch stark genug, um ihm die Haut zu wärmen. Er sah, wie die goldene Scheibe einen Pfad über den dunklen Pazifik warf, vom Horizont bis hin zu seinem Boot. Und im selben Moment erblickte er die Flosse.

»Hey! Hey … ein Hai! Ein Hai!«

Das eiskalte Wasser des Pazifiks strömte in die Rettungskapsel, die an Gewicht gewann und dadurch wesentlich langsamer anstieg. Jonas zitterte in seinem Schutzanzug; er hatte Angst, sich zu bewegen. Er sah auf den Tiefenmesser: 60 Meter. Der Riß hatte seine Reise um das Rund der Kapsel vollendet, und die Vibrationen näherten sich ihrem Höhepunkt, während der Außendruck weitere Risse in der beschädigten Kapsel entstehen ließ. Jonas sah auf, doch noch immer war die Wasseroberfläche nicht zu sehen. Wenn die Kapsel in dieser Tiefe platzte, würde er nicht überleben.

Vorsichtig setzte er seine Maske auf und bereitete den Lungenautomaten vor. Dann überprüfte er die Klettbänder, mit denen die Preßluftflasche um seine Brust befestigt war. Langsame Bewegungen, schärfte er sich ein. Du darfst nicht in Panik geraten. Zwing dich dazu, dich zu entspannen. Stoß dich ganz langsam nach oben; die leere

Flasche wird dir Auftrieb verleihen. Verbrauch so wenig Energie wie möglich. Schließ nicht die Augen. Schlaf nur nicht ein, sonst wachst du niemals wieder auf.

Krackkkks.

Ich bin zu tief …

Die einen Meter hohe Flosse umkreiste den Trawler, während elf Männer Terry gleichzeitig zubrüllten, das Wasser zu verlassen.

»Das ist ein weißer Hai, ganz ohne Zweifel«, sagte Steve Tabor. »Sieht wie ein Weibchen aus, so um die vier Meter lang. Es wird von all dem Blut da unten angelockt. Wir müssen Terry schleunigst aus dem Wasser holen.«

Der Kapitän des Trawlers verschwand in der Kajüte, um mit einer Schrotflinte wieder zu erscheinen. Die Rückenflosse umkreiste das Mädchen, und der Kapitän legte an.

Terry verschwand in den Wellen.

In 43 Metern Tiefe platzte die Rettungskapsel auf. Eiskaltes Meerwasser stürzte auf Jonas ein, während ihn ein Druck von mehr als vier Atmosphären zusammenpreßte. Seine Nase begann zu bluten, als er sich aus der Luke zwängte. Ein Sprung lief quer über die Taucherbrille vor seinem Gesicht.

Seine Beine begannen, Schwimmbewegungen zu machen. Die Flasche zog ihn rasch nach oben … zu rasch. So war kein Druckausgleich möglich. Jonas hörte auf, sich zu bewegen.

24 Meter. Sein regloser Körper war wie Blei. Die Preßluftflasche hatte fast ihren gesamten Inhalt abgegeben; nun zog ihr extremer Antrieb Jonas in einem gefährlichen Tempo nach oben. Zwischen müden Lidern schielte Jonas auf das Klettband, das die Flasche nur noch

notdürftig mit seiner Brust verband. Er sah, wie es sich zu lösen begann. Als er versuchte, es wieder anzubringen, gehorchten ihm seine Arme nicht mehr.

In 18 Metern Tiefe ging Jonas die Luft aus. Die beiden Enden des Klettbands lösten sich, die leere Flasche schoß von seiner Brust weg und schwebte hoch über seinem Kopf, doch der Schlauch zwischen Flasche und Lungenautomat schien noch intakt. Jonas schloß die Augen und biß mit aller Kraft ins Mundstück – da er die Flasche mit den Händen nicht erreichen konnte, versuchte er, sich mit den Zähnen an dem nach oben treibenden Tank zu halten. Schwindel überkam ihn.

Als er zehn Meter Tiefe erreicht hatte, schwanden Jonas die Sinne. Das Mundstück entglitt seinen Zähnen, und die Flasche schoß an die Oberfläche.

Jonas spürte nichts. Da war kein Schmerz, keine Angst. *Ich träume.* Er hob den Kopf und sah ein helles Licht. Er flog, bewegte sich körperlos auf dieses Licht zu, ohne Schmerz, ohne Angst.

Ich bin im Himmel.

Terry Tanaka erwischte Jonas am Handgelenk, als sein Körper gerade wieder in die Tiefe sinken wollte. Kraftvoll trat sie ins Wasser, die Schwimmbewegung mit ihrer linken Hand noch unterstützend. Zu ihrer Rechten kreiste über ihr der Hai. Sie schwamm schneller.

Nachdem ihr Gesicht die Oberfläche durchbrochen hatte, zog Terry Jonas' Kopf aus dem Ozean. Jonas war blau angelaufen und ließ keine Atemtätigkeit mehr erkennen. Kaum zweieinhalb Meter von ihr entfernt sah sie die Rückenflosse auf sich zuschnellen, während die dreieckige Schnauze aus dem Wasser stieg.

In hohem Bogen flog das Fischnetz durch die Luft und kam mit seinen Bleigewichten über dem Räuber auf. Das

Tier drehte sich und versuchte zu entkommen, doch der Kapitän des Trawlers hatte das Netz schon mit aller Kraft strammgezogen. Der Hai saß in der Falle.

Terry zerrte Jonas aufs Boot zu. Ein Dutzend Hände zogen die beiden an Bord. David Adashek begann mit Wiederbelebungsmaßnahmen, DeMarco wickelte Jonas in Decken, fühlte seinen Puls. Er war zu spüren, aber äußerst schwach.

Jonas begann, Wasser auszuhusten. Adashek drehte ihn auf die Seite, damit er das Meerwasser ausspucken und sich übergeben konnte. Terry beugte sich über ihn, um ihm den Nacken zu massieren. Erschöpft blinzelte Jonas in das goldene Sonnenlicht des schwindenden Tages.

»Versuch dich jetzt nicht zu bewegen«, sagte sie und strich ihm übers Haar. »Die Coast Guard ist schon unterwegs; sie wird uns in die Lagune schleppen. Wir haben eine Dekompressionskammer im Institut.« Mit Tränen in den Augen lächelte sie ihn an.

Jonas sah ihr wunderschönes Gesicht und erwiderte trotz all der Schmerzen ihr Lächeln. *Ich bin im Himmel*, dachte er.

Eineinhalb Meter unter der Wasseroberfläche zuckte der Hai im Fischnetz hin und her, ohne sich befreien zu können. André Dupont folgte dem Kapitän quer über das Boot und versuchte, ihn zur Vernunft zu bringen.

»Captain, Sie dürfen ihn nicht umbringen«, brüllte er. »Er gehört zu einer geschützten Spezies!«

»Seh'n Sie sich doch mein Boot an – es ist total ruiniert. Ich bring' den Fisch da um, stopfe ihn aus und verkaufe ihn für 20000 Dollar an irgendeinen Touristen aus New York. Zahlen Sie mir vielleicht soviel, Freundchen?«

Dupont rollte die Augen. »Wenn Sie dem Hai da etwas antun, bringe ich Sie hinter Gitter!«

Die Erwiderung des Kapitäns wurde von der Ankunft der Coast Guard unterbrochen.

Das 33 Meter lange Patrouillenboot ›Manitou‹ ging längsseits, um dem Havaristen ein Schlepptau zuzuwerfen. Léon Barre befestigte es am Bug. In Sekundenschnelle spannte sich das Seil, und der Trawler wurde in die Tanaka-Lagune gezogen. Im Netz zappelte immer noch der fast eine Tonne schwere Raubfisch.

Die gewaltigen Tore, die die Lagune vom Schutzgebiet der Monterey Bay trennten, waren frühzeitig für die ›Kiku‹ geöffnet worden. Nun fuhr die ›Manitou‹ als erste in den Kanal.

Jonas lehnte am Heck, als er in seinen Ellbogen stechende Schmerzen spürte. Innerhalb weniger Sekunden brannten all seine Glieder und Schmerz durchzuckte seinen Körper.

Terry packte ihn am Arm. »Jonas, was ist los?«

»Die Taucherkrankheit«, murmelte er. »Bin zu schnell aufgestiegen. Wie weit noch?«

Sie befanden sich nun innerhalb der Lagune, und die ›Manitou‹ schleppte den Trawler auf die an der Nordseite des künstlichen Sees gelegene Pier zu.

»Nur noch ein paar Minuten. Lehn dich hier ans Heck, ich frage noch mal nach, ob auch bestimmt ein Krankenwagen auf uns wartet.«

Jonas nickte.

Die Schmerzen wurden schlimmer; er fühlte Schwindel und Übelkeit in sich aufsteigen. Es war, als würden sich die Zähne des Megalodons in seine Glieder graben. Jonas öffnete die Augen und konzentrierte sich auf den weißen Hai, der backbords des Bugs im Wasser zuckte.

Mit dick verbundenem Kopf wartete Masao Tanaka in einem Rollstuhl auf der Landungsbrücke, ein Krankenpfleger stand neben ihm. Auch Mac war da, außerdem zwei Sanitäter, bereit, Jonas sofort in die Dekompressionskammer zu bringen.

Terry erblickte ihren Vater und lief zum Bug. Sie winkte. Freudentränen flossen über Masaos Wangen.

Jonas lehnte sich wieder ans Heck und krümmte sich vor Schmerzen. Er spürte, daß er allmählich das Bewußtsein verlor, und versuchte erneut, sich auf den Räuber im Wasser zu konzentrieren. Das Tier wehrte sich mit aller Macht, wand sich im engen Fischnetz hin und her. Ein schwaches Leuchten strahlte von seiner Haut in die zunehmende Dämmerung.

Einen kurzen Moment nur trafen sich die Blicke von Mensch und Tier. Graublaue Augen, schoß es Jonas durch den Kopf, während er ungläubig auf das Megalodon-Junge starrte. Dann schloß er die Augen und lächelte, bis ihn die Schmerzen überwältigten und er das Bewußtsein verlor, während die beiden Sanitäter ihn in den Rettungswagen luden.